united p.c.

Für den Inhalt und die Korrektur zeichnet der Autor verantwortlich.

Gedruckt in der Europäischen Union auf umweltfreundlichem, chlor- und säurefrei gebleichtem Papier.

www.united-pc.eu

MAJA TIVANNI

Im Sumpf der Versuchung

Thriller

Inhalt

Kapitel 1: Die Ankunft 6

Kapitel 2: Der Forstbetrieb........ 24

Kapitel 3: Ein fataler Fehler 39

Kapitel 4: Die Leiche 60

Kapitel 5: Es geht noch schlimmer 66

Kapitel 6: Das macht das Kraut auch nicht mehr fett . 75

Kapitel 7: Die Ruhe vor dem Sturm 93

Kapitel 8: Aller guten Dinge sind Drei 109

Kapitel 9: Das Geheimnis........ 150

Kapitel 10: Jetzt oder nie 168

Kapitel 11: Das Spiel der 4 Nymphen 227

Kapitel 12: Die drei Briefe 247

Kapitel 1: Die Ankunft

Schon als er den Gastraum betrat, wollte er am Absatz kehrt machen. Was zum Henker hatte ihn da geritten. Loimgraben. Allein der Name klang hinterwäldlerisch und konnte nichts Gutes bedeuten. Existierte der Ort überhaupt auf der Landkarte? Handyempfang hatte er zumindest keinen und er war sicher, dass selbst der Satellit den Graben durch die engen hohen Berge und dichten Fichtenwäldern nicht erreichen konnte, außer, das Signal würde in Schlangenlinie gesendet werden.

Und jetzt stand er da und sah aus wie jemand der sich in der Tür geirrt hätte. Das ist doch absurd. Das war ein Gasthaus. Wieso schien es ihm dann als wäre für den Bruchteil einer Sekunde der ganze Gastraum erstarrt, obwohl er noch vor kurzem erfüllt mit Gesprächen war, die sich gegenseitig übertönten? Er war überrascht wie voll es hier war. Der Gastraum bestand aus zwei aneinanderreihenden Räumen, die mit jeweils zwei langen Tischen ausgestattet waren. In dem Gastraum, in dem er sich befand, roch es nach Wald, Bier und Schweiß. Der Moment ging vorüber und die Gespräche und Diskussionen setzten sich fort, als wäre nichts gewesen. Wahrscheinlich hatte er sich das nur eingebildet.

Gerade als er kehrt machen und aus dem Lärm wieder in die stille Nacht zurückkehren wollte, betrat die Kellnerin den Gastraum. Auf dem Tablet balancierte sie eine Weinflasche, zwei Gläser und zwei Krüge Bier. Ihm fiel auf, dass es ihn plötzlich unglaublich dürstete und er sich in Gedanken bereits einen Krug Bier in die Kehle goss. Die Kellnerin blickte kurz auf und setzte die Getränke am linken Tisch ab. Sie war jung, trug zwei blonde Zöpfe und hatte unschuldige rote Wangen. Er stellte sich vor wie sie biederen Sex mit ihrem Ehemann zuhause hatte und währenddessen an ein paar Kochrezepte zum Ausprobieren dachte. Wäre er nicht im Hinterholz 8 von Kärnten gelandet und wäre sie nicht angezogen wie ein Landei, hätte sie aber durchaus Reize zu bieten, dachte Markes und beobachtete die zwei Brüste die unter dem Korsett ihres Dirndl herausquollen. Die Taille war enggeschnürt und der Rock ergoss sich über ihren rundlich gewölbten Hintern, als sie sich über den Tisch streckte und ein paar leere Gläser abservierte. Erst jetzt bemerkte er, dass im Gastraum nur Männer saßen. Der Lichtschein des alten verschnörkelten Messinglusters erhellte den Raum in einem schummrigen Schein, das wie Kerzenlicht wirkte. Markes wunderte sich, dass es die moderne Technik wie Strom überhaupt so weit in den Graben geschafft hatte. Die Luft war von schwerem Rauch erfüllt und seine Kehle wurde zusehends trockener. Neugierig blickte er sich im Gastraum um. Die Männer wirkten alle mehr oder weniger ungepflegt, ausgezehrt und ernst, unterhielten sich aber umso angeregter und laut. Manche hatten volle Gesichter und trugen lange Bärte und erinnerten an Neandertaler die irgendwo in diesem Graben überleben und sich fortpflanzen konnten. Andere wiederum wirkten hager und schlank und hatten ein ausgezehrtes Gesicht, so als würde sich die Haut direkt über die Knochen spannen. Eines hatten sie aber gemeinsam: tiefe Furchen, ein grimmiger Ausdruck in den Augen und zerschundene Hände. Das machte wahrscheinlich die harte Arbeit und die raue Gegend aus ihnen. Er fragte sich, ob er vielleicht auch einmal so aussehen würde. Um jeden Preis wollte er diese Saison durchhalten und dann abhauen, sobald es das Geld zuließ. Diesen Job dürfte er einfach nicht versauen. Es ist schon viel zu viel schief gegangen in seinem Leben.

Die blonde Kellnerin kam auf ihn zu, weil er offensichtlich etwas hilflos im Raum stand.

„Grüß Gott, kann ich Ihnen helfen?"

Sie blickte ihn mit leuchtenden Augen an, wobei ihre Wangen bei der Frage noch röter anzulaufen schienen. Das war wohl ein Witz, wie konnte jemand der einen Haufen grölender ausfallender Männer bediente, so schüchtern wirken.

„Äh..ja", stotterte er etwas aus der Spur und versuchte die neugierigen Blicke der Männer, die sie ihm zuwarfen zu ignorieren, „Ja, ich ehm.. mir wurde gesagt, dass ich hier vielleicht ein Zimmer bekomme.. zumindest für diese Nacht."

Trotzdem sie selbst etwas unsicher wirkte, strahlten ihn ihre Augen in einem kräftigen grün-blauen Ton an. Unmittelbar musste er an einen tiefen Ozean denken, in dem man sich verlieren könnte, wenn man zulange hineinschaut. Ihre Worte musste er eher von den Lippen ablesen, weil sie vom Gasthauslärm verschluckt wurden, oder aber auch, weil ihn ihre Augen noch immer gefesselt hielten und er sich nicht auf den Inhalt konzentriert hatte.

„Tut mir leid, wir vermieten eigentlich nicht mehr. Zumindest nicht an Fremde."

Sie musterte ihn von oben bis unten, wobei ihr Blick für den Bruchteil einer Sekunde an seinem Hosenschlitz haften blieb, was bei ihm an der Stelle ein unangenehmes Pochen auslöste, dann wollte sie sich abwenden.

„Dann, können Sie mir vielleicht sagen wo ich übernachten kann?" fragte er bevor sie sich ganz umdrehen und zum Tisch zurückkehren konnte, „Ich arbeite für den Loimer Forstbetrieb, zumindest werde ich dort anfangen", fügte er hastig hinzu.

Nicht, dass das etwas ändern würde, aber er fühlte sich irgendwie verpflichtet sich zu rechtfertigen, warum er mitten in der Nacht in dieser gottverlassenen Gegend auftauchte und nach einem Zimmer fragte. Touristen scheint es hier nach dem Klientel zu urteilen nicht zu geben, was sollten sie auch besichtigen, Wald? Er hätte vorher anrufen sollen, aber erstens war nirgends eine Telefonnummer von diesem Gasthaus verzeichnet und zweitens hatte Markes die Gegend unterschätzt, in die es ihn verschlagen hatte. Wer konnte schon ahnen, dass hier außer Wald und einem einzigen Gasthaus nichts zu finden war?

Tatsächlich schien sie kurz zu überlegen und sagte schließlich, „Warten Sie bitte einen kurzen Moment, ich sehe was ich tun kann."

Als sie sich schwungvoll umdrehte, wirbelten ihre Zöpfe herum und sie kehrte an den Tisch der bärtigen Männer zurück. Sie lehnte sich über die Schulter eines großen stämmigen Mannes Mitte 50 und sprach ihm leise ins Ohr. Der Mann hatte ihn nicht aus den Augen gelassen und ihn die ganze Zeit mit einem misstrauischen Blick beobachtet. Er schien kurz zu überlegen, erhob sich dann etwas mühselig aus seinem Stuhl und kam auf ihn zu. Der alte Dielenboden knarrte unter seinen harten Stiefeln. Es waren Stahlkappenschuhe ohne Zweifel. Solche, die nur Forstarbeiter trugen, wenn sie ihre Arbeit im Forst verrichteten. Der Mann baute sich vor ihm auf und obwohl Markes selbst nicht klein war, schien der Bärtige um einiges größer zu wirken mit seiner stattlichen Brust und seinem etwas rundlichen Wamst.

„Sie arbeiten für den Forstbetrieb? Sind Sie der Neue?" fragte er kurz und bündig und seine Stimme hatte etwas Brummiges, passend zu seiner Bärenfigur.

Etwas in seinen Augen blitzte auf und er betrachtete ihn misstrauisch.

„Ja, mein Name ist Markes. Markes Kandler. Ich habe hier ein Schreiben, dass ich sofort anfangen könnte. Ich sollte mich morgen bei Herrn Karl Wamser melden."

Er sparte es sich, dem bärtigen Mann die Hand hinzuhalten. Manieren waren hier völlig fehl am Platz. Es war besser sich seine Unsicherheit nicht anmerken zu lassen. Die nächsten Monate würden rau werden im Loimgraben. Nur 4 Monate, redete sich Markes in Gedanken Mut zu. Der Bärtige setzte ein kurzes Grinsen auf.

„Dann sind Sie hier richtig. Ich bin Karl Wamser", sagte er schließlich.

Der Name passte zu ihm, dachte Markes, zukünftig würde er ihn einfach als „der Wamser" bezeichnen.

„Margret, mach ein Zimmer fertig", herrschte er mit seiner kräftigen Stimme das Mädchen durch den stimmendurchtränkten Raum an, „der Kandler wird heute hier übernachten. Und schick Fanni her."

Das Mädchen gehorchte umgehend, schlängelte sich an ihm vorbei, vermied es aber ihn anzusehen. Markes entging nicht, dass ihn ein Hauch von Seife streifte. Vielleicht war es auch Shampoo und sie hatte die Haare kurz zuvor gewaschen.

„Sie ist nicht zu haben!"

Das Gesicht von Herr Wamser erstarrte und schien zu gefrieren. Markes hatte gar nicht bemerkt, dass er dem Mädchen nachgeschaut hatte. Als ihn die Augen vom Wamser eisig fixierten, lief ihm ein Schauer über den Rücken. Wie konnte der Alte denken, dass er von diesem unschuldigen Landei etwas wollte. Er kam aus der Stadt. Völlig absurd.

„Natürlich“, sagte er und machte ein fragendes Gesicht.

„Komm zu uns an den Tisch, dann lernst du deine Kollegen kennen.“

Irgendwie war der Wamser plötzlich zum Du-Wort übergegangen. Wie gesagt, das war kein Ort für Manieren. Unsanft wurde er auf die Holzbank geschoben, zur Rechten vom Wamser. Es war nicht gerade so als hätte er eine Wahl gehabt. Der Wamser jedenfalls ließ sich wieder auf seinen Stuhl am Ende des Tisches platzen und stellte ihm die Arbeiter vor, dabei fing er mit dem hageren ausgemerzten Typen am anderen Ende des Tisches an und deutete mit der Hand im Urzeigersinn auf die sitzenden Männer.

„Das ist Georg, Hans, Sepp, Franz, Karl und Hias. Den Nebentisch stelle ich dir morgen vor.“

Die Namen waren typisch, aber merken würde er sie sich trotzdem noch nicht. Dann deutete Wamser der Runde, dass er Markes war. Markes nickte der Runde kurz zu, die ihre Unterhaltung für die Vorstellungsrunde unterbrochen hatte. Herr Wamser hatte hier anscheinend eindeutig das Sagen.

Einer der anderen Bärtigen, Sepp oder war es Hans, sprach ihn an: „Soso, der Neue. Und woher kommt dieser Markes?“.

Markes fühlte, dass er keine freundlichen Absichten hatte. Trotzdem antwortete er wahrheitsgetreu. „Ich bin aus Linz."

Der Bärtige hob eine Augenbraue. Andere am Tisch lachten und stießen abfällige Laute aus.

„Und was verschlägt dich in diese Gegend, Markes aus Linz?" fragte er weiter, seine Augen blitzten amüsiert, doch sein Ausdruck insgesamt war brutal und feindselig. Er trug ein kariertes Flanellhemd. *Wie klischeehaft*. Der typische naive Landarbeiter wie er leibt und lebt, den man mit ein paar Bier zufriedenstellen konnte und sonst mit seiner hohlen Birne nicht viel anzufangen weiß. Trotzdem sich Markes provoziert fühlte, wollte er keinen Ärger und antwortete banal, „Die Stelle wurde frei und ich habe die Zusage bekommen."

Der Bärtige stieß einen kurzen Lacher aus und fuhr ihn aggressiv an, „Die Stelle wurde nicht nur frei, dein Vorgänger hat wohl nicht aufgepasst und die Säge hat ihn den Bauch aufgeschlitzt."

Er machte dazu ein Zeichen und fuhr sich mit der flachen Hand horizontal am Hals entlang um zu unterstreichen, dass ihm auch die Kehle aufgeschlitzt wurde, während er hinzufügte „von unten bis oben".

„Sepp es reicht", brüllte der Wamser und drosch mit der Faust auf den Tisch, sodass die Gläser nur so wackelten. Markes erschauerte nicht. Die feindselige Geste sollte ihn abschrecken oder einschüchtern. Pff. Als hätte er so etwas nicht schon tausend Mal im Gefängnis erlebt. So etwas konnte ihn nicht schockieren. Es war ihm egal, er hielt dem feindseligen Blick von Sepp stand. Der Knast hatte doch etwas Gutes, dachte er amüsiert.

„Was willst du trinken“, fragte Wamser und riss ihn aus seinem Gedanken. Markes wandte sich ab und blickte zu Herr Wamser.

„Ein Bier.“

Eigentlich hatte sich Markes vorgenommen nichts zu trinken. Nicht mehr seit seinem letzten Aussetzer, der ihn schließlich auch hierher geführt hatte. In diesen gottverlassenen Graben. Er blickte in die Runde während die Unterhaltung der Männer an seinem Tisch fortfuhr und bemerkte, dass die Männer an beiden Tischen Forstgewand trugen. Man hätte sie auch für Jäger halten können mit ihren dunkelgrünem Gewand und ihren alten Spitzhüten. Manche hatten ihre Hüte mit Federn geschmückt, manche mit einem grünen Tannenästchen. Markes kam sich vor wie im falschen Film. Es konnte aber nicht schlimmer werden, als es die letzten Jahre in der Stadt waren.

Die Tür durch die er gekommen war ging auf und ein weiteres Mädchen kam herein. Sie schien einige Jahre jünger zu sein als Margret und sie war dunkler. Sie hatte braune Augen und im Gegensatz zu ihrer Schwester dunkle Haare. Trotzdem wusste Markes sofort, dass sie Schwestern sein mussten, denn sie hatte die gleichen roten Wangen und auch ihre Statur war ähnlich, es musste diese Fanni sein.

„Wo warst du? Die Leute haben Durst. Mein neuer Freund hier bekommt ein großes Bier. Geht auf's Haus, als Einstand."

Er deutet auf Markes. Das Mädchen blickte ihn kurz an und wie seine Schwester wandte sie den Blick sofort wieder ab und vermied Augenkontakt.

„Ja Vater", sagte sie gehorsam und verschwand im zweiten Gastraum.

Der Durchgang zum zweiten Gastraum war durch eine doppelflügige Tür getrennt die weit offen stand, sodass Markes erkennen konnte, dass auch dieser Gastraum sehr voll war und die Gespräche in den alten Steinmauern umso lauter wiederhallten. Er konnte auch normal gekleidete Männer erkennen und soweit man sie so nennen konnte, auch eine Frau. Sie saß mitten unter den Männern am Tisch und sah wuchtig aus. Die Schwerkraft hatte ihren Brüsten eindeutig zugesetzt, sie lagen auf einem rundlichen Bauch gebettet. Ihr gesamtes Äußeres erschien ungepflegt und sie schüttete sich wie die Männer einen großen Krug Bier hinunter. Herr Wamser missverstand seinen Blick in den zweiten Gastraum in den Fanni verschwunden war anscheinend, denn er packte ihn plötzlich im Schwitzkasten und schnürte ihm die Kehle ab. Niemand im Raum schien sich einen Anstoß daran zu nehmen. Markes fand sich in einer Wolke aus Schweiß wieder, die ihn umhüllte. Wäre ihm nicht die Luft abgeschnürt, würde er wahrscheinlich allein am Duft der Achsel vom Wamser in Ohnmacht fallen. Tod durch Erstinken! Das würde ihm ähnlich sehen.

Der Bär flüsterte ihm ins Ohr: „Wenn du noch einmal meinen Mädchen nachsiehst, kannst du heute noch deine Sachen packen und verschwinden! Ohne meine Einwilligung läuft hier nichts, kapiert?!“

Markes prustete als der Wamser ihm seine Kehle wieder freigab. Was zum Henker bildete sich der Wirt eigentlich ein. Er war doch kein Lustmolch und ganz bestimmt nicht wegen seiner Töchter hier. Schön, sie hatten etwas Anziehendes an sich, vergleichbar mit unschuldigen Engeln und der einzige Lichtblick in diesem stinkenden Gasthaus. Aber bei Gott, er würde wahrscheinlich jeder Frau nachstellen, die er hier kennenlernte, außer wahrscheinlich der „Lady“ mit den Hängebrüsten aus Gastraum 2. Schließlich war er frisch aus dem Knast entlassen worden und die Entbehrlichkeit setzte ihm ziemlich zu. Er konnte aber wahrlich nichts dafür, dass in dem Gasthaus sonst keine Frauen waren.

Gerade als er etwas erwidern wollte, brach im zweiten Gastraum ein Tumult aus. Es klang nach einem Streit und würde in 3..2..1 Sekunden in einer Schlägerei ausarten. Damit kannte er sich aus. War er doch auch zu oft in eine geraten. Vielleicht hatte er sich geirrt. Vielleicht war das hier schlimmer wie in der Stadt. Vielleicht war er in der Hölle gelandet und er wusste es noch nicht. Der Wamser erhob sich verärgert und blickte auf Sepp, mit einem Schwenker seines Kopfes in Richtung Gastraum zwei, deutete er ihm, dass er ihm folgen sollte. Sepp, der ihn vorher feindlich anmachte erhob sich und beide gingen in den zweiten Gastraum, um das zu regeln. *Ist Sepp sein Bodyguard*? Markes war gewillt die Augen über zu drehen.

Als hätte sein Sitznachbar seine Gedanken gelesen, wandte dieser sich ihm zu und nuschelte: „Mit den Beiden legt man sich lieber nicht an. Ich bin wie gesagt Franz.“

Unter seinem ungepflegten Bart konnte man sogar so etwas wie ein Grinsen erkennen, während er ihm freundlich zuprostete. Lachfältchen um die Augen verrieten, dass er einer der wenigen in diesem Raum zu sein schien, der nicht mit dem falschen Fuß aufgestanden war und nicht Kinder zum Frühstück verspeist, soweit sein erster Eindruck. Der Lärm im Nebenraum zog ihre Aufmerksamkeit auf sich, Markes hörte es Krachen, Schreien, Wamsen, Klirren und Tuschen, hin und wieder konnte er auch noch ein paar Stühle und Gläser verfolgen, wie sie durch die Luft flogen. Die Lust an seinem Bier war ihm jedenfalls vergangen, und wie es schien, würde es sowieso nicht mehr kommen. Ist eh besser so. Er fühlte sich plötzlich unendlich müde und wünschte sich sein Zimmer wäre fertig. Langsam erhob er sich.

„Ich werde mal nach meinem Zimmer sehen“, sagte er entschuldigend zu Franz und begab sich zur Tür.

Kaum war er aus dem Gastraum und vor die Eingangstür, war es um einiges angenehmer. Die Luft schien wieder atembar zu sein, das Getöse wurde hinter der Tür ganz leise und die grimmigen Gesichter verschwanden vor seinem inneren Auge. Die Stille währte nur kurz, denn die Tür hinter ihm wurde mit einem Ruck geöffnet und zwei Männer flogen neben ihm vorbei und landeten bäuchlings auf der Straße. Sie waren offensichtlich sturz betrunken und scheiterten bei dem Versuch, wieder auf die Beine zu kommen kläglich. Der eine hatte eine aufgeplatzte Lippe, einen Schnauzer und eine Narbe auf der Stirn. Er wirkte zwar nicht so kräftig wie sein Gegner, aber er war auf jeden Fall gut trainiert. Sein Gegenüber war etwas kräftiger aber dafür kleiner und hatte bereits jetzt ein geschwollenes Auge. Das wird am nächsten Tag sicher ein nettes Veilchen abgeben.

„Tragt euren Streit gefälligst daheim aus", brüllte Wamser und spukte auf sie hinab.

Er blickte auf Markes der unbeteiligt daneben stand, aber völlig überrascht von der Situation wurde. Bevor Wamser etwas sagen konnte, fragte Markes so gelangweilt wie möglich: „Ist mein Zimmer fertig?".

Der Wamser hatte wahrscheinlich nicht mit dieser Reaktion gerechnet. Wahrscheinlich hat er damit gerechnet, dass Markes, der aus der Stadt kam, den Betrunkenen aufhelfen oder entsetzt wirken würde. Seine gelangweilte Art verhalf ihm, den Respekt gegenüber dem alten Bär kurzfristig herzustellen. Das eigenartige war, es entsetzte ihn wirklich nicht. Irgendwie war er mit der Zeit rau geworden, sein Herz zu Stein.

„Ich sehe nach“, erwiderte der Wamser.

Er wandte sich zur offenen Tür und gab Sepp ein Zeichen, dass er wieder reingehen sollte. *Ihr seid nicht die einzigen harten Typen auf der Welt*, dachte Markes, zündete sich in aller Ruhe seine Zigarette an und sah genüsslich zu, wie sich die zwei Raufbolde aufrafften und zu ihren Autos torkelten. Betrunken Autozufahren war hier wohl kein Thema. Markes nahm ein paar Züge und genoss den warmen Rauch in seinen Lungen der ihn sofort vorgaukelte, dass alles in bester Ordnung war und das hier nur ein böser Traum. Er hatte schon lange versucht aufzuhören, aber genauso wie mit dem Alkohol blieb es nur bei einem halbherzigen Versuch. Wie konnte sein Leben derart aus den Bahnen geraten?

Vor 15 Jahren ist er noch in einer wohlbehüteten Familie aufgewachsen, hatte ein Haus mit Garten, sein eigenes Leben, Aussicht auf einen guten Job und eine Freundin. Dann ging es plötzlich bergab. Erst starb sein Vater an einem Verkehrsunfall, im selben Jahr wurde seine Mutter vom Krebs dahin gerafft. Er selbst konnte die Kreditraten einfach nicht begleichen, die noch auf dem Elternhaus lasteten. Scheiße. Sein Alter hatte ein braves bürgerliches Leben gelebt und war nie einen Tag krank. Er hatte nie Urlaub gemacht, geschweige denn einen Familienausflug. Im Vordergrund stand immer die Pflicht, so etwas wie Spaß oder ein anderes Leben gab es nicht. So wollte er jedenfalls nicht abtreten. Das war mit 18. Seitdem ist einiges passiert. Plötzlich allein und betrogen vom Leben flüchtete Markes in ein paar dunkle Kneipen und ließ seinem Frust freien Lauf. Nicht selten war er derjenige der eine Schlägerei anzettelte, um seine aufgestaute Wut loszuwerden. Seitdem war er immer wieder wegen Körperverletzung für ein paar Monate im Knast gelandet. Die damaligen Psychologen hatten ihm ein Aufmerksamkeitssyndrom und Trennungsängste testiert, aufgrund des plötzlichen Verlustes seiner Eltern und dem Verlust eines geborgenen Heimes. Blablabla, wen interessiert die Psychologenscheiße? Markes wusste genau was ihm fehlte. Es war zum Teil die Langeweile und zum größeren Teil, weil er einfach nicht die Finger von dubiosen Frauen lassen konnte. Sie waren wie ein Fluch und hatten eine ganz merkwürdige Anziehungskraft auf ihn.

„Darf ich Sie aufs Zimmer bringen", fragte die Mädchenstimme die plötzlich in der Tür aufgetaucht war.

Er hatte Margret gar nicht kommen gehört und drückte die Zigarette aus. Markes folgte dem sanften Geruch von Seife die Treppe nach oben und stellte sich vor an ihren langen blonden Haaren zu schnüffeln. Einzelne Härchen kräuselten sich locker aus ihren Zöpfen und sahen zart und samtweich aus. Ihr Dirndl war enggeschnürt, sodass die Hüften und ihr runder Po ausgezeichnet zur Geltung kamen. Sie wippten aufreizend hin und her als er ihr Stufe für Stufe nach oben folgte. Im 1. Stock war der Flur dunkel und es gab mehrere Türen, doch das Mädchen setzte die Treppe nach oben fort bis ins Dachgeschoss. Dort waren ebenfalls 4 Türen. Sie öffnete die rechte hintere Tür und schaltete das Licht ein. Die Lampen in diesem Haus waren anscheinend alle mit denselben schwachen Glühbirnen ausgestattet, sodass der Raum nur mäßig beleuchtet wurde.

„Hier ist Ihr Zimmer. Hinter dieser Tür ist ihre Dusche und das WC. Ihre Sachen können Sie hier im Kasten einordnen“, sagte sie leise.

Ihre Stimme erinnerte ihn an ein Mäuschen. Das schwache Licht lies ihre Haut samtig weich erscheinen, in ihren Augen spiegelte sich die Lampe wieder und es erinnerte ihn an das Flackern eines Leuchtturmes im Ozean, in dem er sich vorhin schon befunden hatte. Dieses unschuldige Gesicht schien plötzlich völlig erotisch, die Stille die sie umgab lies die Luft elektrisch wirken, so als umhüllte sie sie in geladene Teilchen die sich in der Luft aufluden. Sie standen für den Bruchteil einer Sekunde im Türrahmen und Markes wurde sich der Nähe bewusst. Es war Marillen Duft. Ja genau, das war der Duft der in seine Nase drang. Diese zarte Haut, diese sattroten Lippen. Zu allem Übel öffnete sie die Lippen leicht und schien schwer zu atmen, sodass sich die gewölbten Brüste über dem Korsett ruhelos auf und abhoben. Markes überkam eine Gänsehaut. Sie blickte beschämend zu Boden.

„Hier ist Ihr Schlüssel“, flüsterte sie fast und lies ihn in seine Hand fallen, darauf bedacht ihn nicht zu berühren.

Sie entfernte sich rasch. Über sich selbst ärgernd, kam er sich wie ein Lustmolch vor. So ein Mädchen hätte er in der Stadt niemals angesehen, wahrscheinlich wäre sie ihm nicht einmal aufgefallen. Zur Hölle mit den Frauen. Er setzte sich aufs Bett, testete kurz die Härte der Matratze indem er ein paar Mal darauf wippte und zog die Vorhänge zurück. Draußen war nur die schwarze Nacht. Es war kein Mond, keine Laterne zu sehen und die Nacht schien dunkler zu sein als sonst wo. Ein paar Umrisse von weiteren Gebäuden konnte er trotzdem in der Ferne erkennen, sobald sich seine Augen an die Dunkelheit gewohnt hatten. 4 Monate wiederholte er im Hinterkopf erneut.

Er würde es dem Staatsanwalt schon zeigen. Zum Teufel mit ihm. *„Menschen ändern sich nicht mehr sobald sie einmal abgerutscht sind"* tönte es in seinem Kopf wieder. Dieses Arschloch. Sein Bewährungshelfer hatte ihm dann diesen Job verschafft. Er sagte die harte Arbeit in der Natur, abgeschieden von jeglichen Ärger würde ihm guttun. Das wäre ein Kinderspiel. Wenn er diesen Job schaffte, würde die letzte Anklage fallen gelassen und er müsste nicht erneut in den Knast, weil er gegen seine Bewährungsauflagen verstoßen hatte und sich eine Flasche Wodka in dem kleinen Laden ums Eck mitgehen ließ. Das war damals eindeutig eine Kurzschlussreaktion, er hatte einfach Panik bekommen, weil er seiner Ex-freundin fast über den Weg gelaufen wäre. Zum Glück konnte er noch rechtzeitig in den Laden abbiegen und hatte sie durchs Schaufenster beobachtet, während er sich an einer Wodkaflasche festhielt.

Als sie verschwunden war, gingen ihm 1000 Gedanken durch den Kopf und er ließ die letzten Jahre Revue passieren und verließ den Laden. Erst vor der Ladentür bemerkte er, dass er immer noch die Wodkaflasche in der Hand hielt. Dann war es schon zu spät, weil der Shop Mitarbeiter bereits die Polizei verständigt hatte. Wie dämlich war er eigentlich?

Egal. Jetzt war er hier. In der Natur. Naja, dass es so viel Natur geben würde, hat ihm sein Bewährungshelfer irgendwie verschwiegen. Er hatte es eher als das Paradies beschrieben, wo er im Forst ein paar Bäume fällen sollte und im Sägewerk ein paar Bretter schneiden und Schwups, wäre er wieder daheim.

Er setzte sich aufs Bett und lies sich nach hinten fallen. 4 Monate dachte er erneut und fiel in einen tiefen Schlaf. Mitten in der Nacht schreckte er auf, das Licht war noch an, er steckte noch in seinem Gewand, sogar seine Stiefel hatte er noch an. Es war als hätte er einen Schrei gehört. Den Schrei einer Frau. Noch bevor er überlegte, ob er vielleicht geträumt hatte und sich wieder in den Schlaf fallen lassen sollte, hörte er den Schrei erneut.

Kapitel 2: Der Forstbetrieb.

Verdammt nochmal das hatte er sich nicht eingebildet. Schlaftrunken setzte er sich erneut auf. Wahrscheinlich war einer der Saufbolde einem der Mädchen zu nahe gekommen. Sollte er nachsehen? Scheiße, er war doch kein Babysitter und Wohltäter schon gar nicht. Und bei DEM Vater wunderte er sich, dass überhaupt jemand seinen Mädchen zu nahe kam. Dass einer dieser bärtigen Männer den Mädchen etwas tun könnte, lies ihn trotzdem nicht mehr einschlafen. Vielleicht sollte er doch nachsehen. Er ging ins Bad und wusch sich das Gesicht mit eiskaltem Wasser, Handtuch fand er zu seinem Übel aber keines. Verärgert rieb er sich das nasse Gesicht an seinem Shirt am Arm trocken. Sein Blick auf die Uhr verriet, dass es knapp 4 war. Um 2 war doch Sperrstunde hatte er auf der Eingangstür gelesen, ob man sich daran hielt, bezweifelte er aber.

Behutsam öffnete er die Türe, sie knarrte leise und er machte Licht im Flur. Gespannt horchte er ins offene Stiegenhaus, konnte aber nichts vernehmen. Er wagte sich ein paar Stufen nach unten in die Dunkelheit, da er den Lichtschalter fürs Stiegenhaus nicht fand und lauschte erneut. Da war nichts. Das Einzige was er hörte war sein lauter gewordener Atem, weil ihm das Herz bis zum Hals schlug. Das war doch absurd. Außerdem hatte es weniger wie ein Schrei des Schreckens, sondern mehr wie ein Kreischen angehört, versuchte er sich einzureden. Wie auch immer. Die Holzstiege knarrte verräterisch als er langsam wieder nach oben ging. Das alte Haus schien ihm irgendwie unheimlich, so als hätten die Wände Augen und Ohren. Erleichtert, dass er wieder im Licht war, schloss er seine Zimmertüre hinter sich, zog sich aus und legte sich unter die Decke. Der Schlaf der ihn anfangs übermannt hatte, wollte aber nicht mehr zurückkommen. Stattdessen wälzte er sich hin und her und hatte seltsame Alpträume über Geister die in diesem Haus ihr Unwesen trieben und die Schreie schienen ihm auch im Traum zu verfolgen. Wenn man in der Stadt überfallen wurde, konnten wenigstens die Nachbarn die Hilferufe hören, wenn man hier in der Gegend überfallen wurde, verschluckten wahrscheinlich allein die dicken Steinwände sämtliche Schreie oder die Mäuse in der Wand bekamen einen Herzinfarkt. Markes gestand sich ein, dass er Schiss hatte. Er war es nicht gewohnt am Land zu wohnen, wo kein Licht von draußen hereindrang, keine Autoverkehr zu hören war und sonst auch kein Mucks. Diese absolute Stille und Dunkelheit waren beängstigend.

Mehr matt als ausgeschlafen stand er beim ersten Morgenlicht auf und zog sich wieder an. Sein Plan war, den Hof und die Umgebung zu erkunden, bevor er sich beim Wamser zur Arbeit melden musste. Zum Glück waren es nur noch 3 Tage bis zum Wochenende. Der erste Oktober war ein Mittwoch.

Das Stiegenhaus kam ihm beim fahlen Morgenlicht nicht mehr so düster vor wie noch zwei Stunden zuvor und er verfluchte sich dafür was für ein Weichei er gewesen war. Die frische kalte Morgenluft traf ihn wie eine Ohrfeige, die ihn erst richtig wach werden ließ. Das Haus war groß, hatte einen gelben Anstrich und ober dem Eingang war ein leuchtendes Reklameschild für „Gösser Bier“ montiert, das aber zurzeit ausgeschaltet war. Die Fensterrahmen waren grün umrandet. In der Mitte des Hauses genau zwischen ersten Stock und Dachgeschoss war eine Schrift mit „der Forstwirt“ zu erkennen. Die Farbe bröckelte schon leicht ab, aber der Name passte. Schon wie er gestern Abend durch den Graben fuhr, fiel ihm auf, dass es außer großen Fichtenwäldern nicht viel zu geben schien. Nur zwei bis drei Häuser, eine Kirche und ein Feuerwehrhaus waren ihm auf dem Weg in den Graben aufgefallen. Neben der Straße schlängelte sich ein Fluss entlang, links und rechts streckten sich aber teils steile Felsenwände nach oben, sodass der Name „Graben“ der Gegend wohl alle Ehre machte. Rechts vom Haus war ein kleiner Garten, dahinter eine recht steile felsige Wand. Das Haus schien fast in die Felswand hineingebaut zu sein. Vor dem Haus war ein großer Parkplatz und durch einen Zaun von der Landstraße abgegrenzt. Am Eck war eine alte Holzhütte, angrenzend ein Carport für 4 Stellplätze. Nur links vom Haus öffnete sich der Graben etwas und neben dem Stall konnte Markes einige Felder und sogar einen Teich erkennen. Fast hätte es etwas Idyllisches gehabt, wären nicht einige Nebelschwaden wie aus dem Nichts aufgetaucht und in diese Richtung gezogen. Nebel war hier im Graben wohl üblich im Herbst, wenn die Holzschlägerungen begannen. Ein Geräusch beim

Stall verriet ihm, dass er nicht der Einzige war der schon wach war. Erleichtert nicht schon dem Wamser zu begegnen, erkannte er eines der Mädchen, Fanni, von gestern Abend mit einem großen Korb unter dem Arm. Sie stand mit dem Rücken zu ihm und sortierte etwas darin. Er erinnerte sich an die fehlenden Handtücher und ging auf sie zu.

„Entschuldigung Fanni“, sagte er und das Mädchen erschrak heftig.

Überrascht bemerkte er, dass das Mädchen das sich so abrupt umgedreht hatte, nicht das Gleiche war von gestern Abend. Sie sah ihr aber zum Verwechseln ähnlich, dieselben dunklen Haare, Größe und auch Statur, aber ihr Ausdruck war nicht der gleiche wie von Fanni. Außerdem hatte sie grüne Augen und nicht braune. So etwas merkte er sich einfach.

„Entschuldigung ich wollte Sie nicht erschrecken,“ sagte er schnell, „Ich bin hier zu Gast. Ich habe Sie wohl verwechselt.“

Das Mädchen schien ihre Fassung wieder erlangt zu haben. Ein fast amüsierter Ausdruck erschien in ihrem Gesicht.

„Ja wahrscheinlich mit meiner Zwillingsschwester Fanni. Ich bin Christie. Meine Schwestern Margret und Katie kennen sie wahrscheinlich schon.“

Herrje, vier von der Sorte und eine schöner als die andre, dachte er. Seine Handflächen begannen zu schwitzen. Wie hatte der alte hässliche Wamser so schöne Mädchen zusammengebracht. Christie war eindeutig kesser als ihre zwei Schwestern die er bisher kennengelernt hatte, denn sie machte einen sehr selbstbewussten Eindruck und blickte ihn auch direkt an.

„Was kann ich für Sie tun Herr Kandler“, fragte sie lächelnd.

Anfangs wunderte er sich, wieso sie ihn sofort beim Namen nennen konnte. Dann erinnerte er sich daran, dass es wohl nicht sehr viel Fremde in diese Gegend verschlug und dass sich der neue Arbeiter wohl schon herumgesprochen hatte. Er betrachtete sie und es gefiel ihm was er sah. Ihre Lippen waren ebenso rosig wie die von Margret. Als sein Blick nach unten schweifte bemerkte er, dass ihre Brustwarzen aufgrund der Morgenkälte deutlich durch ihre Bluse hervortraten. Reiß dich zusammen Markes, befahl er sich im Kopf.

„Ich habe keine Handtücher im Bad“, sagte er schließlich und seine Kehle wurde trocken.

Christie schmunzelte, nahm ihren Korb und deutet ihm ihr ins Haus zu folgen, ihre Haare flogen dabei lose im Wind. Ein Blick in den Korb verriet ihm, dass sie Eier trug, die sie wahrscheinlich fürs Frühstück frisch vom Stall geholt hatte. Sie hatte eine schlanke Statur, mit ihren enganliegenden Jeans und Stallstiefel wirkte sie in jeder Hinsicht sexy und war sich dessen wohl bewusst. Am Eingang ließ sie ihn neben sich an der Tür vorbei.

„Ich mache Ihnen erstmal Frühstück und besorge die Handtücher während Sie essen."

Sein Magen grollte zustimmend und er erinnerte sich, dass er seit gestern Mittag nichts mehr gegessen hatte. Nach seiner Ankunft hatte er weder Hunger noch Durst verspürt. Daher nun umso mehr. Er setzte sich im leeren Gastraum an einen der Lärchentische. Offensichtlich war er der einzige Gast der hier übernachtet hatte, oder aber es war auch noch zu früh für Tagesgäste. Christie machte Licht und verschwand im zweiten Gastraum. Anscheinend lag dahinter der Schankraum und die Küche, so wie gestern Fanni dort verschwand um ihm ein Bier zu besorgen, welches er schlussendlich gar nicht getrunken hatte. War es unhöflich gewesen einfach zu verschwinden? Na egal, es war unnötig, dass ihn jetzt ein Gewissen überkam.

Christie war sehr schnell und setzte ihm Eier mit Speck vor und eine Tasse Kaffee, die brauchte er dringend. Sie kam so nah an ihn heran, dass er ihre festen Brüste spüren konnte, die an seinem Oberarm streiften. Er fragte sich, ob sie das bewusst machte oder ob er sich dies nur eingebildet hatte. Es war zu lange her, dass er eine Frau hatte. Aber auch Christie war viel zu jung, wie alt schätzte er sie? 22 oder 23? Er war mittlerweile 33! Ihre Anwesenheit spürte er bis ins Mark, wie sie hinter ihm stand, während er die Eier probieren wollte. Es war ihm unangenehm, wenn ihm jemand beim Essen zusah, besonders, wenn es eine schöne Frau mit Bluse ohne BH und enganliegenden Jeans war. Er zögerte kurz.

„Schmecken sie nicht?“ hörte er Christie hinter ihm fragen und ihre Stimme war süß aber berechnend.

Verdammt, wieso stand sie so nah hinter ihm. Er wollte sich einfach nur auf seine Eier konzentrieren, die so herrlich rochen. Stattdessen zuckten seine eigenen Eier zunehmend.

„Vielen Dank. Super. Bekomme ich noch etwas Kaffee bitte?“

Christie beugte sich von hinten zu ihm vor und hob seine Tasse auf. Diesmal bildete er sich nicht ein, dass ihre Brüste an seiner Schulter und Arm streiften. Er merkte, wie eine plötzliche Hitzewelle sein Körperteil ergriff und er hatte alle Mühe das aufkeimende Pochen zu unterdrücken. Herrje, wieso war er allein im Gastraum mit dieser Frau. Sie entfernte sich um Kaffee zu holen und er verschlang gierig seine Eier, damit er baldigst aufstehen und wieder in sein Zimmer gehen konnte. Wenn Katie auch noch so aussah, musste er sich bald einen anderen Gasthof suchen, oder eine Frau. Noch bevor er aufgegessen hatte, betraten andere Männer den Gastraum und Christie wandte sich ihnen zu, sodass er in Ruhe seinen Kaffee austrinken konnte. Danach ließ er es aufs Zimmer schreiben und ging nach oben. Der alte Wamser würde ihn umbringen, wenn er einen seiner Mädchen zu nahe kam, das hatte er deutlich gemacht.

Eine Stunde später hatte er sich bei Wamser zur Arbeit gemeldet. Dieser nahm ihn in seinem Holzwagen mit und sie fuhren für die Forstarbeit tiefer in den Graben hinein. Die Sonne kam nur hin und wieder durch den dichten Wald durch und nur wenige Strahlen erreichten die Forststraße vor ihnen. Der LKW hatte einen eingebauten Kran mit einer Holzkralle und kämpfte sich in dem steilen Gelände bemerkenswert sicher die Forstwege hoch, bis sie die Foststelle der Schlägerungsarbeiten erreicht hatten. Dort traf er auf die anderen Männer ,die er am Abend zuvor im Gastraum gesehen hatte. Der gesamte Ort hier schien für den Forstbetrieb zu arbeiten, der Wamser war anscheinend ein reicher Mann. Seine Töchter kümmerten sich um das Gasthaus und er um den Forstbetrieb und das Sägewerk. Dieses liegt nur einige 100 Meter weiter vom Gasthaus entfernt und war nur aufgrund einer Kurve nicht sofort ersichtlich. In dem Sägewerk arbeiteten weitere 20 Männer.

Die Arbeit war schwer und schon nach wenigen Minuten schwitzte Markes erheblich. Das Training im Knast hatte sich bezahlt gemacht, er war jung und gut in Form, sodass er sichtlich mit dem Team mithalten konnte. Bei einzelnen Arbeitsschritten war er etwas unbeholfen, aber schon bald schien ihm die Arbeit sogar Spaß zu machen. Ein Stamm nach dem anderen wurde gefällt, entästet, geschält und auf den LKW geladen. Der Wamser war streng und erteilte seinen Männern Anweisungen die sie befolgten. In der Mittagspause saßen sie auf den gefällten Stämmen und aßen die mitgebrachten Jausen. Markes hatte natürlich nicht daran gedacht, dass sie mittags nicht ins Gasthaus zurückkehren würden. Zum Glück bot ihm Franz, sein Sitznachbar von gestern Abend Hartwürste und Bauernbrot an. Sein knurrender Magen dankte es ihm sehr.

„Stimmt es, dass mein Vorgänger in der Säge umkam?“ fragte er Franz.

Er hatte es zwar schon vergessen, aber gerade eben war es ihm wieder eingefallen.

„Ja schon, aber es passiert immer wieder etwas. Letztes Jahr ist einer vom Baum erschlagen worden. Der Wamser war ziemlich sauer.“

Er lachte unpassenderweise. Markes wusste zwar nicht was daran so komisch war, hakte aber nicht mehr nach.

„Naja, wenn der nur halb so sauer war wie bei seinen Töchtern gestern, dann..“

Markes wollte eigentlich sarkastisch sein, aber Franz schien sich urplötzlich unwohl zu fühlen. Sein Gesichtsausdruck wurde hart.

„Ich muss jetzt weitermachen“, sagte er, stand auf und entfernte sich.

Was war denn das, dachte sich Markes. Darf man sich nicht mal unterhalten über seine Töchter? Er hatte den Gesichtsausdruck von Franz als Furcht interpretiert.

Im Laufe des Tages hatte er noch mit Karl und Peter näher zu tun. Peter schien in seinem Alter zu sein und war gestern nicht im Gastraum. Mit Peter würde er sich anfreunden und um die Häuser ziehen. Soweit er zwischen den Zeilen lesen konnte, war er ebenso nicht verheiratet und wohnte mit Karl seinem Vater auf einem Bauernhof ganz in der Nähe. Er verabredete sich mit Peter für heute Abend im Gastraum, wo sie bei einem Bier über Weiber sinnieren konnten und was das Leben eben sonst noch so erfreute. Darauf freute er sich fast. Es war gar nicht so schlimm. Ja vielleicht würde es ihm hier sogar gefallen. Den ersten Tag hatte er halbwegs gut überstanden, war aber heilfroh als sie in den LKW stiegen und die Heimreise antraten. Abends verdrückte er eine große Portion Gulasch und hatte bereits einen Krug Bier intus als sich Peter wie verabredet zu ihnen gesellte. Er lernte daraufhin auch Katie, die 4. Schwester kennen, die an diesem Abend an der Seite von Margret servierte. Sie hatte ebenfalls blondes Haar, nicht ganz so blondes wie Margrets, aber sie stand ihr in der Fülle um nichts nach. Verglichen mit Margret war sie aber etwas größer und wahrscheinlich nicht viel jünger. Wenn sie servierte, wirkte sie konzentriert und ernst, aber professionell. Sie und Margret waren von Bier zu Bier immer schöner anzuschauen.

So verging die Woche mit immer demselben Ablauf. Forst, Säge, Gasthaus. Und wie immer wenn Markes mit Peter und Franz sein Feierabend Bier genoss, ging es darum die Frauen zu begaffen, die mit ihren Tabletts von Tisch zu Tisch eilten.

„Ich muss pissen“, lallte Markes und erhob sich zu einem längst überfälligen Leergang. Im Stiegenhaus wies ein Schild WC auf die Toiletten hin, aber sie waren gerade beide besetzt. *Bei so viel Natur schadet es nicht sie zu wässern*, dachte Markes einfallsreich und machte sich auf den Weg nach draußen. Der Bach hinter den Parkplätzen rauschte und würde ein perfektes Klosett abgeben. Er erleichterte sich und dachte gerade an seine aberwitzige Situation wie er hier gelandet war (zumindest im Rausch schien es so), als er einen unterdrückten Schrei vernahm. Er schüttelte ab und begab sich ums Haus auf den Garten zu. Schemenhaft erkannte er, wie sich zwei Personen stritten oder bekämpften. Der Eine war groß und kräftig, die zweite schattenhafte Gestalt war schmächtig und zart und eindeutig eine Frau. Sie wehrte sich und versuchte ihn abzuwimmeln, aber der Hüne versuchte sie an die Mauer zu drücken und zu küssen. Heldenhaft wie Markes sich vorkam, wollte er der Frau zu Hilfe kommen.

„Lass sie sofort los“, schrie er und zerrte den Mann von ihr weg.

Er blickte direkt in Christies überraschtes Gesicht, die sich an die Mauer schmiegte. War doch klar, dass früher oder später jemand versuchen würde sich an Wamsers Töchter ranzumachen, dachte Markes, weil es ihm genauso ging. Bevor Christie ihn aufhalten konnte, schlug Markes dem Hünen ins Gesicht, dieser torkelte nach hinten, aber Markes rauschiger Versuch den Mann zu Boden zu bringen scheiterte. Als sich dieser schließlich wieder zu voller Größe aufrichtete, kam er sich plötzlich nicht mehr so stark vor. Der Adrenalinschub hatte ihn wohl nüchtern gemacht. Der Hüne warf sich sofort auf ihn und traf ihn mit seiner Faust in die

Niere, der Schmerz raubte ihn für eine Sekunde den Atem. Sie gingen beide zu Boden.

„Nein aufhören!“ schrie Christie und versuchte den Hünen von Markes wegzuzerren.

Markes erkannte den bärtigen Mann als Sepp. Er saß mittlerweile auf Markes und verpasste ihn einen Schlag ins Gesicht, der bei ihm die Sternchen tanzen ließ. Markus dachte kurz er würde ohnmächtig werden, aber einige Männerhände zerrten Sepp weg von ihm, bevor er erneut zuschlagen konnte.

„Was ist hier los?“ schrie Wamser der mit Peter aufgetaucht war und den wütenden Sepp festhielt. „Was schon, der Lustmolch wollte sich an Christie ranmachen“, brüllte Sepp bevor Markes sich wieder im Griff hatte. Der Wamser wurde blutrot im Gesicht vor Wut.

„Was? Sepp ist derjenige der Christie an die Wäsche wollte!“ versuchte sich Markes zu verteidigen während er sich erhob, „Christie sag‘s ihm!“ forderte Markes und griff sich an die Wange, seine Zähne hatte er zum Glück noch alle.

Der Wamser blickte nun auf Christie. Sie schaute zuerst zu Sepp, dann zu Markes und dann wieder auf ihren Vater. Bevor sie ein Wort sagte, lief sie in die Schwärze der Nacht davon.

Der Wamser näherte sich Markes, sodass sie Gesicht vor Gesicht standen, wenige Zentimeter entfernt.

Trotzdem schaffte er es noch einen erhobenen Zeigefinger direkt vor sein Auge zu richten.

„Wenn du meiner Tochter ohne Erlaubnis noch einmal zu nahe kommst, dann packst du nicht nur deine Sachen, sondern klaubst auch deine Zähne vom Boden auf“, schwor der Wamser und ein eiskalter Blick durchfuhr ihn, sodass Markes sofort erkannte, dass es nicht nur leere Worte waren.

Als Zeichen dafür, dass Markes seine Worte verstanden hat, nickte er kurz. Es hatte keinen Sinn weitere Erklärungen abzugeben, der Wamser würde ihm kein Wort glauben. Der alte Bär und Sepp entfernten sich fluchend.

Peter warf Markes einen mitleidigen Blick zu und sagte: „Dumm gelaufen. Bis morgen Kumpel, ich bin dahin.“

Ein bitterer Geschmack sagte Markes, dass seine Lippe blutete. Das durfte sein Bewährungshelfer unter keinen Umständen erfahren. Wieso musste er sich da auch einmischen?? Es gab genügend Bewacher rund herum. Er gab dem Bier die Schuld. Wieder mal. Das Mädchen hatte sich doch gewehrt, wieso hat sie nichts gesagt und ihn sogar abhalten wollen, Sepp zu schlagen. Ihre Augen hatte sie aufgeregt aufgerissen. Tja, da konnte wohl das ganze Drohen ihres Vaters nichts nützen. Ihm war die Lust zu feiern sowieso vergangen, auch da Peter heimgefahren war. Er rappelte sich auf und verschwand durchs Stiegenhaus in sein Zimmer.

Das war ein Tag. Die erste Arbeitswoche und schon in einer Schlägerei. Wie war das gleich mit *„das wird ein Kinderspiel für dich"*? Markes hörte die Worte seines Bewährungshelfers noch im Kopf. Er blickte in den Spiegel ober dem Waschbecken und betrachtete seine offene Wunde an der Lippe. Die würde bald heilen, das machte nichts. Er griff sich an sein Kinn und kontrollierte seinen Bartwuchs. Seit gestern hatte er beschlossen, dass er sich für eine Weile nicht rasieren würde, damit er sich mit einem 3-Tagesbart quasi an seine neue Umgebung anpassen konnte. Integrieren, würde er das nennen. Ein Bart würde ihm vielleicht gar nicht so schlecht zu seinem längeren dunkelbraunen Haar passen, das sowieso nicht zu bändigen war und immer in alle Richtungen stand. Da wirkte er meistens so, als wäre er gerade aufgestanden. Mit dem richtigen Schlafzimmerblick standen die Ladies aber drauf. Wenn er sich hier anpassen wollte, musste er aber eher grimmig aussehen. Er übte einen brutalen, grantigen Blick, musste aber aufgrund seiner Grimassen selbst über sich lachen. Die Männer im Knast waren nichts gegen diese Bären hier. Dort hatte er wenigstens trainieren können, damit er nicht ganz so hilflos aussah. Skeptisch drehte er sich im Spiegel und betrachtete sich von hinten, der Seite und hob dann sogar seinen Oberarm, um zu kontrollieren wie viel Muskeln noch übrig waren seit er das letzte Mal beim Training war. So übel sah er gar nicht aus, dachte er sich. Er hatte zwar keinen Waschbrettbauch mehr, aber sein stämmiger, kräftiger Oberkörper sah trotzdem männlich aus, bildete er sich zumindest ein. Er verglich sich dabei immer mit

Russel Crowe aus „der Gladiator“. Er sollte aber trotzdem unbedingt wieder ins Fitnessstudio gehen. Dabei hatte er seit langen nicht mehr so geschwitzt wie heute bei der Arbeit. Während einer ausgiebigen Dusche überlegte er, ob er seinen Bewährungshelfer von sich aus anrufen sollte, als es an der Tür klopfte. Wahrscheinlich der Wamser noch einmal. Er heftete sich ein Handtuch um die Hüfte, betrachtete kurz erneut seine angeschlagene Lippe im Spiegel und öffnete die Tür.

Kapitel 3: Ein fataler Fehler

Im ersten Moment dachte er sich, hätte er doch bloß die Tür nicht geöffnet. Er hätte unter dem Vorwand, dass er Kopfweh hatte nicht öffnen sollen oder so tun, als würde er das Klopfen unter der Dusche einfach nicht hören. Christie sah zu Boden, ihr Mund war leicht geöffnet. Er hätte sie im ersten Moment auch für Fanni halten können, aber als sie den Blick hob, sah er ihre grünen Augen. Scheiße. Er blickte in den Flur hinaus um zu sehen, ob noch jemand da war, beziehungsweise, ob er im Stiegenhaus jemanden hörte, der Christie vielleicht gefolgt war. Hatte ihn der Wamser nicht unmissverständlich klar gemacht, dass er sich von seinen Töchtern fernhalten sollte?

Sie schien seine Unsicherheit zu bemerken und sagte: „Tut mir leid, was vorhin passiert ist... Ich habe aber mit meinem Vater gesprochen.. also, dass Sie mir nichts getan haben.. ich wollte mich entschuldigen, dass ich einfach davon gerannt bin“, sie stockte und wirkte im schummrigen Licht leicht nervös, „wissen Sie, Sepp ist der beste Mann meines Vaters, ich wollte ihn nicht bloßstellen. Als Entschuldigung und Dankeschön habe ich Ihnen etwas mitgebracht.“

Sie hob beide Hände. Erst jetzt bemerkte er, dass sie in der einen Hand ein kleines Fläschchen, in der anderen zwei Schnapsgläser hielt. Seine Gedanken überschlugen sich.

„Nein", dachte er, *„du kannst immer noch Kopfweh vortäuschen, lass sie nicht ins Zimmer."*

Zum Teufel, er war doch kein Weib das Kopfweh vortäuschen musste. Er war erwachsen, und Christie ja offensichtlich auch. Ihr Vater konnte sie nicht immer beherrschen. Mit klopfenden Herzen und wachsender Erregung öffnete er die Tür ganz und ließ sie eintreten. Nicht ohne noch einmal in den Flur zu blicken, schloss er behutsam die Tür hinter sich. Der Flur war leer und ruhig. Sie ging ins Zimmer auf den Tisch zu und schenkte gekonnt die zwei Schnapsgläser mit einer rötlichen Flüssigkeit voll.

„Hab ich selbst gebrannt", verkündete sie stolz, „ich hoffe es schmeckt".

Er ging langsam auf sie zu ohne den Blick von ihr abzuwenden und nahm das Glas, das sie ihm entgegen streckte. Sie trug ein marineblaues Sommerkleid mit klitzekleinen Blümchen, das vorne zugeknöpft war. Auf Höhe ihrer Brüste spannte sich das Kleid an den Knöpfen. Bei jedem anderen hätte es wie ein Oma Kleid ausgesehen. An ihr sah es einfach reizend aus. Eher aufreizend. Sie lächelte und Markes entging das Blitzen in ihren Augen nicht. „Prost" sagte sie und kippte sich den Schnaps in die Kehle. Markes tat es ihr gleich. Als er seinen Blick wieder auf sie richtete, sah er wie sie ihn musterte und auf ihrer Lippe zu kauen schien. Offensichtlich gefiel ihr was sie sah. Immerhin war er noch immer feucht vom Duschen und kaum mehr bekleidet als mit einem Handtuch um die Hüften. Und ihm gefiel ebenfalls was er sah und wie sie ihn ansah. Fast lüstern hätte er gesagt. Nein, weg mit den Gedanken. Sie ist tabu, redete er sich ein. Aber er konnte auch nicht anders als sie mit seinen Augen auszuziehen. Seine Blicke wanderten von ihren nackten Beinen nach oben, ihren Hüften, Taille, Oberweite, bis hin zu ihren Hals. Ihre Halsschlagader pochte verräterisch und er wollte hineinbeißen und an ihrem Hals saugen, bis sie schrie vor Lust, ihre Haut einatmen und sie zum Schwitzen bringen. Als sie sich nach vorn beugte um die Schnapsgläser neu zu befüllen und ihren einladenden Hintern preisgab, wollte er ihr am liebsten die Fetzen vom Leib reißen. Seine Fantasie ging mit ihm durch. Was sollte er sonst tun, eine anziehende Frau stand in seinem Zimmer und er war quasi nackt. Sie reichte ihm die Gläser und seine Fingerspitzen berührten ihre Hand als er danach griff. Es war nur eine klitzekleine Berührung, die sich aber wie Stromwellen in seinem ganzen Körper verbreiteten. Ihre Lippen waren feucht vom Schnaps, ihre grünen Augen sahen aus wie von einer Katze, die ihr Opfer fixierte. Katzen darf man nicht trauen, sagte er sich, denn sie führen immer etwas im Schilde. Im gefiel aber der Gedanke, dass sie mit ihm spielte. Ihre Haare waren verwuschelt und lagen offen über ihre Schultern. Sie schlug sie gekonnt von einer Seite auf die andere und diese Bewegung war unglaublich sexy, denn nun sahen sie noch mehr zerzaust aus wie vorher. Er kippte das Glas erneut ohne sie aus den Augen zu verlieren und stellte es wieder auf den Tisch. Herrje, was hat diese Frau vor? Wäre er jetzt in Linz würde er über sie herfallen. Aber er war in einem Graben irgendwo im Alaska von Österreich und musste sich zusammenreißen. Diese Art von Frauen war gefährlich. Normalerweise sollte er die Finger von ihnen lassen und weit weg laufen, denn sie übten eine Art Macht über ihn aus, denen er voll und ganz erlegen war. Er wusste genau, wann eine Frau willig war. Es war nicht die Art und Weise wie sie sprach oder was sie sprach. Es konnte eine ganz banale Unterhaltung sein und dennoch erkannte er sofort die Erotik, die in der Luft lag. Es waren die kleinen Pausen zwischen den Unterhaltungen, ja, die peinliche Stille, die sich für den Bruchteil einer Sekunde in den Raum legte, die waren es, woran er erkannte, dass sie ihn wollte.

„Ich sollte mir etwas anziehen", sagte er und wollte sich ins Bad zurückziehen. Sie hatte erneut nachgeschenkt und legte ihre Hand auf seine Schulter um ihn zurückzuhalten.

„Ich bin gleich wieder weg, einen noch", raunte sie und reichte ihm mit der anderen Hand das wieder gefüllte Schnapsglas. Eigentlich war er schon betrunken bevor sie in sein Zimmer kam. Aber der Schnaps gab ihm den Rest. Er spürte ihre Hand auf der Schulter, die nun sachte auf seine Brust hinunter glitt, als er sich ihr wieder zugewandt hatte, um das Schnapsglas entgegen zu nehmen. Ihre Wangen waren gerötet, sie hielt den Blick auf seine Brust gerichtet. Diese leicht geöffneten feuchten Lippen, diese grünen Augen. Er wusste, dass er im nächsten Moment die Beherrschung verlieren würde. Er kippte das Glas erneut. Ok, der Wille war da, aber das Fleisch ist schwach. Keinen Ärger bekommen, Finger vom Alkohol lassen, aber abstinent zu sein, steht nicht auf der Liste.

Das Nächste an das er sich erinnern konnte war, dass er sie an die Wand presste und dabei das Handtuch verlor. Nein, nein, nein. Er presste seinen Mund auf ihren, anstatt ihn wegzustoßen nahm sie ihn gierig auf. Ihre Lippen waren feucht und voll und schmeckten nach Erdbeerschnaps. Sie machte ihn wahnsinnig. Jetzt gab es sowieso kein Zurück mehr. Es wäre leichter gewesen, wenn sie ihn fortgestoßen hätte, obwohl es ihn wahrscheinlich in dem Stadium in dem er sich befand, höchstens noch mehr angetörnt hätte. Er packte sie an den Oberarmen und warf sie aufs Bett. Ihre dunklen Haare wirbelten an ihr herunter. Diese Frau hatte ihn einfach verführt und er war vollkommen machtlos. Markes riss an dem Kleid und die Knöpfe sprangen sofort auf, ihre Brüste streckten sich ihm entgegen. Er brauchte es. Jetzt. Sie war am falschen Ort zum falschen Zeitpunkt. Und Sie war einfach zu geil, um es nicht zu tun. Willig wölbte sie sich ihm entgegen. Der Alkohol berauschte ihn und lies ihn wie einen Wahnsinnigen agieren. Als hätte sie seine Gedanken gelesen stieß sie ihn spielerisch weg, sodass er mit beiden Händen ihre Handgelenke griff und links und rechts neben ihr aufs Bett presste. Sie schien es ebenfalls anzutörnen und strich zur Bestätigung mit ihrer Zunge über ihre Lippen, streckte ihm ihre Kehle entgegen. Sofort ergriff er die Gelegenheit und saugte daran. Sein Schwanz strich währenddessen zwischen ihren Schenkeln hin und her auf der Suche nach der Quelle, die ihn erlöste. Mit einem Ruck fuhr er in sie ein, sie schrie lüstern auf und biss in sein Ohr. Sie wusste genau was sie tat, wie und wann. Markes überraschte die Intensität ihrer Begegnung, mit einer völlig Fremden.

Markes wachte in der früh mit einem entsetzlichen Kater auf, als der Wecker zu piepsen begann. Er lag am Boden, wie er dorthin kam, wusste er nicht mehr. Benommen richtete er sich auf und setzte sich aufs Bett. Er rieb sich die Schläfen, als ein entsetzlicher Schmerz seinen Kopf durchfuhr. Was war denn gestern los? Die Bilder von Christie tauchten schlagartig vor seinem inneren Auge auf. Er blickte sich panisch um, doch das Zimmer war leer. Es gab keine Anzeichen, dass jemand außer ihm hier war, außer, dass sein Zimmer verwüstet aussah. Der Stuhl war umgefallen, der Tisch verrückt, die Kastentüren waren offen und seine Sachen lagen halb verstreut im Zimmer. Oh Gott, was hatte er getan. Nein, das war alles nur ein böser Traum. Weitere Bilder tauchten in seinem Kopf auf. Nackte Haut, ein Stöhnen, rote Lippen.. nein, nein, nein. Das war eindeutig ein Traum. Er war einfach betrunken und hatte sich im Suff am Tisch und am Stuhl festgehalten, dabei ist er umgefallen. Und weil er kein T-Shirt finden konnte, hatte er die Sachen achtlos aus dem Kasten gezerrt. Ja genauso war es. Er raffte sich auf und stellte sich unter die Dusche. Tatsächlich fühlte er sich danach um Welten besser. Sein Spiegelbild belehrte ihn aber eines Besseren.

Die Wunde an der Lippe war verkrustet und halb so schlimm, der Rest seines Gesichtes wirkte aber so, als hätte jemand mit einem Stiefel darauf herumgetreten, so zerknautscht sah es aus. Sein Kiefer schmerzte ebenfalls noch, aber er würde es überleben. Verwirrt zog er sich an und machte sich auf in den Frühstücksraum.

Er hatte befürchtet, dass Christie ihn bedienen würde, aber es war dieses Mal Katie die ihm das Frühstück bereitete. Es waren außer ihm noch zwei andere Männer anwesend. Zu allem Übel sprach sie ihn an. Sie war höflich aber ausdruckslos.

„Sie sind also der neue im Team. Aus Linz stimmt‘s? Wie gefällt es ihnen hier im Dorf?“

Markes hätte sich gewünscht so früh mit niemanden reden zu müssen, vor allem nicht mit stechenden Kopfschmerzen. Aber er war höflich.

„Ganz gut. Das ist erst meine erste Woche. Vom Dorf habe ich noch nicht viel gesehen“.

Sie lächelte kühl.

„Da gibt es auch nicht viel zu sehen. Ein Dorf wie jedes andere. Eine Kirche, ein Geschäft und ein Wirtshaus“, sagte sie und unterstrich das letzte Wort mit besonderer Betonung. Markes musste schmunzeln. Sie war nett, und wirkte im Gegensatz zu ihren Schwestern normal.

„Hm“, bestätigte er, weil er nicht wusste was er sonst antworten sollte. Er dachte sie würde sich abwenden, stattdessen fragte sie noch: „Haben Sie meine Schwestern schon kennengelernt?“ Ihre Frage war von einem schelmischen Gesichtsausdruck begleitet, doch er war noch nicht klar genug im Kopf um sich weiter Gedanken darüber zu machen. Er nickte kurz, dann verließ sie den Raum, als sie merkte, dass er nicht besonders gesprächig war. Trotzdem musste er ihr nachsehen und einen Blick auf ihr Hinterteil werfen, das in enganliegenden schwarzen Jeans hin und her wippte.

Er wollte gerade die Tasse Kaffee leeren, als ihm erneut Bilder vom Schnaps in den Kopf schossen. Bilder als es ihn überkam und er die Beherrschung verlor. Ihr perfekter Körper, ihre sinnliche Lust, ihre erregten Brüste. Christie war genau sein Typ. Etwas Luder, aber unkompliziert. Er schüttelte die Bilder ab, obwohl es ihm schwer fiel. Nein, das war nie passiert. Er musste unbedingt mit Christie sprechen sobald er zurück war von der Arbeit.

Draußen wartete bereits der Wamser mit dem LKW auf ihn. Er lehnte am LKW und kaute an etwas, wahrscheinlich Tabak.

„Harte Nacht was?“ fragte er.

Für den Bruchteil einer Sekunde dachte Markes, er wüsste von ihm und Christie. Vielleicht hatte sie ihm heute früh alles gestanden. Er hielt inne. Sollte er mit dem Wamser in den LKW steigen, ohne dass dieser ihn bei der ersten Gelegenheit umbrachte?

Der Wamser deutete auf seine Wange, „tut's noch weh?"

Erleichtert lächelte Markus. Natürlich, der Wamser hatte von der Schlägerei geredet.

„Halb so wild. Kommt nicht wieder vor."

Sie stiegen in den LKW und fuhren zum Forstplatz. Den ganzen Tag dachte er daran wie er mit Christie in Kontakt treten sollte und wie er ihr klarmachen sollte, dass es einmalig war, er betrunken war und dass sie es niemals ihrem Vater erzählen durfte. Wie konnte er nur so blöd sein. Peter erkundigte sich ebenfalls über den weiteren Verlauf der Nacht als sie beim Mittagessen nebeneinander saßen. Nach dem ersten Tag ohne Mittagessen, hatte er daraus gelernt und sich fortan von den Mädchen eine Jause einpacken lassen.

„He Peter, was hältst du davon, wenn wir heute in ein anderes Gasthaus gehen.. ich meine, wo man sich amüsieren kann, ohne von den Arbeitskollegen begutachtet zu werden," sagte er und fügte in Gedanken hinzu: *Wo es auch Weiber gibt die man ohne Morddrohung anbaggern kann*.

Peter zögerte.

„Da gibt es nicht viel in der Gegend. In Eisenheim gibt es noch ein Gasthaus, aber da ist meistens nicht viel los.. und die Leute sind komisch. Ansonsten müssten wir nach Drauberg fahren, dort gibt es einen Nightclub aber der soll nicht gut sein… habe ich gehört“, fügte er schnell hinzu und zwinkerte Markes zu, um ihm anscheinend zu sagen, dass er ihn sehr wohl besucht hatte, aber nicht überzeugt war. Markes entging nicht, dass Peter herumdruckste und offensichtlich nicht begeistert war von seinem Vorschlag.

„Ist dir der Forstwirt unangenehm geworden?“ fragte dieser scheinheilig.

„Ach, war nur so ein Gedanke. Vergiss es. Also heute Abend auf ein Bier im Forstwirt?“

Sichtlich erleichtert, heiterte sich Peters Stimmung wieder auf.

„Abgemacht. Aber diesmal ohne Schlägerei“.

Bevor er die Gasträume betrat, hielt Markes im ersten Stock inne. 5 Türen. Welche davon war wohl Christies. Er ging einfach davon aus, dass alle hier wohnten, da er keinen Ehering an den Mädchen erkannt hatte und sie die Wirtschaft rund um die Uhr betrieben. Er lauschte, konnte aber nichts vernehmen. Enttäuscht ging er ins Erdgeschoss weiter. Als er sich umsah, bemerkte er, dass ihm die Türe hinter der Stiege gar nicht aufgefallen war. Anscheinend gab es hier auch einen Keller. Die Türe lag im Dunklen hinter der Stiege und hatte einen Zahlencode an der Tür. *Welche Kellertüre hatte einen Zahlencode*? Er näherte sich der Türe und legte seine Hand auf den Türknopf. Gerade als er sie drehen wollte, öffnete sich die Türe von innen und Margret stand vor ihm. Sie erschrak ebenso stark wie er, er hatte niemanden kommen hören. Margret sah ihn überrascht und verlegen an. Hinter ihr lag eine Stiege die ins Dunkle nach unten führte. Markes fand als erstes die Sprache wieder.

„Entschuldigung, ist hier noch eine Toilette? Drüben ist besetzt."

Markes griff sich an den Kopf. Was hätte er sonst sagen sollen? Tut mir leid ich suche deine Schwester, weil ich mit ihr geschlafen habe und sie um Stillschweigen bitten muss? Margret deutete an die Tür hinter ihm auf dem deutlich das Zeichen WC stand.

„Nein, das ist das Einzige."

Sie bewegte sich nicht und sah ihn einige Sekunden schweigend an.

„Aja, vielen Dank", sagte er verlegen, „ach ja, ihre Schwester Christie.. naja da hat es einen Zwischenfall gegeben gestern Abend. Ich wollte mit ihr darüber sprechen. Wissen Sie wo ich sie finden kann?" fragte er scheinheilig.

Margret fand ihre Sprache wieder, „Soweit ich weiß ist sie heute mit Freundinnen in die Therme gefahren. Sie kommt wahrscheinlich erst nächste Woche zurück."

Margret war etwas blasser wie Christie, aber sie war seiner Meinung nach die Schönste von allen. Er konnte den Blick kaum von ihr abwenden.

„Vielen Dank“, sagte er noch immer nervös, „vielleicht können Sie ihr ausrichten wenn sie wieder da ist, dass ich sie suche.“

Margret nickte kurz und Markes ging auf die Toiletten zu. Bevor er aber die Tür hinter sich zuzog, lies er sie noch einen spaltbreit offen für eine gefühlte Sekunde, um noch einen Blick auf Margret zu erhaschen. Rasch trat sie durch die Kellertür ins Stiegenhaus und schloss sie hinter sich sorgfältig, bis sie einrastete. Sie war wirklich engelshaft. Sogar in diesem dunklen Gewölbe, schien sie zu strahlen. Dabei wirkte ihr Gesicht völlig neutral, nicht so traurig wie es am ersten Abend im Gastraum wirkte. Ein warmes Gefühl breitet sich in Markes Unterleib aus. Vielleicht würde er sie fragen, ob sie mit ihm ausging. Ja warum eigentlich nicht? Er könnte auch die Erlaubnis vom Wamser holen, wenn er seine ehrlichen Absichten kundtat. Aber das musste warten. Zuerst musste er mit Christie sprechen. Er trat vor die Tür an die frische Luft. Zum Rauschen des Baches hatte sich das Geräusch eines leichten Regens hinzugesellt. Das brausende tobende Wasser im Bach wirkte ohnehin immer so, als würde es aus Kübeln regnen, oder aber als ob eine Sintflut auf sie zurasen würde. Er war eben ein Stadtmensch und diese Art von Lärm nicht gewohnt. Irgendwie hatte es aber auch etwas beruhigendes, zumindest wenn man ihm nicht zu nahe kam. Wenn er in den Bach hinab schaute, hatte er immer das Gefühl er würde ihn nach unten saugen. Etwas enttäuscht, dass er die Sache eventuell nicht völlig aus der Welt schaffen konnte, betrat er den Gastraum.

Peter war kränklich und blieb die restliche Woche zuhause, also musste Markes nur mit Franz am Tisch vorlieb nehmen. Dieser war nicht sehr gesprächig, wenn er etwas sagte, brummte er es dermaßen in seinen Bart hinein, dass Markes es aufgab nachzufragen, sondern immer zustimmend nickte, wenn er einen Laut von sich gab. Er war froh, als Peter gegen Ende der Woche wieder auf seinem gewohnten Platz saß und die üblichen Blödeleien von sich gab.

Am anderen Ende saßen wie gewohnt Hias und Sepp die ihn grimmig anschauten. *Wenn Blicke töten könnten*, dachte er, aber es juckte ihn nicht weiter. Wahrscheinlich hatten sie es sich zum Hobby gemacht, die Neuen mit bösen Blicken zu bombardieren.

Es waren diesmal nicht viele Leute im Gasthaus, was großteils am vorhergesagten androhenden Gewitter lag, das die nächsten Tage den Graben heimsuchen sollte. Zum Glück war morgen bereits Freitag. Er begrüßte Peter überschwänglich, setzte sich zu seinen Kumpanen und bestellte von Fanni ein Bier zusammen mit ein paar Selchwürstel mit Sauerkraut. Vielleicht war es sogar selbst gemacht, obwohl er noch keine Schweine außerhalb des Stalles bemerkt hatte, außer den Hühnern und den Ziegen. Schon nach einem Krug war

Markes wieder gut drauf und seine Missstimmung legte sich.

„Also meine Herren, was läuft da mit den Töchtern. Schaut mich nicht so an, sie werden wohl nicht ewig Single bleiben“, er dachte nach und wusste eigentlich gar nicht, ob sie vergeben waren, er ging einfach davon aus, „oder sind sie vielleicht schon vergeben?“ fragte er dann doch.

Franz und Peter sahen sich kurz an. Schließlich sagte Franz, „halt dich am Besten von ihnen fern, sie sind nicht die Art von Frauen in die man sich verliebt. Du weißt, was der Wamser gesagt hat. Du handelst dir nur Ärger ein. Sonst endest du noch so wie der Berger.“

Es war ihm sichtlich unangenehm und als hätte er bereits zu viel gesagt, riss er die Augen auf und zog hastig an seiner Flasche.

„Der Berger?“ hakte Markes nach.

„Das war der Typ der letztes Jahr in der Säge umkam“, erklärte Peter leise, also könnte er, wenn er darüber sprach von großem Unheil heimgesucht werden.

Markes kam sich vor wie in Harry Potter, wo man den Namen von Lord Valdemort nicht aussprechen durfte, sondern nur „der Name der nicht genannt werden darf“.

„Ach kommt schon. Ihr wollt mich wohl verarschen! Ihr habt doch gesagt das war ein Unfall oder?“

Franz und Peter sahen sich erneut an. Als wäre es ein Geheimnis, sagte Franz so leise wie möglich: „Ja aber er hatte sich angeblich in eine der Zwillinge verliebt und wollte mit ihr abhauen. Und der Wamser hat es rausgefunden und ein Tag später, Schwups, ist er tot."

Markes stieß einen sarkastischen Lacher aus, als hätte Franz einen Scherz gemacht. In Wirklichkeit war dies eine Reaktion um seinen Knoten im Hals zu lösen. Der Wamser soll tatsächlich einen Verehrer seiner Tochter umgebracht haben? Markes Lachen erstarb zu einem unsicheren Grinsen.

„Der Wamser kann doch seine Töchter nicht ewig einsperren! Was, wenn sie eines Tages hier fort wollen?"

Markes dachte gar nicht daran seine Stimme zu senken, wie seine beiden Gesprächspartner es taten. Sie unterhalten sich doch nur. Wer sollte sich dafür interessieren. Beim Gedanken, dass diese 4 hübschen Frauen ewig unter der Obhut vom Wamser verbringen mussten, wurde ihm übel. Was für eine Verschwendung!

„Besonders Margret wäre bereits im heiratsfähigen Alter!" sagte er schnell um seine Chancen auszuloten und die Reaktion von Franz und Peter zu erfahren.

Franz duckte sich als ob überall Spione wären, blickte um sich, ob jemand zuhören könnte und flüsterte wieder.

„Also die Margret lässt er bestimmt nicht fort. Die ist die älteste der Töchter und Haupterbin. Der Wamser ist der Meinung es sollte nur Eine was zu sagen haben, sonst wird zu viel gestritten."

Gerade als Markes etwas erwidern wollte, stand Sepp am Nebentisch mit einem Ruck auf, sodass der Tisch wackelte und die Gläser umfielen. Er schleuderte seinen Stuhl zur Seite, setzte die paar Schritte vorwärts zu ihnen, beugte sich über den Tisch zu Markes und schlug mit der Faust auf die Tischplatte, sodass die Gläser klirrten.

„Jetzt hör mir mal zu du Neunmalklug. Du stellst zu viele Fragen. Das gefällt mir nicht. Es gibt ein paar Themen, die dich nichts angehen".

Sein Gesicht war direkt vor seinem und Markes roch seinen unangenehmen Bieratem. Der Bart hatte ihn älter gemacht als er war, dachte Markes, er hatte ihn ursprünglich auf Mitte 40 geschätzt, so nah wie er nun vor ihm stand würde er ihn eher auf Ende 30, Anfang 40 schätzen. Wäre er nicht so überrascht von der Hauruck Aktion worden, wäre er wahrscheinlich auch aufgesprungen so wie Franz und Peter, aber Markes selbst, war auf der Bank hinter dem Tisch gefangen.

Wütend setzte Sepp fort: „Franz hat schon recht. Pass nur auf, sonst endest du noch so wie der Berger".

Er spukte beim Reden und Markes musste sich zusammenreißen das Gesicht nicht zu verziehen und sich abzuwenden, um der Spuke zu entgehen. Das hätte Sepp zusätzlich gereizt oder sogar als Schwäche gewertet. Er war zwar nicht feige, aber er wollte ihn nicht provozieren. In Wirklichkeit wollte er einfach nur einen ruhigen Abend verbringen, er hatte seit dem Vorfall letzte Woche kein Auge zugetan, die Aufregung saß ihm immer noch in den Knochen. Sepp war einfach besoffen und hatte trotz der leisen Unterhaltung anscheinend Wortfetzen aufgefangen. *Super Markes, wieso musst du immer so stur sein.*

Markes blieb still, obwohl er ihm am liebsten an die Gurgel gegangen wäre, er war sogar ein bisschen stolz auf sich. Sepp deutete sein Schweigen anscheinend als Zustimmung und richtete sich auf, noch immer blutrot im Gesicht vor Wut. Fast hätte Markes damit gerechnet, dass er die restlichen Gläser vom Tisch fegen wollte. Stattdessen stieß er mit beiden Händen Franz an den Schultern, der starr neben ihm gestanden ist und die Situation still beobachtete. Er torkelte rückwärts über den Stuhl und fiel zu Boden.

„Und du halt dein verdammtes Maul", brüllte Sepp mit dem Zeigefinger auf Franz gerichtet. Wütend verließ Sepp den Gastraum. Gespannt beobachteten die restlichen Leute die Situation, es war mucksmäuschenstill geworden. Anscheinend war das so etwas wie Unterhaltung hier. Ja genau, anstatt sich einen Film reinzuziehen, geht man am besten zum Forstwirt. Da ist immer was los. Sichtlich benommen richteten Franz und Peter ihre Stühle wieder auf und setzten sich wieder an den Tisch. Das restliche Bier wurde stillschweigend verdrückt.

Die Stimmung war vorüber, sie beschlossen nach dem Bier aufzubrechen. Markes schaute zuvor noch aus dem Fenster um zu sehen, ob Sepp nicht doch auf ihn oder seine Freunde draußen auflauerte, um sie in die Mangel zu nehmen. Als sich seine Augen an die Dunkelheit gewöhnt hatten, erblickte er die Stallmauern, einige Autos und...ja, da war eine Gestalt. Er strengte seine Augen an und nahm seine Hände zu Hilfe, um das von der Seite einfallende Licht auszublenden, während er aus dem Fenster sah. Ja das könnte Christie sein die in Richtung Eingang zusteuerte. Vielleicht ist sie zurück von der Stadt. Das war seine Chance sie abzufangen. Er sprang auf. „Bin dahin. Bis morgen, Burschen!" sagte er knapp und zwängte sich hinter der Bank vorbei zur Tür. Gerade als er aus dem Gastraum ins Stiegenhaus eilte, hörte er wie Christie die letzten Schritte in den ersten Stock setzte, kurz darauf eine Tür öffnete und mit einem Klacksen schloss. Obwohl er ebenfalls die Treppe zwei Stufen auf einmal nehmend hoch gesprungen war, hatte er nicht gesehen, welche der 5 Türen sie benutzt hatte. Verdammt. „Zu spät", dachte Markes. Er könnte sich ohrfeigen. Wenn er nun an irgendeine Tür klopfte, könnte es die vom Wamser sein. Plötzlich kam ihm eine Idee. Von außen würde er vielleicht sehen in welchen Zimmern noch Licht brannte. Stolz über seinen Einfallsreichtum - Markes hielt sich zwar für einen ganz sportlichen aber definitiv nicht intelligenten Typen - lief er die Lärchenstiegen wieder hinab und beim Eingang raus. Er entfernte sich rückwärtsgehend vom Haus und von weitem erkannte er tatsächlich, dass in 2 Zimmern noch Licht brannte. Jackpot. Eines davon musste Christies sein. Das helle Zimmer, das Richtung Stall schaute, hatte die Vorhänge noch nicht zugezogen. Leider konnte er keine Gestalt erkennen. Er musste etwas höher um hineinzusehen. Er blickte zum Stall und erkannte im Dachboden ein etwa Bilderrahmen großes Guckloch, das wahrscheinlich nur dazu diente etwas Licht in den Dachstuhl durchzulassen. Der Dachboden des Stalles bestand nur aus dem Dachgerüst und der Bretterschalung außen, war aber ansonsten offen. Ja von dort würde er direkt ins Zimmer sehen. Er umrundete den Stall um sich einen Eindruck zu verschaffen wie er dort hin am besten gelangen würde. Es war eine riskante Idee, aber er musste sich sicher sein. Was wenn sie sonst auf die Idee käme mit dem Wamser zu reden. Sie hatte bestimmt ein schlechtes Gewissen, das passiert ihr sicher nicht oft. Aber er konnte verstehen, dass er als Fremder besonderen Reiz ausstrahlte. Er hoffte nur, sie würde nicht bei ihren Schwestern damit prahlen, dann wären seine Chancen bei Margret dahin.

Zum Glück war der Stall ähnlich wie das Gasthaus nahe an den Felsen gebaut, sodass man in den ersten Stock nicht nur über das Erdgeschoss gelangte, sondern auch ebenerdig über den Aufstieg auf den Berghang dahinter erreichbar war. Als er um den Stall schlich fühlte er sich wie ein Landstreicher, der eine Unterkunft für die Nacht suchte. Hinter dem Stall entdeckte er eine außenliegende Stiege hinauf, die zu einem schmalen Durchgang zwischen Wand und Berghang führte. Am Ende erkannte er eine alte Tür aus Holz, die nun auf derselben Ebene des ersten Stockes war. Markes glaubte, dass ihm das Glück zur Seite stand, als er merkte, dass sie kein Schloss hatte und nur angelehnt war. Die Tür, wenn sie überhaupt diesen Namen verdiente, bestand aus zusammengezimmerten Brettern. Er öffnete sie leicht und lauschte, erkennen konnte er nichts, aber Licht konnte er ohnehin nicht anmachen. Irgendwo hier müsste es vielleicht noch eine Stiege nach oben in den Dachstuhl geben. Wie ein Blinder fuchtelte er mit ausgestreckten Händen vor sich herum, bis sie schließlich etwas ertasteten, das sich wie eine Leiter anfühlte. Das war sein Glückstag. Was für ein Abenteuer. Sobald er wieder in Linz war, würde er darüber lachen. Anstatt irgendwo in der Stadt Unsinn zu treiben, würde er hier echten Landsport nachgehen. „Fensterln" dachte er amüsiert. Er kletterte die Leiter hoch. Der Dachstuhl war riesig und anscheinend nur an beiden Längsseiten mit einem Lichtfenster ausgestattet. Die Leiter lehnte direkt unter dem Guckloch. Er tastete erst mit einem Fuß, ob die Bretter ihn halten würden und betrat dann den Dachstuhl. Zu seiner Verwunderung waren zwei alte Sessel dort deponiert. Er fragte sich gerade wie diese dorthin gekommen waren und was wohl noch alles hier oben lagert, als er Christie gegenüber in ihrem Zimmer entdeckte. Da war sie. Völlig in Gedankenversunken setzte sich Markes und lehnte sich aus dem Guckloch. Ja es war Christie. Sie stand an einem Spiegel und trug etwas Rouge auf. Sie hatte einen violetten Morgenmantel an und ihre Haare waren hochgesteckt. Wieso schminkt sie sich um diese Zeit? Sie sah bettfertig aus so halb nackt. Sie streckte eines ihrer Beine und hob es auf den Schminktisch. In ihren Händen verteilte sie etwas Creme und strich diese von unten nach oben entlang. Unweigerlich traten ihm Bilder in den Kopf, wie ihre schönen langen Beine sich um seine Hüften geschlungen hatten. Er hätte noch ewig weiter beobachten können, wäre nicht etwas völlig Verstörendes aufgetreten, das dieses Bild für immer zerstörte.

Kapitel 4: Die Leiche

Gerade als Markes wieder mit dem Gedanken spielte sich an ihre samtige Haut zu erinnern und sich in ihm etwas regte, trat eine sehr bekannte Gestalt vor ihr Fenster und zog die Vorhänge zu. Es war nicht nur irgendeine Gestalt. „Was zum Henker..“ Markes sprang auf, durch seinen Schwung fiel der Stuhl nach hinten um und Markes taumelte darüber, mühte sich, nicht hinzufallen oder an einen Balken zu stoßen, ruderte mit den Armen, konnte aber sein Gleichgewicht nicht halten und landete neben dem Stuhl auf etwas Weichen. Hatte er ernsthaft gerade Sepp gesehen, wie er in Christies Zimmer die Vorhänge zuzog???? Gerade als sich ein Kotzanfall in seinem Magen aufbaute, bemerkte er, dass seine Beobachtung das geringste Problem sein würde. Er dachte sein Sturz wurde von einem Sandsack aufgefangen, beim Aufraffen griff er aber auf etwas, dass sich wie ein .....Gesicht anfühlte. Er riss die Augen auf, tastete mit der Hand an dem Gesicht entlang nach unten, auf Höhe der Brust fühlte es sich glitschig und warm an und roch eisenhaltig. *Das ist Blut*, schoss es Markes durch den Kopf. Der angekündigte Kotzanfall machte ernst und er übergab sich neben der Leiche. Der Körper war offensichtlich tot, aber noch warm. Gerade als er erneut zum Kotzen ansetzen wollte, hörte er ein Geräusch unter sich und erkannte die Holztür nach draußen anhand ihres Knarrens wieder.

Der Mörder war noch hier. Verdammte Scheiße! Wo war er hier hineingeraten. Das darf doch alles nicht wahr sein. Das war eine Leiche. Eine gottverdammte Leiche. Und er war direkt hineingelaufen. Er musste den Wamser informieren, oder am besten gleich die Polizei. Er dachte an seinen Bewährungshelfer. Wie sollte er das erklären. Heilige Scheiße. Und dem Wamser erst: „Ich wollte eigentlich nur Ihre Tochter Christie bespitzeln, während sie sich in ihrem Zimmer auszog“. „Er ist ein Lustmolch“, hallten die Worte von Sepp in seinem Kopf wieder. Der Sepp hatte ihn bereits öffentlich als Lustmolch dargestellt, mit dieser Situation hier, würde es sogar zusammenpassen. Nein, es würde ihm keiner glauben, Markes ist immerhin vorbestraft. Er musste hier so schnell wie möglich weg. In plötzlicher Panik tastete er sich auf allen Vieren nach vorn, bis er die zwei Steher der Leiter spürte. Seine Gedanken ratterten wild durcheinander, Schweißperlen bildeten sich am gesamten Körper, während er sich konzentrierte die Leiter hinabzuklettern. Je mehr er sich konzentrierte, desto mehr begannen seine Hände zu zittern und er verlor mehrmals den Halt. Jetzt nicht den Hals brechen, dachte Markes, Stufe für Stufe. Er hatte den Boden sicher erreicht und lauschte wieder. Was wenn der Mörder ihm auflauerte und auch kaltmachte? Vielleicht denkt der Mörder, Markes hätte etwas gesehen oder wen erkannt. Der Mörder musste seinen Kotzanfall jedenfalls gehört haben. Erneut brach Panik aus, er musste hier raus. Die Dunkelheit hier drin schien schwärzer zu sein, als er zuvor wahrgenommen hatte und beklemmte seine Brust. Er entschied sich so schnell wie möglich an die frische Luft zu müssen, bevor der nächste Kotzanfall sich ankündigte. Mit wild pochenden Herzen tastete er sich wieder an der Holzwand entlang zur Tür, die Nacht war heller als der dunkle Stallraum hier drinnen, das Nachtlicht drang durch den Spalt zwischen den Holzbrettern und wies ihm den Weg.

Er hielt den Atem an, als er die Tür nach draußen öffnete. Sobald er merkte, dass die Luft rein war, eilte er den schmalen Weg entlang bis zu den Stiegen und hetzte sie hinunter. Das Nieseln ging mittlerweile in Regen über. Geschafft. Hastig lief er den Stall entlang Richtung Haus, wartete aber kurz bis er wieder zur Puste kam, bevor er ins Licht der Laterne über dem Eingang trat. Nervös blickte er sich um. Es war niemand zu erkennen, die Sperrstunde musste nahe sein, da auch kaum mehr Autos am Parkplatz standen.

Er wollte nur noch in sein Zimmer und eilte die Stiegen hinauf, noch immer in Gedanken. Gerade als er auf die Stiege ins Dachgeschoss bog, stand der Wamser plötzlich im Flur.

„Die nassen Stiefel dürfen nicht ins Zimmer. Der Holzboden wurde frisch geschliffen, aber noch nicht eingelassen".

Markes wäre fast das Herz stehen geblieben.

„Natürlich", antwortete er nervös, hoffte aber der Alte hatte seine zittrige Stimme nicht bemerkt. Der Wamser sah ihn misstrauisch an, als wüsste er etwas. Markes überlegte was er wissen könnte, allerdings hätte er ihn ja nicht auf die Stiefel hingewiesen, wenn's so wäre. Wenn ja, wäre das schon sehr sarkastisch sich über einen nassen Holzboden aufzuregen, während in Wamsers Stall eine Leiche lag.

„Sonst noch etwas?" fragte Markes, als Wamser ihn weiter durchdringend ansah. Markes dachte es ist besser angriffslustig zu reagieren als defensiv. Der Wamser brummte etwas vor sich hin und verschwand dann nach unten.

Als Markes seine Zimmertür hinter sich schloss, lehnte er sich kurz dagegen und holte tief Luft. In Gedanken ging er noch einmal die Szene durch die er gerade erlebt hatte. Er ging ins Bad und rieb sich die Schläfen. Dann stützte er sich am Waschbecken ab und betrachtete sich im Spiegel. Entsetzt schreckte er vor seinem Spiegelbild zurück und blickte auf seine Hände. Sein Spiegelbild zeigte rote Streifen an seinen Schläfen, Markes hatte vergessen, dass er noch immer das Blut an seinen Händen trug. Panisch versuchte er das Blut im Waschbecken von seinem Gesicht und Händen zu reinigen, das Waschwasser färbte sich sofort rot.

„Was wenn der alte Wamser seine Hände bemerkt hatte??" dachte er panisch, „er hatte ihn doch im Stiegenhaus noch misstrauisch gemustert!" schoss es ihm durch den Kopf. Falls der Wamser das Blut an den Händen bemerkt hatte und die Leiche bald gefunden werden würde, war er mehr als verdächtig. Es blieb nur eine Option, er musste verschwinden. Er stellte das Wasser ab. Mit neuem Mut stürzte er Richtung Kasten, riss die Türen auf, griff nach seiner Tasche und fing an wie wild geworden seine Sachen in die Tasche zu stopfen. Er würde in sein Auto steigen und dann... Ja was dann? Er überlegte ernsthaft wie viel ein Flug nach Panama kosten würde. Das musste er unbedingt herausfinden, sobald sein Handy geladen war. Er hielt mitten im Wahn inne. Er würde bis an sein Lebensende verfolgt werden. Das ist doch kindisch. Er hatte überhaupt nichts verbrochen! Das war doch Wahnsinn. Er war schlichtweg zum falschen Zeitpunkt am falschen Ort. Wenn er jetzt abhaute, machte er sich verdächtig. Sehr verdächtig. Vielleicht sollte er einfach nur das Gasthaus wechseln. Es war sinnlos. Weder das Eine noch das Andre würde ihn entlasten. Der beste Weg war, dass er so tat als wäre nichts gewesen. Wer könnte ihm schon etwas anhaben? Ihn hatte keiner dort gesehen, auch würde man nicht vermuten, dass er dort gewesen war. Er dachte an das Erbrochene neben der Leiche. Damit konnten sie sicher seine DNA nachvollziehen. Ja wenn schon. Dann würde er einfach die Wahrheit sagen, er war dort hinauf, hätte sich auf den Sessel gesetzt und Christie durchs Fenster beobachtet. OK, man könnte ihn als Freak oder gar Perversen bezeichnen, aber einen Mord anhängen? Dazu brauchte es wohl andere Beweise. Und was für ein Motiv sollte er da haben, er wusste ja nicht mal wer der Leichnam war. Er dachte an den Sessel und zählte eins und eins zusammen. Er schlug die Hände an den Kopf! Natürlich! Die Sessel standen dort, weil er nicht der Einzige war, der Christie anscheinend beobachtet hatte. Der Wamser hatte den Spanner sicher entdeckt, ihn umgebracht und in dem Moment war Markes in die Tenne gekommen. Deswegen war er auch noch auf und hatte ihn im Stiegenhaus abgefangen mit einer Lappalie. Er wollte sehen, ob Markes ihn erkannt hatte. Plötzlich wurde es ihm glasklar. Wer immer die Leiche war, hatte dasselbe getan wie er. Markes überlegte, dass es genauso gut anders ausgehen hätte können. Wenn er früher dran gewesen wäre, dann wäre er die Leiche und der Unbekannte wäre über ihn drüber geflogen. Ihm grauste. Er durfte sich nichts anmerken lassen. Der Wamser würde ihn nicht verdächtigen und auch nicht anprangern, sonst würde er die Aufmerksamkeit auf sich selbst richten. Er hatte schließlich ein Motiv!

Markes setzte sich aufs Bett. Eine tiefe Müdigkeit überkam ihm. Noch nicht einmal das erste Monat vorüber und er hatte bereits eine Schlägerei, eine Sex-Eskalation und einen Mord erlebt. Schlimmer kann es wohl nicht mehr kommen, dachte er und legte sich aufs Bett um die Augen kurz zu schließen. Zu dem Zeitpunkt wusste er noch nicht, dass es sehr wohl schlimmer kommen wird. Viel schlimmer sogar.

Kapitel 5: Es geht noch schlimmer

Markes erwachte nach einem unruhigen Schlaf. Er war schweißgebadet und ist wieder mal in seinen Sachen eingeschlafen. Nur die Stiefel hatte er vor der Türe ausgezogen, wie es der Wamser befohlen hatte. Draußen schien es noch immer zu regnen. Es war Freitag. Diesen Tag musste er noch überleben, dann würde er am Wochenende wegfahren. Egal wohin. Hauptsache weg. Und es würde auch nicht verdächtig sein. Wer weiß wann jemand die Leiche fand. Immerhin war es schon kalt draußen und man würde den Geruch so schnell nicht bemerken. Er nahm sich fest vor sich nichts anmerken zu lassen. Das hier war ein Tag wie jeder andere. Er würde seine Arbeit verrichten, abends auf ein Bier gehen und dann einfach in sein Zimmer. Fertig. Er dachte an Margret. Vielleicht würde sie ihn am Wochenende auf einen Ausflug begleiten. Markus schüttelte den Gedanken ab. Nein, wie konnte er jetzt nur an Frauen denken. Er rollte die Augen über und begab sich ins Bad.

Schlecht sah er ja nicht aus, das musste er zugeben. Er war zwar nicht der Allerklügste, aber er bildete sich ein, einen guten Instinkt zu haben und etwas Hausverstand. Als er sich frisch gemacht hatte begab er sich zum Frühstück. Es war Katie die ihn diesmal bediente. Katie wirkte wie immer kühl und hatte es immer eilig. Katie der eiskalte Engel, dachte er sich. Sie schien ständig im Stress zu sein und mit den Gedanken stets woanders. Sie trug ordentliches Serviergewand und wirkte wie eine stinknormale Kellnerin. Sie war zwar nicht so hübsch wie ihre Schwestern, dafür hatte sie einen ordentlichen Vorbau. Markes Blick wurde magisch davon angezogen, umso mehr bemühte er sich sie nicht anzustarren, während sie ihm Kaffee einschenkte. „Ein stinknormaler Morgen“, redete er sich ein, war aber noch nicht ganz überzeugt.

Draußen wartete der Wamser bereits im LKW auf ihn. Markes rannte durch den Regen zur Beifahrertür und stieg stillschweigend ein. „Heute wird's nix im Forst. Zu gefährlich“, grummelte der Wamser, „wir werden in der Säge helfen“, fügte er hinzu. *Macht auch nix*, dachte Markes und versuchte zu erkennen, ob der Wamser irgendwie anders war wie sonst und ihn vielleicht doch verdächtigte etwas zu wissen. „Schluss jetzt Markes“, mahnte er sich selbst, „der Wamser konnte doch nicht zugeben die Leiche jetzt schon entdeckt zu haben“, sagte er zu sich überzeugt. Die Arbeit in der Säge war laut und anstrengend. Zum Glück war es Franz, der ihn einschulte. Seine Aufgabe bestand darin die fertigen Bretter durch die Hobel zu lassen. Je länger er vor sich hin arbeitete desto mehr entspannte er sich. Hin und wieder fiel er in Blickkontakt mit Sepp, der ihm erneut die Geste mit der flachen Hand, die unter seiner Kehle entlang fuhr zeigte, um ihm zu drohen. Markes hingegen, wurde das Bild nicht los, wie er in Christies Zimmer die Vorhänge zuzog. Was hatte er dort verloren? Hatte er sie nicht tags zuvor gegen ihren Willen angemacht? Er bildete sich zumindest ein, dass es so war. Das Bild in ihrem Schlafzimmer zumindest sah alles andere als bedrohlich aus, eher wie zwei vertraute Menschen die abends zusammen ins Bett gingen. Immerhin cremt man sich doch nicht die Beine ein, während man von einem Rowdy bedroht wird.

Sepp war zwar ein Untier, aber er war wohl der Einzige der nicht für den Mord an dem Unbekannten in Frage kam. Markes lachte innerlich auf. Franz sah hoch und Markes bemerkte, dass er versehentlich laut aufgelacht hatte. Christie hatte ihn voll verarscht. Jetzt war er sich sicher, dass sie nichts sagen würde. Sepp würde nicht nur ihn, sondern auch sie umbringen. Ein Problem weniger um dass er sich kümmern musste. Vielleicht würde sich das andere Problem auch von selbst lösen. Während er vor sich hin grübelte merkte er nicht, dass es unten am Bretterplatz zu lautstarken Rufen und aufgeregten Gerede kam. Franz der offensichtlich aufmerksamer war wie er, deutete an, er würde nachschauen gehen was da los ist. Als Markes aufsah, merkte er, dass er allein in der Säge war. Die anderen Arbeiter waren ebenfalls nach draußen gegangen. Er stellte die Maschine auf Pause und legte die Schutzbrille ab.

Franz kam aufgeregt auf ihn zu und im ersten Moment konnte er das aufgeregte Geplapper nicht verstehen.

„Da is‘ ne‘ Leiche im Bach! Einer der Arbeiter hat sie bemerkt, als er ins Wasser pissen wollte.“

Markes erstarrte. Hatte er da richtig gehört?

„Markes hörst du?“ fragte Franz nachdem Markes keine Reaktion zeigte. Jegliches Blut war aus seinem Gesicht verschwunden, er fühlte sich irgendwie schwindlig.

„Ww..Was?“ stotterte er.

„Ne‘ Leiche“, wiederholte Franz etwas lauter so als wäre Markes schwerhörig, „Im Wasser!“

Er deutete Markes mitzukommen und sich unter die anderen Schaulustigen zu mischen. Markes ließ sich von Franz mitziehen. Das war doch kein Zufall. Das musste „seine“ Leiche sein. Er erhaschte ein paar Blicke zwischen den Männern durch und beobachtete wie Sepp und der Wamser die Leiche, die sich im Bachbett an ein paar Stauden verheddert hatte, die Böschung nach oben zogen. Die Leiche war aufgequollen, wahrscheinlich ist sie schon einige Stunden im Wasser gelegen. Ob sie gefunden werden sollte, war eine andere Frage. Die Männer fingen an wildeste Theorien zu spinnen und standen wie ein Haufen Aasgeier im Halbkreis vor der Leiche, einige waren bemüht sich nach vorn zu drängen um den besten Platz zu erobern. „Hias, ruf den Patterer an“, befahl der Wamser laut. Der Regen hatte gerade Pause gemacht, trotzdem war die Luft feucht und die Kleidung der Männer hing triefnass an ihren Leibern. Der Arbeiter der die Leiche entdeckt hatte, stand bleich etwas abseits. Seine Hose war feucht. Ob das vom Regen war oder er sich beim Entdecken der

Leiche einfach angepisst hatte, sei dahin gestellt. „Wer ist das?“ überwand sich Markes schließlich zu fragen. Franz der sich ebenfalls mühte zwischen den Männern durchzuschauen, zuckte mit den Schultern: „Keine Ahnung.. ist keiner vom Dorf...“.

„Alles klar Männer. Zurück an die Arbeit. Die Lieferung muss heute noch raus. Der Patterer wird sich darum kümmern“, befahl der Wamser und scheuchte die Männer wie ein paar Hühner fort. Wer auch immer der Patterer war. Die Arbeiteransammlung löste sich träge auf, nicht ohne mehrmals neugierige Blicke über ihre Schultern zu werfen. Markes sah wie Hias mit dem Handy am Ohr im Kreis lief. Wahrscheinlich hatte er schlechten bis gar keinen Empfang. Markes hatte es bereits kurz nach der Ankunft aufgegeben ein Signal zu empfangen, sie waren hier wohl außer Reichweite. Daher hatte er das Telefon in die Schublade gelegt und gar nicht mehr mitgenommen. Er würde es aber heute Nacht aufladen und morgen mit in die Stadt nehmen, wahrscheinlich hat ihn sein Bewährungshelfer bereits versucht zu erreichen. Wenn das die gleiche Leiche war, hatte der Mörder sie tatsächlich gestern Nacht oder heute früh noch unbemerkt weggeschafft. Damit war der Tatort unbekannt und seine Kotze würde man nicht mit der Leiche in Verbindung bringen können. Man hatte ihm quasi einen Gefallen getan. Wer auch immer das getan hatte, er war sich sicher der Mörder war einer von ihnen.

Markes ging zurück an die Arbeit, war aber nicht mehr bei der Sache. Bestimmt wird die Polizei gleich hier auftauchen und die Ermittlung aufnehmen. Die Leiche zeigte ganz klar Schnittverletzungen im Brustbereich, ein Unfall konnte somit ausgeschlossen werden. Es dauerte nicht lange, dann tauchte auch schon das Polizeiauto auf. Der Beamte stieg aus und begrüßte den Wamser mit einem kräftigen Händedruck. Markes erkannte den Mann vom ersten Abend im Gastraum 2 wieder. Er saß neben dem Ungetüm von Frau. Der Beamte wirkte nicht sonderlich motiviert und zog andauernd seine Hose nach oben, die er sonst zu verlieren schien. Um seinen Hals hatte er eine Kamera gehängt. Er ließ sich vom Wamser zur Leiche führen und beugte sich einige Sekunden darüber. Er nickte kurz und sagte etwas zu Wamser. Sie unterhielten sich, aber es war zu weit weg um etwas zu hören. Kurz nach seiner Ankunft kam auch der Krankenwagen angefahren. Zwei Sanitäter hantierten geschickt mit der Trage, warteten bis „der Patterer" seine Fotos beendet hatte und hievten ihn in einen Leichensack auf die Trage. Markes Blickfeld wurde von Sepp verstellt, so als wäre jemand vor den Fernseher getreten um ihm die Sicht zu nehmen.

„Wenn das kein Zufall ist. Kaum tauchst du hier auf, wird eine Leiche angespült", beschuldigte Sepp ihn. Seine Stimme hatte etwas tiefes Bedrohliches.

Irgendwann reicht es, dachte Markes. Er musste diesen Mistkerl loswerden, er hatte es satt sich von ihm herum schubsen zu lassen. Aber jetzt ist der falsche Zeitpunkt. Er durfte nicht auffallen, deshalb ignorierte er Sepp und hantierte weiter mit der Maschine. Dass er nicht auf seine Drohungen reagierte, trieb Sepp zur Weißglut.

Trotzdem verschwand er, nicht ohne eine Tirade an Schimpfwörtern vor sich her zu murmeln, doch als er zur Seite trat, war die Szene draußen vorbei. Der Krankenwagen fuhr davon. Den Polizeiwagen konnte er in der Ferne erkennen, er bog in den Parkplatz zum Gasthaus ein.

Abends im Gastraum blieb die angespülte Leiche Gesprächsthema Nummer 1. Die Gespräche und Diskussionen quollen über und überschlugen sich, die beiden Gasträume waren pump voll. Markes konnte den Lärm nicht ertragen, überwand sich aber zu einem Bier.

„Markes da bist du ja endlich“, winkte ihn Peter hocherfreut zu sich. „Es gibt neue Gerüchte“, schoss es aus ihm heraus. Sein Gesicht war vor Aufregung noch roter als sonst, er hatte sich angeregt mit Franz und seinem Vater Karl unterhalten. Er wartete gar nicht ab, ob Markes die Neuigkeit überhaupt erfahren wollte, sondern preschte heraus: „Der Unbekannte war ein Sonderermittler aus Drauberg... ja. Ein Bulle. Kripo oder so ähnlich“. Er spukte beim Reden und lallte etwas. Markes musste sich ob dieser Nachricht setzen als seine Knie nachgaben. Er hatte nicht mit dieser Wendung gerechnet. Wenn der Unbekannte ein Polizeibeamter war, dann konnte seine Theorie mit dem Spannen gar nicht stimmen. Unbehagen breitete sich in ihm aus. Das konnte nur bedeuten, dass er dort aus anderen Gründen etwas beobachtete. Etwas Verbotenes. Etwas Illegales. Ein leichtes Panikgefühl erfasst ihn. Ein Sonderermittler. Dann ging hier doch etwas Illegales ab. Es war ernster als gedacht. Vielleicht sollte er doch einen Flug nach Panama buchen.

„Bis mein Bier kommt, muss ich erst Platz schaffen“, sagte er und deutete auf seine Blase. Franz und Peter waren zu aufgeregt im Gespräch, als dass sie sein plötzliches Unbehagen überhaupt wahrnahmen. Sie schienen seine Abwesenheit überhaupt gar nicht zu bemerken. Markes eilte nach draußen auf die Toilette.

Der Geruch der die Herrentoilette ausfüllte, trug nicht gerade dazu bei, sich besser zu fühlen. Er öffnete das kleine Fenster oberhalb der Schüssel. Just in dem Moment hörte er zwei Stimmen die sich anscheinend vor dem Fenster draußen im Garten unterhielten. Instinktiv erstarrte er und vermied jegliches Geräusch. Er kam nicht drum herum Wortfetzen mit zu bekommen. Die eine Stimme gehörte offensichtlich dem Wamser. „Also. Wir bleiben bei der Geschichte... wie ein Unfall ja.. die Angel leg ich zu .... nein mit den Sanitätern rede ich.“ Der Eine schien dem Anderen etwas zu geben. „Reicht das?“, fragte der Wamser leise, „die andere Hälfte bekommst du wenn die Sache abgeschlossen ist.“ Markes erkannte sofort, dass es hier um Geld ging. Die Stimme des Gesprächspartners konnte er jedoch nicht einordnen. Die zwei lösten sich auf, beim Vorbeigehen bemerkte Markes ein leichtes Blitzen als würde sich Licht in etwas spiegeln. Eine Kameralinse zum Beispiel. Markus fiel die Kinnlade hinunter. Eine Kamera wie sie „der Patterer“ um den Hals hatte. Hatte der Wamser den Polizisten gerade bestochen, damit dieser die Ermittlung als Unfall abschloss?

Markes presste seine Hand auf seinen Mund. Der Wamser war so mächtig, dass er sogar die hiesigen Beamten bestechen konnte und wahrscheinlich auch den Obduktionsbericht. Auf die Polizei konnte er jedenfalls nicht mehr zählen. Dein Freund und Helfer. Immer gerne bereit ein bisschen Schweigegeld anzunehmen. Die Sache wurde immer absurder. Er wusste nicht was ihn mehr beunruhigte: Dass sich der Beamte so ohne weiteres bestechen lies oder dass der Wamser einfach so mit einem Mord davon kam. Wenn er dies schaffte, was konnte er dann noch alles ohne jegliche Kontrolle verrichten? Und was war der wahre Grund, warum der Sonderermittler hier war? Markes erkannte, dass er hier in dem Tal in eine Mafia Höhle gestiegen war und dass es so schnell kein Entrinnen geben würde.

Kapitel 6: Das macht das Kraut auch nicht mehr fett

Markes war nicht mehr in den Gastraum zurückgekehrt sondern hatte sich auf sein Zimmer zurückgezogen. Ihm war nun klar warum seine Töchter teils so verängstigt waren und es nicht wagen würden, gegen den Willen ihres Vaters den Graben zu verlassen. Seine Macht reichte offensichtlich weiter als nur bis in den Graben. Er musste irgendwie mit Margret reden und sie bitten mit ihm zu kommen. Er würde sie retten. Beschützen. Und vielleicht sogar heiraten. Zum ersten Mal kam er sich so vor, als hätte er eine Bestimmung zu erfüllen und als wäre er nur aus diesem Grund hierher geschickt worden. Er träumte vor sich hin, verdrängte Leichen, alle Sepps dieser Welt und seine obskure Affäre, bis er endlich Schlaf fand.

Mit neuer Energie wachte Markes auf. Es war Samstag und er würde Margret überreden mit ihm in die Stadt zu fahren. Es regnete zwar immer noch, aber sie konnten doch auch ins Kino gehen. Er freute sich fast schon und sah sich gemeinsam mit ihr im Kino, wie sie sich einen Horrorfilm ansahen und sich das schüchterne Mädchen verängstigt an ihn krallte. Der Gedanke amüsierte ihn.

Fast hätte er die Ereignisse der letzten Wochen vergessen. Er würde sich nicht den Tag verderben lassen und erlaubte sich, guter Laune zu sein. Wie am Vortag, kam Margret durch diese ominöse Tür mit dem Zahlenschloss aus dem Keller, just als er das Erdgeschoss erreichte.

„Margret", rief er sie und versuchte nicht zu überschwänglich zu wirken, „ich wollte dich gerade suchen."

Sie sah sich um, als ob sie nicht sicher war, dass er zu ihr sprach und nicht mit einer Person hinter ihr. „Ich wollte dich fragen, ob du mich in die Stadt begleiten möchtest.. ich meine, ich würde dich gern ins Kino einladen.. ganz ohne Hintergedanken!" sagte er und betonte den letzten Satz so, als ob es ein Scherz wäre. Margret sah ihn mit ihren schönen blauen Augen eindringlich an, so als ob sie nicht sicher war ob er ernsthaft fragen würde, mit ihm auszugehen.

„Vielen Dank, aber..", wollte sie ansetzen.

Markes achtete nicht darauf, er fürchtete sie würde absagen. „Es gibt keine Widerrede", sagte er selbstbewusst, „ich werde dich auch einladen. Du musst kein Geld mitnehmen."

Margret zögerte erneut: „Das ist nett, dass du fragst, aber ich muss leider verneinen."

So als hätte er es nicht gehört fuhr Markes fort: „Und wegen deines Vaters musst du dir keine Sorgen machen. Ich habe ernsthafte Absichten, ich..."

„NEIN!“ unterbrach ihn Margret plötzlich verärgert als wäre Markes schwerhörig.

Von ihrer plötzlichen erhobenen Stimme überrascht, zuckte Markes zurück. Mit einer so deutlichen Absage hatte er nicht gerechnet. Ihren Augen waren plötzlich sehr bestimmt und sie schob sich an ihm vorbei und verschwand nach draußen.

Hatte sie ihm gerade einen Korb gegeben? Verärgert verließ er das Stiegenhaus und knallte die Tür hinter sich zu.

„Blöde Kuh“, dachte er sich. „Dann eben nicht!“ sagte er laut, aber es war niemand in seiner Nähe. „Fahr doch zur Hölle!“ setzte er noch drauf.

Er stürmte zu seinem Auto und war entschlossen eben allein in die Stadt zu fahren. „Es gibt 1000 andere Weiber dort!“ versuchte er sich selbst zu ermuntern und seine Kränkung zu lindern. Aber er war es, der in der Hölle saß. An seinem Auto waren alle 4 Reifen aufgestochen worden.

„Verdammte Scheiße“, schrie er wutentbrannt und drosch mit dem Fuß mehrmals auf die Reifen ein.

Der Regen hatte zum Glück aufgehört. Es war niemand in Sichtweite. Die Säge war stillgelegt, die Straße unbefahren, deshalb entschloss er sich zu einem Spaziergang um von seinen 180 wieder runterzukommen. Etwa um die Mittagszeit fing es wieder zu regnen an und er entschied sich zum Gasthaus zurückzukehren. Er hatte sich etwas beruhigt.

Gerade als er ins Gasthaus wollte, entdeckte er Katie am Feld die mit einer Ziege zu kämpfen schien. Sie hatte eine blaue Latzhose an, so eine, wie sie normal nur Männer tragen und darunter ein weißes enganliegendes Langarmshirt, das von weiten fast so aussah, als wäre sie nackt unter der Latzhose. Darüber hatte sie einen langen blauen Regenmantel der aber vorne geöffnet war. Mit ihren Stallstiefeln, konnte sie jedes Klischee einer Landbäuerin erfüllen. Sie zog an einem Seil, das der Ziege um den Hals gebunden war. Die Ziege wehrte sich heftig und zog in die entgegengesetzte Richtung als Katie. Er näherte sich der Szene um sie besser zu beobachten.

„Brauchst du Hilfe?“ rief er ihr schließlich zu.

Es war eine Kurzschlussreaktion. Sie blickte kurz auf.

„Wenn du so freundlich wärst“, antwortete sie.

Markes hatte eigentlich mit einer Verneinung gerechnet bzw. gehofft. Aber im Grunde hatte er sowieso nichts Besseres vor.

„Was soll ich machen?“ fragte er hilflos.

Katie übergab ihm den Strick. „Hier! Sie soll in den Stall. Das Mistvieh wird nachher geschlachtet“, sagte sie emotionslos, wandte sich kurz ab, als würde sie am Boden nach etwas suchen, fand einen Ast, hob ihn auf und brach ein paar kleinere Ästchen davon ab, sodass der Ast mehr oder weniger einem krummen Stock glich.

„Oje, Pech gehabt Kumpel", dachte sich Markes.

Am Ende des Feldes sah er die restliche Herde, die sich zusammengekauert hatte und zu dösen schien, manche kauten auch genüsslich vor sich hin. Vielleicht waren sie auch erleichtert, dass nicht sie ausgewählt wurden. Die Löwin hatte sich eines geschnappt und war zufrieden abgezogen. Er wusste nicht, ob ihm das Tier leidtun sollte oder ob er sich auf einen Ziegeneintopf freuen sollte. Katie schlug mit dem Stock mehrmals leicht auf das Hinterteil der Ziege während Markes am Strick zog. Die Hiebe reichten aus, dass das Vieh plötzlich vorwärts schritt. Widerspenstig aber doch, näherten sie sich der Stalltüre. Katie öffnete sie. Sobald das Tier das Heu sah, gab sie ihren Widerstand auf und lies sich in den Stall führen. Markes Stimmung hob sich für einen Bruchteil, so als wäre er gerade in „Mission impossible" der Filmheld der seine Mission erfolgreich beendet hatte. Dann erinnerte er sich wieder warum die Ziege in den Stall sollte und das kurze Hochgefühl verließ ihn wieder. Seine Situation hier festzusitzen kam ihm wieder in den Kopf. Der Gedanke regte ihn auf. Und wenn er geistig erregt war, war er auch körperlich erregt. Er musste unbedingt irgendwo seiner Erregung freien Lauf lassen und sie loswerden, dachte er sich, vielleicht würde er doch zum Joggen kommen später, wenn es weiterhin nur leicht nieselte. Allerdings wurde es bereits relativ früh dunkel, er sollte sich also beeilen. Katie hatte die Stalltüre sofort wieder geschlossen. Im Gegensatz zu draußen, war es im Stall mollig warm. Katie sperrte die Ziege in eine Box und warf ihr etwas Heu zu. Das Gebäude war riesig. Links war eindeutig das Gehege der Ziegen, das durch ein Futtergitter vom Gang getrennt war. Somit war es möglich, das Heu vom Gang aus entlang des Gitters zu streuen und die Ziegen konnten ihre Köpfe hindurch stecken und das Heu fressen. Nach dem Gegacker zu urteilen, schien rechts vom Gang der Hühnerstall zu sein, der aber durch eine Mauer getrennt war, sodass er die Tiere nicht sehen konnte. Hinter dem Hühnerstall waren Futtersäcke und –tonnen verstaut, gegenüber war loses Heu gelagert.

„Vielen Dank“, bedankte sich Katie und riss ihn aus seinen Gedanken.

Sie lächelte nicht, zog sich aber ihren Regenmantel aus und hängte ihn an einen Haken an der Mauer. „Der eiskalte Engel, völlig emotionslos“, dachte sich Markes. Irgendwie hatte ihr Outfit etwas. Es hätte auch im Playboy abgebildet sein können, wenn sie unter der blauen Latzhose kein T-Shirt angezogen hätte. Ihr Vorbau spannte die Träger der Latzhose deutlich, während sie unten zu groß war. Ihre Haare waren vom leichten Regen nass geworden und hingen ihr links und rechts von den Schultern und kräuselten sich zu Locken. „Gerne. Kann ich sonst noch etwas tun?“ hörte er sich plötzlich fragen. Er könnte sich auch hier im Stall auspowern und sich so das Joggen im Regen ersparen. Damit würde sich sein angestauter Adrenalinspiegel wieder senken.

„Eigentlich nicht. Es sei denn du willst ausmisten", sagte sie tonlos und verzog keine Miene.

„Was muss ich tun?" bot sich Markes motiviert an.

Katie wartete kurz ab, so als ob sie erwarten würde, dass er sein Angebot gleich wieder retour nehmen würde. Als er keine Reaktion tat, nahm sie schließlich die Mistgabel und drückte ihm diese in die Hand.

„Da drüben ist die Scheibtruhe. Alles hier im Ziegengehege muss raus", gab sie Anweisungen, „Mist rein in die Scheibtruhe, dann rausradeln am Misthaufen. Neue Einstreu findest du hinten", erklärte sie und deutete auf ein paar Tonnen neben den Futtersäcken. „Viel Spaß", fügte sie noch hinzu und verschwand im Hühnerstall.

Anscheinend hatte sie vor inzwischen den Hühnerstall auszumisten. Markes überlegte sich, ob es eine gute Idee war. Das Ziegengehege war groß. Sehr groß. Außerdem hatte er eigentlich gehofft, Katie würde ihm Gesellschaft leisten. Alles besser als im Gastraum sitzen, dachte er sich. Er hatte einfach keine Lust darauf Sepp oder dem Wamser zu begegnen, deshalb machte er sich an die Arbeit. Die Arbeit war schweißtreibender als die Arbeit im Forst oder in der Säge und er musste sich seiner Jacke entledigen. Einige Zeit später folgte auch sein Pullover. Scheibtruhe für Scheibtruhe radelte er hinaus, leerte sie am Misthaufen und begann von neuen sie zu befüllen. Sein Magen grummelte, aber er merkte, dass er ruhiger wurde. Mehrmals machte er

Pause und wünschte sich, jemand würde ihm ein großes Kühles in die Hand drücken. Katie war nach einer Stunde bereits fertig im Hühnerstall und machte sich daran die Futtersäcke in die Truhen umzufüllen. So konnte er wenigstens hie und da einen Blick auf sie werfen. So wie sie ihre Anweisungen gab, wäre sie auch als Kommandant einer Kompanie geeignet, dachte er, oder vielleicht als Pokerspieler. Sie verzog keine Miene, war bestimmend und duldete wahrscheinlich auch keine Widerrede. Eine kleine Domina also, dachte Markes und musste bei dem Gedanken lächeln.

Als er schließlich fertig war, zumindest dachte er, er wäre fertig, wurde es bereits wieder dunkler draußen. Entweder es regnete wieder stärker oder es wurde bereits abends.

„Fertig“, verkündete er stolz.

Katie hatte inzwischen begonnen Heu an die Futtergitter zu verteilen, das sie von dem großen Hocker mit losen Heu am Ende des Stalles holte.

„N’ Bier?“ fragte sie knapp, „geht aufs Haus. Fürs Helfen.“

Markus nickte überschwänglich und folgte ihr durch den Stall. Sie öffnete einen kleinen Kühlschrank der neben dem Eingang stand und holte zwei Flaschen heraus. Er war erschöpft, aber zufrieden. „Wahnsinn und das macht ihr jeden Tag?“ fragte er ungläubig und öffnete seine Flasche an der Fensterbank mit einem

Plopp. Er wartete ihre Antwort gar nicht ab, sondern leerte sich das kühle Nass in seine Kehle.

„Eigentlich nicht. Aber wenn ich schon mal Hilfe habe“, sagte sie und nippte am Bier.

Was? Markes schmunzelte. Sie hatte ihm die Arbeit einfach so gegeben. Dieses Luder!

Eine Weile standen sie schweigend gegenüber. Katie musterte ihn genau. Ihr Gesicht verriet keine Regung. Es war plötzlich still im Stall und die Stille hatte etwas Elektrisierendes. Zudem war es im hinteren Teil des Stalles etwas dunkler und Markes konnte sich nicht verkneifen Katies Brüste anzustarren. Katie nippte an ihrer Flasche ohne ihn aus den Augen zu lassen. Ihre Haare waren nun wieder trocken, hingen in langen Wellen links und rechts von ihrer Schulter. Sie lehnte lässig an der Holzwand vor dem Heuhaufen. Ihr Gesicht war etwas schmaler als das ihrer Schwestern und sie hatte nicht dieselbe Ausstrahlung, aber figürlich konnte sie wahrlich mithalten. Sie hatte lange schlanke Beine, und Formen genau an den richtigen Stellen. Ihr Po war ausladend, ihre Taille aber schlank. Ihre Arme wirkten kräftig und man konnte durch das enganliegende Shirt auch Muskeln erkennen. Das, was aber von allen anderen ablenkte, war ihr gewaltiger Vorbau über den sich die Hosenträger ihrer Latzhose spannten. Der Moment hatte etwas Intimes und Markes konnte sich nicht verkneifen, sie sich im Bett vorzustellen. Er merkte wie seine Erregung zurückkehrte. Trotzdem er etwa einen

Meter vor ihr stand, war es als konnte er ihren warmen Atem auf seinen nackten Oberarmen spüren.

Katie zog an ihrer Flasche und stellte sie auf die Fensterbank. Sie begann ihre Stiefel auszuziehen und öffnete die Hosenträger ihrer Latzhose. Markes wunderte sich, da ihre Kleidung bereits soweit getrocknet war, doch sie streifte wortlos ihre Hose nach unten. Ihre weiße Haut hob sich deutlich vom dunklen Braun der Stallwände ab. Sie trug nur noch einen Slip, der mit weißen Spitzen umrandet war. Er wusste nicht wie ihm geschah, da zog sie auch noch ihr Langarmshirt ab. Ihre Brustwarzen richteten sich auf und sie stand in voller Pracht vor ihm. Kurz fragte sich Markes, ob er gerade in irgendeiner Show gefilmt wurde mit „Achtung Kamera“ oder so ähnlich als sie einfach, so als wäre nichts, sagte: „was schaust du so? Ich hab nicht den ganzen Tag Zeit.“

Als wäre sein Schwanz nicht mit seinem restlichen Körper verwachsen, reagierte dieser sofort und begann die Herrschaft über seinen Körper zu übernehmen. Sein Glied erhob sich und zeigte in die Richtung der mittlerweile nackten Frau, so als wäre er ein Magnet der magisch davon angezogen wurde. Kurz überlegte er, ob er den Kampf mit seinem Körperteil aufnehmen sollte, als dieser gänzlich die Kontrolle übernahm und seinen Körper in Bewegung setzte. Ferngesteuert ging er auf sie zu, packte sie an den Po-Backen, hob sie auf und warf sich mit ihr gemeinsam ins Heu. Sein Körper brannte bereits schmerzlich, als er sich seiner Sachen ebenfalls entledigte, nichts und niemand hätte ihn in diesem Moment abhalten können, sie zu nehmen. Mit einem Stoß drang er in sie ein und entlockte ihr ein lüsternes Grunzen. Er hatte sich geirrt. Es war nicht Jogging das er brauchte um seinen Adrenalinspiegel zu senken, es war Sex. Richtig harter, guter Sex. Ihre vollen Brüste wippten unter ihm hin und her als er sie im Heu fickte. Seine rhythmischen Bewegungen wurden schneller und schneller und er hatte das Gefühl, er würde explodieren. Ihr lustvolles Stöhnen und ihre feuchten Lippen spornten ihn zusätzlich an. Ihr Körper fühlte sich heiß und wohlgeformt an und fügte sich perfekt in seine kräftigen Hände. Frech fing sie an in sein Ohrläppchen zu beißen, um sie zu bestrafen küsste er sie gierig und forsch, sodass sie winselnd nach Luft schnappen musste. Doch es schien ihr zu gefallen, denn sie umklammerte mit ihren langen Beinen seine Hüfte und presste sie zusammen, dass ein lustvoller Schmerz durch seinen Körper jagte und er laut aufstöhnen musste. Sie forderte es heraus, im Gegenzug umklammerte er ihren Hals und drückte ihn ins Heu. Ihr aggressiver Blick zeigte ihm, dass sie es genoss mit ihm zu kämpfen, als Rückantwort lockerte sie den Druck ihrer Schenkel, sodass auch er den Griff um ihren Hals lockerte. Ihr schelmisches kaltes Grinsen zeugte davon, dass es unentschieden stand, also konzentrierte er sich wieder auf seine festen Stöße um ihr dieses Grinsen aus zu jagen. Zu allem Übel gefiel es ihm, wie sie um die Macht kämpften und sie ihm kontra gab. Dass es kein Blümchen Sex war den er sonst immer hatte, merkte er spätestens dann, als sie ihm die Krallen in den Rücken bohrte. Ok, also die harte Tour. In einer gekonnten und kräftigen Wende, packte er ihren Oberkörper und Hüfte, drehte sie um und fuhr erneut in sie ein, bevor sie überhaupt protestieren konnte. Ein überraschtes Stöhnen drang durch ihre Lippen, das raue Heu rieb nun an ihren empfindlichen Nippeln. Dass sie ihm nun hilflos ausgeliefert war und ihre Nägel nicht mehr in seine Haut rammen konnte, törnte ihn so an, dass er nahe daran war zu kommen. Dieses Match hatte er eindeutig gewonnen. In dem Moment als sich ihr Körper zum Höhenpunkt verkrampfte, ergoss auch er sich mit einem leisen Aufschrei in sie und sank über ihr zusammen. Beide atmeten schwer und ruhten für einige Augenblicke in der Stellung. Unzählige Minuten vergingen bis er fähig war sich zu bewegen. Als sich das Gefühl größter Erleichterung und Zufriedenheit langsam legte, schien sich sein Bewusstsein wieder Macht über seinen Körper zu verschaffen. Er öffnete die Augen, roch den Duft ihrer Haut der ihm fremd vorkam, fühlte ihren warmen weichen Körper unter ihm und merkte wie seine Gedanken wieder klar wurden. Sein Körperteil gab die Kontrolle über seinen restlichen Körper oberhalb der Gürtellinie wieder frei.

Das Heu pikste und stupfte als er sich aufraffte. Er schämte sich, dass er so urplötzlich die Kontrolle über sich verloren hatte, so etwas war ihm noch nie passiert. Seine Partnerinnen genossen normalerweise den Sex mit ihm und er wendete nicht mehr Gewalt an, als nötig. Das hier war aber nahe daran, eine Grenze zu überschreiten. Aber es war genau das, was er in dem Moment brauchte. Er rieb sich das Heu vom Körper, das überall zu kleben schien und suchte nach seiner Hose.

Was sollte er jetzt zu ihr sagen? Er sah aus dem Augenwipfel, dass auch sie sich wieder anzog, zuerst Shirt, dann Slip und dann die Latzhose. Sie hatte es wohl nicht für nötig empfunden einen Büstenhalter zu tragen.

„Hör zu", begann er unsicher, „das tut mir leid, ich..".

„Kein Ding", unterbrach sie ihn kurz, „Sieh es als Lohn fürs Arbeiten an", fügte sie knapp hinzu.

Sollte sie während dem Sex irgendwelche Emotionen gehabt haben, dann sind sie mittlerweile wieder verschwunden. Als wäre nichts gewesen, nahm sie die Kübel im Eingang und verschwand durch die Hintertür im Stall.

Markes sammelte sich für einen Moment und hielt sich perplex an seiner leeren Bierflasche fest. „Warum ist nur Margret nicht so aufgeschlossen wie ihre Schwestern?" dachte er sich, „dann wäre alles viel leichter!" Naja, Margret konnte er nun sowieso vergessen. Nach all dem was passiert ist, würde sie nie wieder etwas mit ihm zu tun haben wollen. Ehrliche Absichten, dachte er sich. Wer hatte ehrliche Absichten und sprang dann einige Stunden später mit einer Fremden ins Bett. Heubett, korrigierte er sich. Aber geil war es trotzdem. Zumindest hatte er nicht mehr so ein schlechtes Gewissen wie bei Christie, auch wenn Katie die schlechtesten all seiner Charakterzüge zu Tage geholt hatte. Gewalt beim Sex. Was war nur über ihn gekommen? Bei allem was er durchgemacht hatte in den letzten Tagen, brauchte er sich nicht wundern, dass seine aufgestaute Wut irgendwann zu Tage kommen würde. Vielleicht sollte er öfter ausmisten kommen. Er hielt es für klüger den Stall ehebaldigst zu verlassen, bevor ihn seine Gedanken übermannten und seine untere Hälfte wieder wach rief.

Draußen neigte sich der Tag tatsächlich bereits dem Ende zu. Hier im Graben schien die Sonne noch früher unter zu gehen als in der restlichen Welt. Nicht, dass es heute Sonne gehabt hätte. Aber zumindest der Regen hatte sich verzogen und er war guter Hoffnung, dass er ganz aufhören würde. Nun musste er sich um seine Reifen kümmern. Zielsicher verließ er den Stall und steuerte zum Eingang des Gasthauses zu. Im Gastraum waren bereits einige Leute, aber wenige Forstarbeiter. Also gab es auch noch andre Leute in der Gegend, dachte er amüsiert. Sein Magen grummelte und er merkte, dass er einen Bärenhunger hatte, daher entschloss er sich zuerst zu einer Mahlzeit. Mit vollen Magen konnte er besser nachdenken oder eigentlich überhaupt denken. Christie bog in den Gastraum ein mit einem Tablet voll Bierkrügen. Als sie ihn sah, zwinkerte sie ihn zu und konzentrierte sich dann auf ihre Gäste. Sein Tisch war leer und wenn es nach ihm ging, konnte es so bleiben.

„Was darf ich dir bringen?“ fragte Christie. Markes entschied sich für ein Schnitzel und einen Krug Weißbier. „Möchtest du vielleicht auch noch ein Dessert?“ fragte sie neckisch und grinste schelmisch. Das Dessert hatte er bereits, dachte Markes. Er verneinte höflich und schenkte ihr ein wissendes Lächeln.

„Danke für das Angebot, ich bleibe heute eher beim Deftigen", erwiderte er und dachte dabei an Katie. „Allerdings bräuchte ich etwas anderes. Gibt es hier eine Werkstatt in der Nähe? Meinen Reifen scheint diese Gegend nicht gut getan zu haben."

Christie machte ein bedauerliches Gesicht, fast hätte es auch schuldbewusst gewirkt, denn sie schien sofort verstanden zu haben. „Das tut mir leid mit deinen Reifen. Ich werde Hans fragen. Er ist unser Firmenmechaniker. Er wird dir ein paar neue Reifen auftreiben können. Am Besten du schreibst mir die Dimension auf, ich werde es ihm zukommen lassen."

Markes war dankbar und fand sie dann eigentlich ganz nett. Das war das zweite Mal, dass er so etwas wie eine Unterhaltung mit ihr gehalten hatte. Trotzdem war es ihm ein Rätsel wie so ein hübsches Mädchen sich mit einem Rhinozeros wie Sepp einlassen konnte. Er würde sie so schnell nicht mehr angreifen, hatte er inzwischen sowieso mit einer anderen Frau geschlafen. Dieses Mal war er relaxed. Wenn er darüber nachdachte, wie er bei Christie den ganzen Tag nervös und angespannt gewesen war, jemand könnte es herausfinden oder sie könnte es jemanden erzählen, musste er innerlich lächeln. Aber jetzt war es auch schon egal. Der Sex mit Katie machte das Kraut auch nicht mehr fett. Er würde es dabei belassen.

Nach dem Abendessen entschied er sich dazu, aufs Zimmer zu gehen und einen netten Fernsehabend zu machen. Gerade als er es sich am Bett gemütlich gemacht hatte und durch die Kanäle zippte, klopfte es an der Tür. Es überraschte ihn. Entweder war es wieder Christie oder jemand anderes. Vielleicht war er beim Abendessen zu freundlich zu ihr gewesen und sie hatte es falsch verstanden und als Einladung gedeutet. Vielleicht wollte sie aber auch nur wegen dem Auto Bescheid sagen. Er schwang sich vom Bett und öffnete die Tür.

Er hätte mit vielen Personen gerechnet aber nicht mit dieser. Margrets blonde Zöpfe fielen ihr links und rechts über die Schulter und reichten ihr bis zur Brust. Überrascht von ihrer Gestalt, blieb Markes für einige Sekunden die Spucke weg. Sie wirkte verlegen, öffnete aber schlussendlich doch ihren blutroten Mund und sagte: „Ich möchte mich entschuldigen, dass ich vorhin so schroff zu dir war. Es ist so...“, sie zögerte etwas, „mein Vater ist wirklich sehr sehr wütend, wenn ich mit Männer ausgehe... also im Grunde bin ich auch noch nie mit einem Mann ausgegangen... wie du vielleicht bemerkt hast, sind unsere Männer im Dorf nicht gerade Gentleman..“ Sie lächelte verlegen. Markes war noch immer unfähig zu sprechen. Da war seine Margret vor seiner Tür. Genau das, was er sich schon einmal ausgemalt hatte. Als er nichts sagte, fuhr sie fort: „Also wenn du noch möchtest.. dann können wir nächste Woche gern einen Kaffee trinken gehen.“ Sie wirkte als wäre es ihr sehr schwer gefallen diese Worte auszusprechen. Sie hielt ihre Hände vor ihren Bauch und nestelte nervös an ihren Fingern. Sie war die Unschuld in Person. Seine Margret, das engelsgleiche Wesen. Alles was Markes dazu einfiel war, dass er die Stirn runzelte.

„Einen Kaffee trinken?"

Bevor er die Worte aussprechen konnte, fügte Margret schnell hinzu: „Oh, natürlich meinte ich nicht hier! Ich meinte in Drauberg. Ich wollte einige Besorgungen machen, aber danach.."

Sie ließ das Ende offen. Sein Gesicht entspannte sich wieder. Das war schon ganz was anderes. In Drauberg! Das klang vielversprechend. Sie wartete und blickte ihm tief in die Augen, obwohl sein Bedarf gerade gedeckt war, breitete sich ein wohlig warmes Gefühl im Unterleib aus.

„Sehr gern", sagte er schließlich.

Sie war magisch. Dabei hatte er sie anfangs als biederes Landei gehalten. Konnte doch keiner wissen, dass sie im Gegensatz zu ihren lüsternen Schwestern etwas ganz Besonderes ist. Sie lächelte.

„Passt dir am Samstag gegen 10?"

Als er nickte, lächelte sie und verabschiedete sich, „dann bis zum Wochenende". Sie drehte sich langsam um und Markes fragte sich, ob er sie nicht in sein Zimmer bitten sollte. Sie könnten ja ganz gemütlich.. Ja was? Er hatte nicht einmal etwas anzubieten. Es würde sowieso auf das eine hinauslaufen, wenn er sie herein bitten würde. Aber diesmal würde er nicht vorschnell handeln und auch nicht ferngesteuert über sie herfallen. Er wollte sie für sich aufheben, bis der Moment passte. Bis sie ihn kennenlernen konnte und er die Gelegenheit hatte sie zu erobern. Nicht nur körperlich, auch ihr Herz. Also ließ er sie gehen. „Gute Nacht“, sagte er leise, aber da war sie schon im Stiegenhaus verschwunden. Er schloss die Tür gedankenverloren. „JA!“ rief er laut aus und lehnte sich an die geschlossene Tür. Die Hoffnung an das Glück war noch nicht verloren.

Kapitel 7: Die Ruhe vor dem Sturm

Die restliche Woche konnte er sich nicht mehr recht konzentrieren. Freitagabend schaute er irgendeine Doku über Bahnfahrer in Alaska und schwenkte dann zu einer lauwarmen Komödie, wo er nicht mehr recht mitkam. Seine Gedanken waren ohnehin schon beim nächsten Tag. Das würde seinem Bewährungshelfer gefallen. Er hat einen Job und würde nun auch eine ernsthafte Beziehung führen, mit einem anständigen Mädel. Keine Knastbraut, Drogensüchtige oder sonstige Asoziale und auch keine verheiratete Frau. Ein Mädel vom Land. Er freute sich fast auf den Anruf den er morgen tätigen musste, er war sich sicher, dass er Handy-Empfang haben würde in Drauberg und musste den längst überfälligen Anruf tätigen. Wenn ihn jetzt seine letzte Ex-Freundin sehen konnte. Er hielt sie damals für DIE Frau. Sie war schlank, hatte lange gerade Beine und konnte die besten Banana-Pancakes machen auf der ganzen Welt. Das hatte ihn überzeugt. Recht leicht zu beeindrucken, dachte er sich im Nachhinein. Aber leider hatte sie sein Herz fest im Griff (so wie die vorherigen 10 Frauen). Sie kam aber aus einer recht zerrütteten Familie, sodass sie nicht fähig war, Liebe anzunehmen oder abzugeben. Er hatte sie aber so akzeptiert, wie sie ist und hätte damit leben können. Ernsthaft fing ihre Beziehung erst zu wanken an, als er sie eines Tages überraschte, wie sie etwas Koks schnupfte. Ein richtiges

Drama war die Folge. Mit dem Zeugs wollte er jedenfalls nichts zu tun haben. Er dachte sie würde sich behandeln lassen und sich für ihn und ihre Beziehung entscheiden. Aber wie es scheint, dachte sie gar nicht daran das Zeug aufzugeben. Das Drama zog sich mehrere Monate hin, sie war sogar erleichtert, dass sie das Zeug nicht mehr heimlich nehmen musste. Das Problem war, dass sie sich dabei stark veränderte. Sie war angriffslustig und aggressiv. Er konnte es ihr einfach nicht mehr recht machen, sodass es auf das Unausweichliche hinauslief. Bis zu dem Moment als sie endlich ihre Sachen packte, dachte er, er könnte allein nicht überleben. Als die Wohnung dann endlich leer war, fiel ihm auf, dass er die Stille zu genießen begann. Bereits nach einer Woche Trennung zog sie mit ihrem neuen Freund um die Häuser. Einen Bodybuilder. Das hatte ihn schwer getroffen. Jeder weiß doch, dass die Muckiträger nicht viel im Schädel haben. Er wusste nicht was ihn mehr kränkte, dass sie ihn verlassen hatte oder mit wem sie ihn ersetzt hatte.

Ts, er und sein gekränkter Stolz. Noch letztes Wochenende war er gekränkt zum Auto gelaufen, nachdem Margret ihn abgewiesen hatte und hatte das Glück bei der erstbesten Gelegenheit bei einer anderen Frau gesucht. Männerstolz eben. Wer sollte das verstehen. Im Nachhinein überlegt, hatte er total überreagiert. Natürlich hatte sie Angst vor ihrem Alten. Immerhin ist ein Verehrer von ihrer Schwester letztes Jahr auf seltsame Weise umgekommen. Sie wollte ihn nur beschützen. Mit diesem Gedanken schlief er ein.

Am nächsten Tag erwachte er spät. So spät, dass er dachte, er hätte verschlafen und sie wäre allein nach Drauberg gefahren. Ein Blick auf den Wecker zeigte, dass es kurz vor 9 war. Genug Zeit noch für ein Frühstück. Diesmal setzte ihm Fanni ein Frühstück vor, die Mädels wechselten sich mit dem Frühdienst ab. Der Tag versprach ein guter zu werden. Selbst das Wetter meinte es gut und war wolkenlos blau. Die Sonne strahlte durch die Fenster und lies das Tal zum ersten Mal idyllisch und schön erscheinen. Die Bäume glitzerten, denn es waren vom Vortag noch immer Tautropfen an den Nadeln hängen geblieben, in denen sich nun das Sonnenlicht brach. Die Bäume wirkten trotz der herbstlichen Jahreszeit saftig grün und auch der Bach schien nicht mehr so zu rauschen als würde eine Sintflut sie heimholen.

Er streckte sich ausgiebig. Gleich würde Margret erscheinen. Da fiel ihm plötzlich sein Auto ein, das immer noch auf vier platten Reifen stand und Ärger beim Starten machte. Es war nicht nur die blöde Benzinpumpe sondern auch, dass Hans ihm immer noch nicht seine versprochenen Reifen geliefert hatte. Hans, den er noch nie nüchtern erlebt hatte, hatte irgendwas von Bestellung und verspäteter Lieferung gemurmelt und auf nächste Woche verwiesen.

Margret hatte doch gesagt, sie wollte ein paar Erledigungen machen. Das heißt, er ging davon aus, dass sie sowieso mit ihrem Auto gefahren wäre, es war besser mit ihrem zu fahren als sie in seine rostige Schrottschüssel einsteigen zu lassen. Beim ersten Date sollte eigentlich er fahren, aber was soll's er würde sich nicht die gute Laune trüben lassen. Während er im Stiegenhaus im Erdgeschoss wartete, ging wieder die ominöse Kellertüre auf und Katie kam heraus. Sie war mit Jeans und T-Shirt bekleidet, blickte ihn kurz an und schloss ohne die Miene zu verziehen, die Tür hinter sich zu.

Die Damen kommen immer ohne Vorräte aus dem Vorratskeller. Der muss ja ganz schön leer sein, dachte Markes sarkastisch. Im nächsten Moment kam Margret die Stiege herunter. Die Schwestern wünschten sich kurz guten Morgen, dann stand sie vor ihm. Sie hatte einen hellblauen Faltrock an der ihr bis kurz über die Knie fiel und ein weißes Shirt mit einem V-Ausschnitt das mit Spitzen eingefasst war. Sie sah bezaubernd aus. Ihre Schuhe waren Pumps in der gleichen Farbe wie ihr hellblauer Rock. In der Hand hielt sie eine Guccitasche, die ebenfalls blau war. Sie hatte ihre Lippen leicht mit Gloss überzogen und ihre Wimpern schwarz gefärbt. Halleluja. Hoffentlich konnte er sich zusammenreißen. Er durfte bei ihr keinen Fehler machen.

„Alles klar?“ fragte sie. Er dürfte sie angestarrt haben. „Klar. Nur mein Auto...“ Margret bemerkte, dass ihm diesbezüglich peinlich war zu fragen, also bot sie von sich aus an mit ihrem zu fahren.

„Kein Problem, wir können mit meinem fahren“, sagte sie mit superweicher Stimme. Fast wie die von „Susi“ aus „das Herzblatt“. Er tat erleichtert und folgte ihr zum Auto. Mit allem hatte er gerechnet, ein Landauto wie einen Jimmy oder einen Jeep, aber sie griff in ihre kleine Handtasche, holte den Autoschlüssel hervor und eine BMW Türe öffnete sich piepsend.

„Gott sei Dank sind wir nicht mit meinem Auto gefahren“, dachte Markes und war beschämt, wenn er an seinen Ford Fiesta dachte. Margret wirkte zwar wie ein Engel, aber sie legte anscheinend auch einen gewissen Wert auf Luxus.

Die Sitze im BMW waren aus Leder und die Garnitur mit teilweise Mahagoni durchzogen. Geiles Gerät! Sowohl das Auto als auch die Fahrerin. Er hatte sie unterschätzt, wer weiß mit was sie ihn noch überraschen konnte. Er war gespannt auf den Tag.

Die einstündige Fahrt nach Drauberg verlief reibungslos und sie unterhielten sich über Belangloses. In Drauberg verabschiedete sie sich kurz, um ihre Besorgungen zu machen und sie verabredeten sich in einer Stunde wieder hier. Markes nutzte die Gelegenheit, um etwas allein durch die Gassen und Straßen zu schlendern. Am Brunnen am Hauptplatz ergatterte er sich eine Bank für sich allein und entzündete sich genüsslich eine Zigarette an, um den unangenehmen Anruf mit seinem Bewährungshelfer aufzuschieben. Schließlich drückte er die Zigarette aus und tätigte den Anruf. „Harald Walberg“, meldete sich eine männliche Stimme am anderen Ende.

„Ich bin‘s. Markes Kandler.“ Stille.

„Markes! Gott sei Dank. Ich dachte, du wärst untergetaucht. Ich habe es mindestens 10x versucht bei dir!“ berichtete Harald aufgeregt.

„Sorry, aber in dem Tal gibt es keinen Empfang. Bin erst heute nach Drauberg gekommen. Mein Auto hatte eine ….Panne.“

„Verstehe.“ Er überlegte kurz. „Sonst alles in Ordnung?“

„Ja alles gut. Habe in den letzten Wochen ohnehin nicht viel gemacht. Nur gearbeitet. In dem Kaff ist etwas anderes gar nicht möglich“, sagte Markus. *„Und mit zwei Frauen geschlafen, eine Schlägerei gehabt und eine Leiche entdeckt, deren ermittelnder Polizeibeamter bestochen wurde“,* fügte er in Gedanken hinzu.

„Fein, fein. Also geht es dir gut. Ich bin ziemlich erleichtert. Ich war mir nicht sicher, ob es gut war dich so weit fortzuschicken ohne Betreuung. Wie ist die Arbeit?“

„Nichts was ich auf ewig machen möchte.“

„Das sollte auch nicht für ewig sein. Es geht darum, dass du einen Rhythmus bekommst und dich aus Ärger raus hältst.“

Markes hätte fast laut los gelacht, riss sich aber zusammen. In Gedanken konnte er seinen Bewährungshelfer vor sich sehen. Der totale Looser. Er hatte einen Glatzkopf, ringsum trug er stolz einen Haarkranz als wäre er Cäsar höchstpersönlich, auf seiner Nase saß eine dicke Brille und er wohnte noch bei seiner Mutter.

„Ja ich weiß“, sagte er nur.

„Dann muss ich mir keine Sorgen machen Markes?“

„Nein musst du nicht. Ich rufe nächste Woche wieder an.“

„Vielleicht schaffst du es ja unter der Woche mal. Mit dem Geld was ich dir gegeben habe kommst du aus?“

„Ja, ich lasse ohnehin alles aufs Zimmer schreiben und bezahle am Ende des Monats, wenn ich meinen Lohn erhalte.“

„Fein“, wiederholte Harald und klang zufrieden. Im Hintergrund hörte er durch den Hörer eine krächzende Stimme nach ihm rufen: „Hari dein Essen wird kalt. Und hast du schon deine Vitamine genommen?“

„Kurzen Moment Markes“, er drehte sich hörbar weg und antwortete seiner Mutter, dass er noch telefonierte, dann wandte er sich wieder dem Hörer zu.

„Hör zu Markes, ich muss auflegen. Du weißt ja wie Frauen sind wenn‘s ums Essen geht.“

Er konnte ihn förmlich durchs Telefon zwinkern hören. Markes verzog angeekelt das Gesicht, Harald sprach von seiner Mutter als wäre sie seine herzerwärmende Ehefrau.

„Klar. Dann bis bald."

„Bis bald, Markes."

Er legte auf. Manchmal kam er sich so vor als würde er selbst mit seiner Mutter telefonieren. Gerade, dass er nicht gefragt hat, ob er auch genug Salat zum Essen aß. Was soll's. Margret würde bald zum Treffpunkt zurückkehren. Also erhob er sich und machte sich ebenfalls auf den Weg zurück. Am Weg fielen ihm das Rathaus, das Standesamt und die Kirche auf. Mehrere Geschäfte lagen links und rechts von ihm. Er hatte beim Herkommen ein paarmal in die Auslagen gesehen, doch als er die Preisschilder sah, verlor er bald das Interesse. Das konnte er sich in seiner Lage einfach nicht leisten. Vor dem Juwelier blieb er stehen. Zum Glück war heute Sonntag, sonst hätte er Margret etwas gekauft was sein Budget bei weitem überschreiten würde. Stattdessen drückte er sich beim Kaugummi-Automat ein paar Süßigkeiten heraus und bekam dazu noch einen rosa Kinderring mit pinken Punkten darauf, der ihn nicht mal auf den kleinen Finger passte. Er steckte ihn ein und schlenderte weiter durch die Gasse. Die Straßen waren typisch für Sonntage relativ wenig besucht, ein paar Mal bemerkte er ein paar Frauen, die sich mit Freundinnen zum Kaffee trafen oder mit ihren Kötern in Richtung Park unterwegs waren. Er hatte einen Blick für Frauen und er hatte auch nie Probleme gehabt, welche kennenzulernen. Allerdings schien er völlig das Interesse an ihnen verloren zu haben. Noch vor ein paar Monaten hätte er sich in solchen Momenten auf die Bank im Park gesetzt und Frauen beobachtet, Mütter mit ihren Kinderwägen, Gassi-Geherinnen mit ihren pelzigen Kindern, Joggerinnen etc. Keine der anwesenden Frauen aber, schien mit Margret mithalten zu können. Nicht mal die enganliegenden Leggins der Joggerinnen, die an ihm vorbeiliefen, interessierten ihn noch. Er tat das als Zeichen ab, dass er ernsthaft etwas für Margret etwas empfand. Die Frauen hier waren nur halb so schön wie sie und hatten einfach keine Ausstrahlung. Sie waren so normal, er hatte sich gefühlte hunderte Mal mit ihrer Sorte vergriffen. Sie waren dominant, wussten genau was sie wollten und waren stets auf der Suche nach dem perfekten Ehemann. Das Problem dabei war, dass sie absolut keinen Freiraum zuließen. Sie erwarteten, dass ihr Partner alles kann, im richtigen Moment sensibel war und dann wieder dort durchgriff, wo es nötig war. Letzten Sommer war er mit einer dieser Sorte zusammen. Eine Bankerin. Er musste sie zu ihrer Freundinnen Kaffeeklatschrunde begleiten, wo er allen dämlichen Fragen der neugierigen Weiber Rede und Antwort stehen musste. Dann wurde auch noch öffentlich über Raucher hergezogen, während er genüsslich an seiner Zigarette zog. In der U-Bahn fühlte sie sich tatsächlich von einem Mann belästigt, der neben ihr stand und sich ebenfalls an der Stange festhielt. Die U-Bahn war gesteckt voll und Markes fragte sich, wie es dem Mann möglich sein sollte, NICHT bei ihr anzukommen, wo doch ein Umfallen quasi gar nicht möglich gewesen wäre. Sie fing doch tatsächlich Streit mit dem tätowierten Mann, mit einem Ring in der Lippe und einem in der Nase, an und schob Markes dann vor, dass er die Sache bereinigen sollte.

Das war der Moment, wo Markes so tat als kenne er sie nicht und war bei der nächsten Station ausgestiegen. Ihr Gesicht konnte er zwar nicht mehr erkennen, aber zumindest ihre ausfälligen Beleidigungen hörte er noch, bis sich die U-Bahntüre wieder schloss. Die Frauen waren mittlerweile arrogant und übernahmen sämtliche Führung und Kontrolle. Es gab keinen Dank mehr, sondern sie hielten es für selbstverständlich. Markes wiederstrebte es zutiefst, sich mit solchen Frauen zu treffen. Manche Hausfrauen warfen sich an ihn ran, in der Hoffnung, er würde nun für immer bei ihnen bleiben und sie von ihrem öden Ehemann befreien. Das hatte ihm bisher Angst gemacht.

Er brauchte so etwas wie Margret, einen Engel bei dem er sich nicht benutzt fühlte, sondern nützlich. Er wollte mit ihr Zusammensein, nicht weil er gut bei den Freundinnen ankam, sondern weil sie ihn so sein ließ, wie er war. Und er wollte nicht mit jemanden zusammen sein, weil er ein schlechtes Gewissen hatte, weil er mit ihr geschlafen hatte, sondern weil er es aus freien Stücken will. Natürlich konnte es auch nicht schaden, wenn ein Hauch von Luder dabei sein würde. Und das war auch, warum ihm die Schwestern allesamt gefielen. Sie waren zwar teilweise bereit Luder zu sein, aber sie verlangten absolut keine Bindung. Im Gegenteil. Es schien so, als würden sie völlig zwanglos damit umgehen. Er fühlte sich nicht eingeengt oder unter Druck gesetzt durch sein schlechtes Gewissen.

Margret und er kamen etwa gleichzeitig am Treffpunkt an. Sie wirkte frisch und fröhlich und sah wie eine Lady aus. Da es bereits Mittag war, entschlossen sie sich für ein Mittagessen beim „Taurerwirt". Markes erwischte ein viel zu stark gebratenes Steak. Es war zäh und trocken, aber es konnte nun mal nicht alles perfekt sein. Margret wählte den klassischen Putenstreifensalat. Da kann man wenigstens nichts falsch machen.

„Also Margret. Ich möchte alles über dich wissen", sagte er schließlich. Margret lächelte verlegen. Hoffentlich war er nicht zu direkt. Wie sollte er mit diesem Küken umgehen, ohne es gleich zu verschrecken.

„Mein Leben ist langweilig", erwiderte sie, „du kennst bereits alles."

„Naja ich kenne deine Arbeit. Aber du hast doch bestimmt Hobbies. Was machst du in deiner Freizeit?"

Margret überlegte, dann fiel ihr etwas ein und sie strahlte als sie sagte: „Ich schwimme manchmal im Teich im Sommer."

„Na also!" jubelte Markes etwas übertrieben. Das kann doch noch nicht alles gewesen sein, dachte er. „Was noch?" fragte er.

Margret überlegte wieder. Sie zuckte mit den Schultern und blickte auf ihren Salat. „Die Mädchen in der Stadt sind bestimmt viel unterhaltsamer oder?"

„Keine Sorge Margret. Ich werde dir alles zeigen. Was willst du alles machen?" fragte er. Aber er wusste, dass ihr auch hierzu nicht viel einfallen würde, deshalb schlug er ihr vor, etwas durch den Park zu spazieren und irgendwo eine Torte mit Kaffee als Nachspeise zu essen. Sie stimmte ein und er bat nach der Rechnung.

Im Park war es angenehm sonnig, es waren nicht viele Leute unterwegs. Der Park lag direkt neben einem Schloss. Er kam sich wie ein stinknormales Liebespaar vor. Herrlich.

„Es gibt noch soo viel was wir machen können Margret. Wenn du möchtest, zeige ich dir alles. Vielleicht kommst du ja mit mir nach Linz? Ich habe eine kleine Wohnung dort. Dann kannst du ein bisschen Urlaub machen."

„Das wäre total schön. Ich war noch nie so richtig fort", sagte sie verlegen und plantschte mit der Hand im Brunnen, während die Sonne ihr blondes Haar golden aussehen ließ.

Markes freute sich und sah sich schon in Gedanken mit ihr in Linz, überlegte aber, wie enttäuscht sie von seiner Wohnung sein würde. Im sozialen Gemeindebau. Während der Torte und dem Kaffee taute sie etwas auf und stellte auch sogar einige Fragen über ihn. Er verschwieg ihr natürlich, dass er auf Bewährung draußen war und dass die Wohnung in Linz von seinem Sozialarbeiter zur Verfügung gestellt wird, der mit seinem Bewährungshelfer zusammenarbeitete. Wenn er nach diesem Job genug Geld zusammen hatte, würde er sich bald eine echte eigene Wohnung suchen. Er hatte ein gutes Gefühl wieder auf die Beine zu kommen. Dank Margret.

Sie würde ihm dabei helfen, einen Job zu finden und ein normales Leben zu führen. Sogar eine Familie konnte er sich erstmals vorstellen.

Der Nachmittag verlief viel zu schnell. Als Margret auf die Uhr sah, erschrak sie und gab zu, die Zeit total übersehen zu haben. Sie drängte darauf zum Auto zurückzukehren, denn sie musste ihre Schwester Fanni heute Abend beim Servieren ablösen. Es gab keinen Ruhetag beim Forstwirt. Die Rückfahrt kam ihm um einiges kürzer vor wie die Hinfahrt, trotzdem war es schon dunkel als sie in den Graben abbogen. Er fand es schade, dass der Abend schon zu Ende war. Margret bog in ihr Carport ein und stellte den Motor ab.

„Vielen Dank", sagte sie, "es war sehr schön."

Sie wollte schon aussteigen, da packte Markes sie an der Hand. „Margret warte", drängte er. Er wollte sie noch nicht gehen lassen. Sie schaute auf ihre Hand und dann auf ihn. Er durfte sie nicht drängen. „Sehe ich dich wieder?" fragte er schließlich, „ich meine allein," fügte er hinzu für den Fall, dass es ihr nicht klar war. Sie ließ sich wieder in den Sitz fallen.

„Markes du weißt, es ist relativ schwer, ich.."

Bevor sie weiterreden konnte, hatte er ihr einen Kuss auf die Lippen gedrückt. Es überkam ihn einfach so. Sie war sichtlich überrascht, doch bevor sie zurückschrecken konnte, löste er seine Lippen wieder von ihren.

„Ich wünsche dir eine gute Nacht Margret“, sagte er, „Bitte komm morgen Abend hinters Haus in den Garten. Ich werde dort zu Mitternacht auf dich warten. Ich möchte dich wiedersehen.“

Sie erwiderte nichts. Wahrscheinlich war sie noch immer erstarrt von seinem überraschenden Kuss. Sie stiegen aus.

„Wirst du dort sein?“ fragte er bevor sie ins Haus verschwinden konnte.

Sie blickte nach links und rechts um sich zu vergewissern, dass sie niemand beobachtete, dann nickte sie kurz und verschwand im Haus.

Markes begab sich in den Gastraum und beobachtete Margret den ganzen Abend wie sie ihre Arbeit verrichtete. Zwar spielte er mit Franz und Peter Karten, aber im Spiel hatte er sowieso kein Glück. Seine Aufmerksamkeit lag woanders. Er war überschwänglich und glücklich. Da konnten auch die neuerlichen Gespräche über den Leichnam nichts ändern. Wie von Markes vermutet, wurde es als Unfall abgetan. Der Sonderermittler war hier zum Angeln, war ausgerutscht und in den Bach gestürzt. Markes fand diese Erklärung zwar lächerlich, aber niemand wollte die Absurdität dieser Erklärung in Frage stellen. Immerhin wusste auch niemand, dass Markes ihn kurz zuvor noch auf dem Stalldachboden entdeckt hatte. Markes fragte sich, wie viele der Wamser noch bestechen musste, um diese Geschichte zu verkaufen – die Sanitäter, die Polizei in

Drauberg? War seine Macht wirklich so weitreichend? Und vor allem: Brachte der Forstbetrieb wirklich so viel ein, dass er all diese Menschen bezahlen konnte? Fragen über Fragen, denen sich Markes erst am nächsten Tag stellen wollte.

Als er sich schließlich überwandte schlafen zu gehen, verabschiedete er sich von der Runde und verließ das Gastzimmer. Gerade als er die Stiege hinauf wollte, merkte er, dass die Türe hinter der Stiege geöffnet wurde und jemand herauskam. Er hoffte vielleicht, es würde Margret sein und er würde sie allein antreffen. Aber als er die schweren Schritte am Bretterboden hörte, wusste er, dass es ein Mann ist. Der Mann verließ das Stiegenhaus und steuerte direkt auf den Ausgang zu. Er zerrte mehrmals an seiner Hose, so als ob sie nicht richtig sitzen würde und während der letzten Minuten eingegangen war. In seiner Aufmachung wirkte er in dem alten Gasthaus völlig fehl am Platz. Er war seltsam adrett, hatte seine Haare zurückgekämmt und war rasiert. Der Mann, Markes glaubte, dass er Hias erkannt hatte, hatte ihn auf der Stiege gar nicht bemerkt. Was zum Henker hatte Hias im Vorratskeller zu suchen? Gerade als er seiner Neugier nachgeben wollte und die Stiege nach unten wollte, öffnete sich die Tür im Gastraum und ein Mann, den er zwar bereits in der Säge gesehen hatte, der ihm aber nie vorgestellt wurde, kam heraus. Markes lehnte sich blitzschnell an die Wand, um so zu tun als würde er etwas auf seinem Handy suchen, was genau genommen absurd war, weil er weder WLan noch Telefonempfang hatte. Der Gast erkannte Markes zu seiner Linken auf der Stiege, nickte ihm kurz zu als Begrüßung, ging dann schnurstracks bei den Toiletten vorbei und verschwand hinter der Kellertüre, die er hinter sich fest zuzog, sodass sie mit einem Klicken einrastete.

Kapitel 8: Aller guten Dinge sind Drei

Markes wunderte sich immer mehr. Behutsam stieg er die Stiegen zurück ins Erdgeschoss. Wenn dieser Mann die Türe einfach so benutzen kann, dann konnte er es doch auch oder? Was wenn Hias etwas Illegales dort unten gemacht hatte und dieser Mann war sein Komplize. Markes griff nach dem Türknopf. Sollte er es wagen? Soweit er damals, als Margret plötzlich dahinter stand, sehen konnte, lag hinter der Tür lediglich eine Stiege nach unten.

Wer nicht wagt, der nicht gewinnt, dachte Markes und drehte am Türknopf. Zu seiner Enttäuschung war sie versperrt. Deshalb der Zahlencode. Dieser Mann musste autorisiert sein, nach unten zu gelangen. Eigentlich dachte er, er hatte schon genug Ärger am Hals und sollte seine Nase nicht in Dinge stecken die ihn nichts angehen. Aber die Neugier eines Menschen sollte man nicht unterschätzen und Dummheit auch nicht und Markes glaubte beides davon zu besitzen. Irritiert wartete er ab. Was sollte er tun? Vor der Türe warten bis er wiederkehrte oder die Tür vielleicht aufbrechen? Nein das ginge dann doch zu weit. Er könnte auch jemanden fragen. Ja, die banalste aller Antworten ist oft die klügste.

„Was machen Sie da?“ fragte jemand plötzlich hinter ihm.

Markes erschrak heftig. Sein Herz pochte wild, sein Adrenalinspiegel schnellte in die Höhe als es ihn herumriss. Konnte der Mann sich nicht zuerst bemerkbar machen, bevor er ihn ansprach? Markes trat wieder ins Licht des Stiegenhauses. Scheiße. Der Bulle. Das hatte ihm gerade noch gefehlt.

„Ich habe gerade..“, ja was? *Lass dir etwas einfallen Markes aber schnell*. Die Nummer mit der Klo-Suche würde einfach nicht mehr ziehen, dafür war er zu lange im Haus.

Der Patterer wartete und forderte so seine Antwort heraus.

„Ich dachte, ich hätte ein Geräusch gehört“, sagte Markes schließlich. Und erinnerte sich an die nicht zuordenbaren Schreie in der ersten Nacht. Das könnte durchaus der Wahrheit entsprechen. Er wollte nur nachsehen, woher sie kommen und ob alles in Ordnung war.

„Ein Geräusch. So so“, der Bulle kniff die Augen zusammen, „Für mich sah es eher so aus, als würden sie hier herumschleichen. Ich sage Ihnen jetzt was“, er streckte den Zeigefinger in die Höhe und ging langsam auf ihn zu, „Für mich verhalten Sie sich sehr verdächtig, Bursche. Zuerst stiften Sie Unruhe mit einem der Mädchen, dann taucht plötzlich eine Leiche auf. Und das in den ersten 3 Wochen ihrer Ankunft. Wenn das nicht verdächtig ist."

Aus der Perspektive eines ordentlichen Polizeibeamten mag das stimmen, aber da Markes über die Hintergründe Bescheid wusste, konnte er diese Drohung nicht ernst nehmen.

„Wie Sie vielleicht selbst im Bericht geschrieben haben, ist der Herr beim Angeln umgekommen. Was natürlich nicht die offene Wunde auf seiner Brust erklärt, außer es gibt hier Piranhas im Bach", erwiderte Markes kess.

Die Miene vom Patterer verfinsterte sich. „Was genau wollen sie hier andeuten? Wollen sie etwa sagen, dass ich meine Arbeit nicht gut mache? Die Brust wurde von Treibgut aufgespießt! Oder wissen sie da mehr wie ich?"

Markes überlegte, ob er sich mit dem Patterer anlegen sollte und wie weit er ihn reizen sollte. Wäre er nicht auf Bewährung, hätte er das Spiel vielleicht mitgespielt.

„Wenn Sie das sagen", antwortete er nur.

Der Patterer gab sich mit der Antwort nicht zufrieden. Er kniff wieder die Augen zusammen und legte den Kopf schief, so als ob er noch mehr aus Markes Gesicht herauslesen könnte.

„Also schön Freundchen. Vielleicht sollten wir die Unterhaltung am Revier fortsetzen. Morgen um 10 möchte ich sie in der Polizeistation in Eisenheim sehen. Sonst gibt's eine Vorladung. Sie haben es so gewollt." Er drehte sich um und ging in die Toilette, in die er zuvor wahrscheinlich unterwegs war, als er Markes an der Kellertüre erwischte.

„War das sein Ernst?" Dabei hatte Markes doch mehr in der Hand über ihn, als er über Markes. Er dachte an seinen Bewährungshelfer. Würde er das erfahren, würde es die Staatsanwaltschaft auch erfahren. Falls der Patterer ihn nicht ohnehin informierte. Er hoffte darauf, dass er ihn nur einschüchtern möchte. Es war besser den Termin wahrzunehmen. Gedankenverloren ging er in sein Zimmer und machte sich bettfertigt.

Am Montagmorgen wachte er früh auf und holte sein Frühstück. Er musste sich unbedingt bei Hans erkundigen, wo die für heute versprochenen Reifen waren, damit er es bis 10 ins Revier schaffte. Zuvor müsste er dem Wamser Bescheid geben. Hoffentlich sah er ein, dass er in der Säge arbeiten musste, sonst würde er nicht rechtzeitig vom Berg gelangen. Christie servierte ihm Frühstück.

„Und, Wochenende überlebt?" fragte sie kess. Ihre Fragen waren immer so gestellt, als wüsste sie bereits alles und wollte das Gegenüber nur testen. War das eine rhetorische Frage oder steckte da vielleicht Wahrheit drin?

„Mehr oder weniger", sagte er grinsend. Er konnte jederzeit mitspielen. „Ohne Auto und bei Regenwetter ist man hier ziemlich aufgeschmissen oder?"

„Hattest du zu wenig Unterhaltung hier?“

Markes dachte an den Samstag vorige Woche im Stall und Sonntag in Drauberg. Langweilig war es eigentlich nicht. Er verzog das Gesicht.

„Ne, war recht angenehm. Hab mich gut erholt.“

„Verstehe“, sagte sie und schenkte ihm etwas Kaffee nach. „Hans müsste gleich hier sein um dein Auto zu reparieren“, sagte sie dann, als könnte sie seine Gedanken lesen. Als hätte Hans nur auf das Stichwort gewartet, erschien er auch schon in der Tür. Er hatte eine blaue Latzhose an, die mit Ölflecken und weiteren undefinierbaren Flecken übersäht war und fragte nach dem Kerl dessen Auto repariert werden sollte. Da nur Markes anwesend war, konnte die Auswahl ja nicht so schwer sein, dachte Markes. Nicht gerade das hellste Kerlchen. Hans Zähne waren furchtbar gelb und er stank penetrant. Wahrscheinlich schlief er sogar in seinen Sachen, dachte Markes. Zu allem Übel streckte er auch noch seine Hand aus um ihn zu begrüßen. Etwas wiederwillig reichte ihm Markes ebenfalls die Hand.

„Vielen Dank. Mein Auto steht draußen.“

Er deutete Christie, dass er nach draußen ginge und sein Frühstück beendet hatte. Sie zwinkerte ihm zu und wünschte ihm einen schönen Tag. Dieses Luder.

Draußen begegnete er dem Wamser und erklärte ihm die Situation. Er brummte widerwillig, aber fragte nicht weiter nach, sondern fuhr allein mit dem LKW ins Gelände.

„Melde dich beim Hias. Er wird heute in der Säge Arbeit für dich finden. Die Zeit beim Patterer wird dir als Mittagspause abgezogen.“ So ein Pack. Gab es hier denn keine Gewerkschaft? Das zählte doch wohl als Arbeitsgang. Dem Wamser schien es nicht zu passen, dass der Patterer eine eigenständige Entscheidung getroffen hatte und Markes auf sein Revier geladen hatte, um ihn zu befragen.

Der Tag schien sehr lange zu werden. Zu lange noch bis Mitternacht. Bis er endlich seine Margret wieder sehen konnte. Er arbeitete eine knappe Stunde in der Säge als ihm Hans zurief, dass sein Auto wieder fahrtüchtig wäre und die Rechnung im Gastraum hinterlegt wäre. Hoffentlich hatte er keine Wucherpreise verrechnet. Nach einer weiteren Stunde, war es Zeit ins Revier zu fahren. Markes ärgerte sich, dass sein Auto immer noch nicht gleich ansprang und dass es Hans einfach ignoriert hatte. Diese Macke hatte das Auto meistens, wenn es länger als einen Tag stand. Er musste unbedingt in nächster Zeit nochmal mit Hans reden. Vielleicht würde er den Schaden auch schwarz beheben. Kein Wunder, bei dieser Sparkasse von Auto, würde er sich sonst wohl keines mehr leisten können. Er wusste aber auch nicht, ob es sich bei der Karre noch auszahlen würde, oder ob er sich gleich ein neues kaufen sollte. Dabei dachte er an den BMW von Margret. Welch‘ geiles Gerät! Ohne Zweifel war es geleast. Nach mehreren Startversuchen unter ständigen Pumpen des Gaspedals sprang seine Kiste endlich an. Markes kannte den Weg nicht, aber bis Eisenheim fand er auf jeden Fall und dort konnte der Ort wohl nicht zu groß sein. Wie erwartet fand er die Polizeistation umgehend. Ein trostloser Ort. Das Revier lag auf der Schattseite, während gegenüber die Läden in der Sonne lagen. Als er die Station betrat, war der Empfangsraum leer. Etwas verunsichert blickte er sich um, neben dem Empfangstresen war ein Gang nach hinten zu erkennen. Irgendwann tauchte der Patterer mit einer Tasse Kaffee von eben diesem Gang auf, er sah zerzaust und unrasiert aus und seine Polizeiuniform saß schlabbrig, sodass seine Hose in Begriff war unter seinem Bierbauch hinunter zu rutschen. Mit einer Hand zog er die Hose mehrmals nach oben.

„Ah. Warte da." Er machte am Absatz kehrt, als wollte er sich gar nicht mit ihm unterhalten. Markes setzte sich auf einen der Wartesessel, als er etwas Glitschiges unter seiner Hose bemerkte. Typisch, genau auf den Kaugummi gesetzt. Angewidert sprang er wieder auf und versuchte das große rosa Gummizeug aus seiner Hose zu kratzen, dabei zog er einen langen Kaugummifaden zwischen den Fingern. Großartig. Der Tag fängt ja gut an.

„Hallo?" Markes suchte nach einem WC und wanderte nach hinten den Gang entlang. Der Patterer stellte sich tot. Rechts vom ihm waren zwei Ausnüchterungszellen um die er sich nicht weiter kümmerte, sondern startete auf die Tür mit dem WC Schild zu. Verärgert wusch er sich das Zeug von den Fingern und kratzte den Rest von der Hose, auch wenn ein eindeutiger Fleck auf seinem hinteren Oberschenkel zurückblieb. Er war ja so ein Glückspilz. Irgendein Rotzlöffel hatte aus Frust seinen Kaugummi auf den Wartesessel geklebt, doch anstatt die Bullen damit zu ärgern, traf es den armen ausrangierten Markes aus Linz. Beim Hinausgehen klopfte er sich noch die Hose wieder glatt und warf einen Blick auf sein nasses Hinterteil als ein lauter Kaugummi Blob zu hören war.

„Zum Teufel..“, er wollte gerade den eingebuchteten Rotzlöffel die Leviten lesen als er inne hielt.

„Fanni?“ Für einen Moment glaubte er im falschen Film zu sein, als er die junge Frau hinter den Gitterstäben sah.

„Hi Markes.“ Wieder drehte Markes sich um, als ob jemand gerade einen Scherz machte, und ihn von hinten beobachtete, doch sie kam auf ihn zu und hielt sich an den Gitterstäben fest, während sie ihren Kopf durchsteckte.

„Was machst du hier Fanni?“ Ungläubig musterte er die junge schüchterne Frau, die er sonst nur züchtig und im Dirndl kennengelernt hatte. Diesmal hatte sie ein rosa Shirt mit einem großen Ausschnitt an, in den er unweigerlich starren musste.

„Der Patterer hat mich beim Kiffen erwischt“, gestand sie kleinlaut. Erst jetzt konnte er seinen Blick wieder von ihrem Dekolleté lösen, das sich durch die Gitterstäbe quetschte. Sein Blick wanderte weiter nach unten. Sie trug normale Blue-jeans und schwarze Stiefel. So gesehen war sie nicht anders wie andere Teenager, nur dass sie eigentlich kein Teenager war. Die dick aufgetragene schwarze Schminke um ihre Augen war verschmiert, ihre Frisur, wenn man sie so nennen konnte, löste sich gerade auf. Es hatte den Anschein als hätte sie die Nacht hier verbracht. Erneut ließ sie eine riesengroße Kaugummiblase platzen.

„Scheiße. Wenn dein Vater das erfährt…“ Markes machte sich Sorgen um sie. Sie war ein naives Ding und man hatte sie bestimmt überredet sich einmal gehen zu lassen und sie glaubte ihren Freunden bestimmt alles ohne zu hinterfragen. Ein perfektes Mädchen zum Abschleppen sozusagen. Trotzdem war sie immer noch die liebe nette Fanni, die ihn Abend für Abend sein Bier serviert.

„Ne‘ mach dir keine Sorgen.“ Wie beiläufig zog sie plötzlich einen Joint aus der hinteren Hosentasche und ein Feuerzeug hervor.

„Bist du verrückt?“ Er griff durch die Stäbe und zupfte ihr den Joint aus dem Mund.

„Was?“ sie war fast beleidigt, „he, gib das wieder her!“

Ohne auf sie zu hören, stopfte er das Ding in seine Hosentasche. Irgendwie wollte er sie in Schutz nehmen. Auch wenn sie die 23 wahrscheinlich schon überschritten hatte, fühlte er sich gerade für sie verantwortlich, obwohl er selbst nicht das beste Vorbild abgab. Allerdings war Fanni einfach zu nett, als dass sie seine Fehler wiederholen sollte.

„Wenn der Patterer dich damit erwischt, ist's aus. Glaub mir."

„Ach der. Onkel Patti wird schon nix weitersagen."

Markes warf es fast aus den Socken. Onkel Patti? Er sah ihr ungläubig in die Augen, noch ein Scherz der nicht lustig war? Fanni schmollte wie ein kleines Kind. Die Nummer hatte sie wirklich gut drauf. Dabei verschränkte sie ihre Arme vor der Brust, sodass ihre Brüste nach oben gedrückt wurden und lehnte sich mit dem Rücken gegen die Trennwand der Nebenzelle. Auch wenn sie dunkle Haare hatte, hätte sie in dem Moment keine bessere Blondine abgeben können, ja ist ein Klischee, aber ihr wisst schon.

„Ist kein richtiger Onkel, eher sowas wie ein Patenonkel. Er war eben immer schon da, seit der Geburt."

Markes atmete tief ein. Dieser Schleimpolzen von Bulle hatte also ein Auge auf die Mädchen.

„Also. Kann ich meinen Joint wiederhaben?" Sie streckte erwartungsvoll ihre Hand aus, Markes erkannte lange rosa Fingernägel. Mädchen, Mädchen. Innerlich seufzte er und runzelte die Stirn. „Auf keinen Fall".

„Kann ich wenigstens mit dir heimfahren?" In dem Moment traf jemand im Warteraum ein und der Patterer stürmte wie auf Kommando aus seinem Büro, in dem er sich offensichtlich verschanzt hatte.

„Was machst du da?“, herrschte er ihn an als er ihn vor den Gitterstäben stehen sah. Fanni zog ihre Hand zurück und lächelte den Bullen naiv an. Warf sie ihm gerade einen „ich bin ja so unschuldig Blick“ zu?

„Los. Mitkommen.“

„Sorry Kleines. Klar kannst du mitfahren. Bis dann.“ Er folgte gehorsam dem Patterer in den Warteraum wo zwei Herren in langen schwarzen Mänteln und Hut eingetroffen waren. Sie sahen aus wie Sherlock Holmes und Columbo.

„Das ist der Verdächtige“, sagte der wichtigtuerische Bulle laut zu den Herren. Verdächtige? Hatte Markes da richtig gehört? Was genau wollte er ihm anhängen? Dann begrüßte er die Herren deren Mundwinkel nur vage zur Begrüßung zuckten, wodurch sie eines klarstellten: Mit ihnen war nicht gut Kirschen essen.

„Folgen Sie mir bitte ins Vernehmungszimmer.“ Alle drei folgten ihm hinter den Tresen und zu seinem Büro, während er mehrmals seine Hose nach oben zog.

„Setz dich hierhin“, befahl er schroff, während er sich gegenüber von Markes an seinen Schreibtisch platzte. Die Herren blickten ihn grimmig an, einer setzte sich neben den Patterer auf die Tischkante, einer stellte sich schräg hinter ihn an die Wand. Sie trugen keine Polizeiuniform.

„Und die Herren sind?“ fragte Markes dann.

Der Patterer wollte ihn schon anblaffen mit, „das geht dich einen Scheißdreck an!“, als sich einer der Herren erhob und sich vorstellte.

„Mein Name ist Inspektor Danzig aus Drauberg. Das hier ist mein Kollege Inspektor Hunter. Wir sind hier, weil ein Kollege von uns kürzlich in ihrer Gegend verstorben ist. Er war da an einer Sache dran, aber bevor er uns kontaktieren konnte, ist er wohl ausgerutscht und im Wildbach ertrunken. Der Empfang soll ja sehr schlecht sein da im Graben, die Nachricht die er uns gesandt hatte, war kaum zu verstehen.“

Daher weht der Wind. Markes konnte sich seinen Teil schon zusammenreimen. Natürlich war der ermordete Sonderermittler in offizieller Mission unterwegs. Dumm gelaufen Wamser, dachte er. Seine Schadensfreude relativierte sich als es ihm in den Sinn kam, dass sie nun einen Sündenbock benötigten und er nun am Präsentierteller saß. Verdammt, die wollten IHN einbuchten! Seine Sinne waren plötzlich messerscharf. Wenn es sein sollte, würde er auspacken. Aber noch musste er seine Trümpfe für sich behalten.

„Ja davon habe ich gehört. So wie jeder andere auch. Aber warum bin ich hier?“ verteidigte er sich.

„Die Sache ist die. Herr Patterer hat uns erzählt, dass Sie noch nicht lange im Gasthof Forstwirt leben und dass es bereits ein paar Zwischenfälle gegeben hat.“ Er sah ihn für einen Augenblick an und versuchte eine

Regung in Markes Gesicht zu erkennen. Markes war aber zu perplex und lies am besten den Kommissar weiterreden. Immerhin hatte er noch keine Frage gestellt.

„In Ordnung, zuerst muss ich Sie fragen wo Sie in den letzten 3 Wochen waren seit ihrer Ankunft", fragte er seine Standardfrage nach Protokoll.

„Ich habe gearbeitet und abends war ich meistens im Gasthaus", erklärte Markes.

„Letztes Wochenende?"

Musste das wirklich sein? „Das geht Sie eigentlich nichts an. Immerhin war der Sonderermittler da schon tot oder?"

Herr Hunter musterte sein Gesicht scharf. Markes fragte sich, was die ganze Nummer hier sollte. Versuchen sie ihm Angst zu machen?

„Wochenende?", wiederholte er langsam und deutlich.

Das kann doch nicht sein Ernst sein. „Hören Sie. Ich habe das Recht auf einen Anwalt oder nicht? Ich muss daher gar nichts mehr sagen!" Markes war verärgert.

Herr Hunter blieb ernst. „Wollen Sie einen anrufen?"

„1:0", dachte Markes. Natürlich wollte er nicht. Verdammt, verdammt, verdammt. Er drehte die Augen über. „Letzten Samstag habe ich Katie im Stall geholfen und dieses Wochenende war ich mit Margret in Drauberg. Ok?“

„Na also war das so schwer?“ ätzte der Patterer. Herr Danzig und Herr Hunter warfen sich einen vielsagenden Blick zu, ob es wegen der Frauen war oder wegen dem Kommentar des Patterers konnte er sich nur ausmalen. Jedenfalls nahm er ein paar Notizen und fuhr mit der Befragung fort und tat so, als hätte er den Patterer nicht gehört. Er war bestimmt genervt von dem wichtigtuerischen Landbullen.

„Führen Sie eine Beziehung mit einen der Frauen?“ Herr Danzig blickte hoch um seine Reaktion genauestens unter die Lupe zu nehmen.

„Was? Wieso ist das denn plötzlich von Belang?“ schön langsam reichte es ihm, „Nein!“ sagte er verärgert. „Noch nicht“, dachte er im Hinterkopf.

„Es gibt also keine Zeugen für die Nacht vor dem Unfall. Sie haben allein geschlafen?“

„Ja“, antwortete Markes wahrheitsgetreu. Herr Danzig machte weitere Notizen und blickte dann seinen Kollegen Hunter kurz in die Augen. Sie kommunizierten wohl telepathisch, denn der Hunter schüttelte kurz den Kopf, so als würde er sagen, „keine weiteren Fragen“.

Daraufhin nahm der Kommissar Danzig seinen Aktenkoffer vom Boden und klappte ihn auf. Dann holte er einen Zettel hervor und legte ihn vor Markes auf den Tisch.

„Wir haben uns über Sie informiert, Herr Kandler. Sie sind vorbestraft und Sie sind gerade auf Bewährung draußen. Es wird Zeit, dass Sie uns die Wahrheit sagen." Ah, daher wehte der Wind! Markes wurde so einiges klar, warum er verdächtig war. Der Mann war taff, aber er schien ehrlich zu sein. Im Gegensatz zum Patterer.

„Wenn Sie mich für den Täter halten, wieso haben Sie dann nicht schon längst die Staatsanwaltschaft informiert? Welche Beweise haben Sie?" fragte er kess. Er musste erst erfahren inwieweit die Herren zu Wamsers Pack gehörten oder unabhängig agierten, bevor er auspackte.

„In Ordnung Herr Kandler. Der Anruf ist gleich getätigt", er tat so als würde er sein Handy hervorholen und nach einer Nummer suchen. Markes Stimmung sank ins Bodenlose. Wenn die Staatsanwaltschaft erfuhr, dass er unter Mordverdacht stand, dann war es vorbei. Sein Leben war vorbei.

„Es sei denn…", sagte Danzig dann plötzlich und hielt bei der Nummernsuche inne.

Markes blickte auf. Gab es da einen Lichtblick?

„Es sei denn, Sie haben etwas für mich. Etwas Ungewöhnliches, etwas was Ihnen komisch vorkommt. Etwas wonach Sonderermittler Maier gesucht haben könnte?" fragte er.

Markes überlegte. Der Patterer blickte ihn fest an. Fast so als würde er sagen: „Wage es nicht etwas auszuplaudern. Egal was du weißt".

Markes hatte das ungute Gefühl, dass wenn er vorm Patterer etwas sagte, dann würde er den nächsten Tag wahrscheinlich nicht mehr erleben. Außerdem würde er sich nur selbst belasten.

Er zuckte mit den Schultern. „Ich weiß nicht was Sie meinen."

Sichtlich enttäuscht tauschte er wieder einen Blick mit seinem Kollegen aus. Markes erkannte nicht, ob er ihm einen Blick zu warf „Natürlich weiß der was!" oder einen Blick mit „Schade."

„Also gut Herr Kandler. Ich gebe Ihnen noch diese Woche. Vielleicht erfahren Sie etwas Interessantes. Wenn nicht, dann wird es bald unangenehm für Sie."

Markes Gedanken überschlugen sich. *Wie bitte ich soll für euch spionieren?* Wurde nicht gerade ein Sonderermittler ermordet, weil er spioniert hatte? Wie stellen sich die das vor? Das sind schließlich keine normalen Leute da im Graben. Die sind alle verrückt! Markes wurde knallrot im Gesicht.

„Das ist Erpressung."

Herr Danzig seufzte. „Nennen Sie es wie Sie wollen. Eine Woche!" wiederholte er.

Damit war die Unterhaltung zu Ende. Die Herren warteten, bis er sich erhoben und die Station verlassen hatte.

Beim Wamser spionieren? Das war reiner Selbstmord. Doch welche Alternative blieb ihm? Er musste erfahren, was hinter dieser Kellertüre war. Das war vielleicht seine einzige Möglichkeit, dass er nicht die restliche Zeit im Knast absitzen musste. Notfalls musste er die Tür aufbrechen. Oder vielleicht kurzschließen. Die Rückfahrt über würde er überlegen müssen, wie er seinen Spionagevorfall angehen sollte. Er könnte auch Margret fragen. Das wäre natürlich die einfachste Lösung. Er war eben neugierig. Nichts weiter. Er würde sie beiläufig fragen, bzgl. dem Baujahr des Gebäudes, Bauweise, Dämmung etc. und natürlich nach dem Keller. So alte Gebäude fingen doch sicher schnell zu modern an im Keller, waren feucht und erdig. Er war eben architektonisch interessiert, oder wie das Wort hieß. Das musste er vorher unbedingt noch googeln, bevor er sich zum Affen machte.

Vielleicht sollte er auch eine Möglichkeit finden, den Kommissaren irgendwie von der Leiche im Dachboden zu erzählen. Er könnte einfach sagen, einer der Männer hätte nach ein paar Bier ausgepackt, dass er eine Leiche gefunden hätte. Er möchte aber nicht genannt werden, weil er Angst hat. Und er, Markes, würde seine Quelle um kein Geld der Welt preisgeben. Eher ginge er ins Gefängnis. Halt, nein. Das wollte er doch vermeiden. Vielleicht war eine andere Quelle doch nicht die Idee schlechthin. Das ließ er lieber sein. Egal wie er das Blatt wendete, es schaute schlecht aus für ihn. Hoffentlich nahm die Sache ein gutes Ende.

Als er das Büro verließ, rief Fanni gerade nach dem Patterer.

„Ich warte draußen", rief er ihr zu, er wollte keine Sekunde länger in dem Gebäude bleiben und musste an die frische Luft. Während er den Gang entlang schritt, konnte er in seinem Rücken sehen wie der Patterer gerade seinen großen Schlüsselbund hob und die Zelle öffnete. Onkel Patti! Nicht zu glauben. Der Graben war schlimmer als die Mafia und Camorra zusammen. Als er durch das Wartezimmer Richtung Ausgang zusteuerte, begrüßte er beiläufig den zweiten Beamten, der nun anscheinend an seinem Platz hinter dem Tresen eingetroffen war. Irgendwie kam ihm das Gesicht bekannt vor. Eine Narbe auf der linken Augenbraue, Schnurrbart. Er schüttelte den Kopf als ihm einfiel, wo er das Gesicht bereits einmal gesehen hatte. Damals hatte es wild geblutet. Es war an dem ersten Abend im Forstwirt, als der Wirt die zwei Schlägertypen neben ihm aus der Tür geworfen hatte.

Er lachte laut auf und der Beamte warf ihm einen bösartigen Blick zu als hätte er ihn gerade bei einem sehr wichtigen Schreibakt gestört. Markes verzog sich schnell. Alles klar. Er lehnte gegen seine Autotür. Gut, dass die Bullen ihn nicht durchsucht haben, wenn sie den Joint in seiner Hosentasche gefunden hätten... Das hätte zu seiner Pechsträhne gepasst, die er seit einiger Zeit hatte. Oder seit einigen Jahren. Oder schon immer.

Er drehte den Joint in den Fingern. Irgendwo im Auto hatte er doch noch ein Feuerzeug. Er beugte sich über den Fahrersitz zum Fach auf der Beifahrerseite und kramte zwischen Müll, Dokumenten und Betriebshandbuch. Aha. Er schloss die Autotür wieder, lehnte sich dagegen und zündete sich den Joint an. Als er kräftig daran zog, schloss er genüsslich die Augen. Genial. Wie hatte er das vermisst. Das war doch alles ein Irrenhaus hier oder? Bullen die Morde vertuschen, Bullen die Schlägereien in Wirtshäuser anzetteln. Zwei griesgrämige Beamte, die auf harter Bulle machten.

Als er wieder die Augen öffnete, dachte er für einen Moment das Kabarett würde sich fortsetzen. An der gegenüberliegenden Straße kam gerade eine große schlanke Blondine aus dem unscheinbaren gelben Haus, schloss hinter sich ab und marschierte selbstbewusst die Einfahrt entlang zu ihrem Auto. Markes zog erneut an seinem Joint und grinste. Gut, dass er gerade kiffte. So konnte ihn so schnell nichts aus der Fassung bringen. Nicht mal Katie, die in Ledermontur und roten Mantel aus einem fremden Haus kam. Sie trug schwarze hochhakige Lederstiefel die ihr bis über die Knie reichten, durch die schwarze Leggings darunter sah es fast so aus als wollten die Stiefel nicht enden, sondern direkt in den roten Mantel übergehen. Geil.

„Können wir los?“

Fanni war unbemerkt neben ihm aufgetaucht und er löste seinen Blick von der Blondine, die gerade in ihr Auto stieg.

„Äh klar." Er warf den Joint auf den Boden um ihn auszutreten. Gut die Braunhaarige neben ihm war mindestens gleich nett anzusehen. Es waren ja nur Blicke oder konnte man ihn dafür verhaften? Wohl kaum, dann müssten sie wohl 90% der Männer gleich mitverhaften.

„Hast du meinen Joint geraucht?" fragte sie ungläubig.

Markes lächelte überführt. Ups. Wie eine Göre verzog sie schmollend das Gesicht ohne weiteren Kommentar.

„Du wirst meinem Vater doch nichts sagen oder?" fragte sie schließlich.

„Natürlich nicht. Mach dir keine Sorgen."

„Ok, also falls er fragt, ich war mit Freundinnen in der Therme ok?"

Markes runzelte die Stirn. Ob sie mit der Erklärung durchkommen würde? Moment mal, war nicht gerade Christie auch in der Therme? Bevor er den Gedanken zu Ende spinnen konnte, fiel ihm Katie wieder ein, die aus dem gelben Haus gekommen war. Vielleicht hatte sie einen Freund? Auch wenn es ihn nichts anging, er war sterbens neugierig.

Als er in den Graben einbog, schien sich plötzlich der Himmel zu verdunkeln. Es war fast so, als wüsste die Sonne, dass sie hier nicht hingehörte. Er musste sich noch gut überlegen, was er dem Wamser erzählen sollte. Immerhin wusste er nicht, was der Patterer für ein paar nette Scheinchen noch ausplaudern würde. Und dem würde er wohl mehr glauben. Am besten erzählte er dem Wamser von der Vorstrafe. Aber dann würde es Margret auch erfahren! Himmel Herrgott.

„Und wenn man vom Teufel spricht“, dachte Markes als er den Wamser neben dem Eingang lehnen sah, als er in den Parkplatz einbog. Hat ihn der Patterer schon informiert? Markes und Fanni stiegen gleichzeitig aus dem Auto und der Wamser bewegte sich langsam auf ihn zu. In dem Moment wurde ihm klar, dass es so aussah als wäre er mit Fanni unterwegs gewesen.

“Moment mal...“

Markes hob abwehrend die Hände um den Wamser einzubremsen, als er merkte, dass der fuchsteufelswild zu sein schien. Irgendetwas schien nicht zu stimmen mit ihm. Er wollte ihn beschwichtigen, bevor er ihn erreichte. Aus den Augenwinkeln sah Markes, dass Fanni sich schleunigst aus dem Staub machte. Wahrscheinlich nutzte sie die Gelegenheit, da die Aufmerksamkeit ihres wütenden Vaters nicht ihr zu gelten schien. Sie schlich sich Richtung Haus davon. Kluges Mädchen.

„Hör zu, ich erkläre dir alles..“

Doch bevor Markes dazu kam, hatte der Wamser bereits seine Faust erhoben und ihn mitten ins Gesicht geschlagen. Huch, das kam aber ganz schön unerwartet. Fast hätte er die Vöglein zwitschern gehört.

„Du verdammter Hurensohn!“ hörte er den Wamser brüllen.

Markes war noch zu benommen, um die Situation richtig zu erfassen. Da hatte ihn der Wamser schon in die Magengegend geboxt und Markes krümmte sich vor Schmerz. Er hatte das Gefühl, er müsste sich auf der Stelle übergeben.

„Hilfe der macht mich fertig“. Da ihm der Fausthieb die Luft aus den Lungen gepresst hatte, konnte er die Worte nur ihn Gedanken rufen. Was zum Teufel hat ihm der Patterer erzählt?? Er vernahm aus dem Augenwinkel, dass der Wamser erneut ausholte. Markes warf sich zur Seite, und der Schlag ging ins Leere. Obwohl alles blitzschnell ging, lief es für ihn wie in Zeitlupe ab. Der Wamser war in Rage und brüllte pausenlos auf ihn ein. Vom Schlag ins Gesicht klirrten ihm die Ohren. Er musste dem Wamser ausweichen, soweit es seine Sinne noch zuließen.

„Wie kommst du auf die Idee, die Mädchen für dich zu beanspruchen?! Ohne meine Einwilligung läuft nichts, wie oft soll ich dir das noch sagen, du Hurensohn?“

Markus hielt eine Hand vors Gesicht und eine vor die Magengegend um sie zu schützen. Anders als im Film, war er bereits nach dem ersten Schlag mehr als lädiert. Der Wamser ging erneut auf ihn los. Markes konnte sich aufraffen und warf sich dem Angreifer entgegen, während der sich auf ihn stürzte. Sie umarmten sich, als wären sie Freunde. In Wirklichkeit rangen sie miteinander, wer die Oberhand gewinnen würde. Markes gelang es dem Wamser eine in die Nieren zu verpassen. Dieser heulte zwar auf, aber war im gleichen Moment wieder bereit zum Gegenschlag auszuholen. Wie zwei Sumo Ringer rangen sie am Platz hin und her und Markes hätte vielleicht eine Chance gehabt, wenn nicht dieser blöde Stein hinter ihm gelegen hätte. Er verlor das Gleichgewicht, kam ins Wanken und wurde vom Wamser zu Boden gestoßen. Der Wamser saß nun oben auf. Das letzte was er sah, bevor der Wamser ihm mit einem Schlag ins Gesicht das Licht ausknipste, war eine Frauengestalt mit dunklen Haaren, die sich auf den Wamser stürzte und etwas schrie wie, „Nein nicht! Lass ihn!“. Danach wurde es schwarz. Das war‘s jetzt.

Als Markes langsam wieder zu Bewusstsein kam, wusste er im ersten Moment nicht wer er war, wo er war und was zum Teufel passiert ist. Es schien alles verschwommen, seine Gliedmaßen fühlten sich zwar an, als hätte ihn ein LKW überfahren, aber sie schienen nicht zu schmerzen. Er lag in einem Raum den er nicht kannte. Es musste draußen bereits finster sein, denn im Zimmer war nur eine kleine Nachttischlampe eingeschaltet, gegenüber am Schreibtisch. Eine Frau mit dunklen Haaren saß mit dem Rücken zu ihm am Tisch und schrieb etwas.

„Christie?“ stöhnte er. Er wusste nicht, wie ihm geschah. Es fühlte sich alles so unwirklich an, und er sah noch alles verschwommen.

Die Frau drehte sich um, kam sofort auf ihn zu und deckte ihn mit der Decke bis zum Hals zu. „Shh! Alles gut, du bist in meinem Zimmer. Mein Vater hat dich ziemlich zusammengeschlagen. Ich habe dir ein Schmerzmittel gegeben. Ruh dich aus!“ sagte die dunkelhaarige Frau mit der sanften Stimme.

Ein Schmerzmittel? Es fühlte sich eher so an, als wäre es ein Schlafmittel. Die Müdigkeit drohte ihn zu übermannen. In Christies Zimmer? Was wenn der Wamser ihn hier fand? Er stöhnte und seufzte, weil er noch unfähig zu sprechen war. Hoffentlich war das Kiefer nicht gebrochen. Aber es schien ihn gar nicht zu stören. Stattdessen lachte er nur. Er wusste nicht wieso aber er lachte. Wahrscheinlich weil alles so absurd war. Oder weil das Schmerzmittel aus ihm einen Halbirren machte. Es fühlte sich so an, als ob er in einem Film mitspielte und er bisher nicht gewusst hatte, dass er die Hauptrolle spielte. Es war zu komisch. Eine Welle der Absurdheit und eine Welle der Gleichgültigkeit überkamen ihn und wechselten sich ab. Hatte sie ihm Drogen gegeben?

„Margret!“ kam es plötzlich aus ihm heraus. Er hatte ganz vergessen, dass sie zu Mitternacht auf ihn warten würde. Wieso war sie nicht hier? Es war zu surreal. Er musste erneut lachen und wusste nicht wieso, weil es absolut sinnlos war. Sein Lachen ging in Husten über, dann wieder in Lachen. „Margret weiß Bescheid. Sie hat Hausarrest bis morgen. Sie wird nicht kommen. Hier wird dich mein Vater nicht suchen. Du kannst über Nacht hierbleiben.“

Alles ok. Eben. Wieso machte er sich nur immer solche Sorgen. Die nette dunkelhaarige Frau, streichelte ihn sanft und er schlief wie ein Kätzchen wieder ein.

Mitten in der Nacht wachte er auf, und seine Sinne kamen ihm um einiges klarer vor. Das Licht war gelöscht, durch das Fenster drang etwas Mondlicht. Er bewegte sich, um zu erkennen, wie schwer es ihn getroffen hatte. Er spürte zwar seinen Körper wieder, aber die Schmerzen schienen aushaltbar zu sein, das Schmerzmittel wirkte noch. Trotzdem fühlte er sich kraftlos. Als er sich auf die Seite rollte bemerkte er, dass da noch jemand lag. Christie musste neben ihm eingeschlafen sein, als sie an seinem Bett wachte. Sie lag auf der Seite mit dem Rücken zu ihm und schien tief in ihrer Traumwelt zu sein. Er war ganz nah bei ihr und er konnte leise ihren Atem hören. Sie sah sehr zerbrechlich aus, nicht wie in der ersten Nacht. Behutsam hob er seine Hand und musste sie einfach berühren. Er streichelte ihre Schulter. Sie war warm und weich und plötzlich sehnte er sich nach Wärme und Geborgenheit. Langsam strich er mit der Hand weiter nach unten und schmiegte sich von hinten an den warmen Körper. Es fühlte sich so gut an.

Das Schmerzmittel ließ emotionale Gefühle und Gedanken zu und verstärkte sie sogar. Er wünschte sich plötzlich nichts mehr als jemanden im Arm zu halten, zu lieben, liebkosen, kuscheln. Seine Emotionen kamen in Wellen und wurden immer intensiver. Er hatte das Gefühl auf einer emotionalen Achterbahn zu schweben. Während er den warmen Körper von hinten umarmte, ihn fühlte und den Duft der Haut tief einsog, mischte sich unter seine Gefühle auch die Lust. Sie wurde stärker und bald schon hatte er das Gefühl, dass er ihr nachgeben müsste, um je wieder einen klaren Gedanken fassen zu können. Der Körper vor ihm schien erwacht zu sein. Sie atmete schwer, bewegte sich aber nicht. Er strich ihre Haare beiseite und sein Atem strich über ihren Nacken. Eine Frau konnte so viele Gefühle in ihm wachrufen. Im Moment war es Geborgenheit und Liebe, nach der er sich sehnte. Eine Frau die sich wie ein Zuhause anfühlte, wo er seine Schmerzen und seinen Scham einer unterlegenen Schlägerei wieder loswerden konnte. Wo er sich einfach gehen lassen konnte, ohne Wenn und Aber. Seine rechte Hand fuhr an der Seite ihres Körpers entlang, zuerst über den Oberarm, dann ihr Ellbogen. Er war rau im Gegensatz zur restlichen Haut, die sich wie Pfirsich anfühlte. Er kam sich vor wie ein Eroberer. Fast hätte er sich in der dritten Person gesehen, wie jemand der ihn beobachtete und seine Gedanken und Hände führten. Seine Fingerspitzen berührten ihre Brüste und der warme Körper vor ihm zuckte leicht zusammen. Das gab ihm ein ungeheures Gefühl der Macht, dass sie so auf seine Berührung reagierte. Sie ließ es zu. In der ersten Nacht hatte sie die Führung übernommen, nun war er es der sie unter Kontrolle hatte. Er setzte seine Entdeckungstour weiter fort und erreichte ihren Bauch. Als er einen Knopf ihres Kleides öffnete, dazwischen hindurchfuhr und ihn leicht streichelte, war ihre Haut weich und zart. Es war kein Gramm zu viel darauf. Kräftig zog er sie zu sich nach hinten, damit er sie noch enger spüren konnte. Dabei presste sich ihr rundlich geformter Po an sein Glied und es reagierte sofort. Er war ein Eroberer auf dem Weg weiteres Land für sich zu beanspruchen. Seine Hand eroberte weitere Flächen, erreichte schließlich ihre Hüften und als seine Fingerspitzen nackte Haut auf ihrem Schenkel fühlte, merkte er, dass sie wohl nur ein Hemd trug, das vorne zugeknöpft war. Sie war seine Entdeckung, eine Eingeborene in einem vergessenen Tal. Seine Gelenke waren durch das Schlafmittel schwerer wie sonst, aber er war ein Krieger. Er war Eroberer und kannte keinen Schmerz. Sie konnten ihm seinen Körper malträtieren, aber seinen Geist konnten sie nicht brechen. Und seinen Schwanz wohl auch nicht. Der Trip den ihm die Schmerzmittel verschafften, versetzten ihn zeitweise in eine Welle der Lust und Welle der Gleichgültigkeit. Egal in welcher Weller er sich gerade befand, es fühlte sich gut an. Das seine Gedanken schlussendlich wirr waren und fantasierten, bekam er nicht mit. Seine Hand begann das Hemd nach oben zu kraulen. Er wollte sie nur kurz berühren, mehr nicht. Nur etwas streicheln. Himmel Herrgott, vielleicht doch auch noch etwas anderes. Es konnte doch keine Sünde sein, er möchte doch nur einer Eingeborenen die Ehre seiner Eroberung erweisen. Er war sich sicher, sie würde es zu würdigen wissen, dass er der große Krieger, sie ausgewählt hatte. Das sanfte Weib, das ihn gepflegt und neben seinem Bett gewacht hatte. Sein Glied pochte und schmerzte vor Verlangen. Irgendwie hatte seine Hand es geschafft ihren Slip nach unten zu ziehen. Das Weib hob leicht ihre Hüften und ließ ihn gewähren. Sein Glied schlug sofort aus wie ein Pendel, das wusste, dass die heißeste Stelle ganz in der Nähe war und nun keine Barriere mehr dazwischen war. Er fuhr mit der Hand zwischen ihre Beine, das Weib hob ihr Bein leicht an und stöhnte auf. Es machte ihn wahnsinnig. Der große Krieger tat seine Pflicht und fuhr in sie ein. Es fühlte sich warm und eng an und er zog ihn zurück, nur um im nächsten Moment wieder in sie einzudringen. Sie stöhnte erneut auf und sie begann sich in den Polster vor ihr zu krallen. Je schneller er wurde, desto lauter wurde ihr Stöhnen. Er hielt sie von hinten fest umklammert, fuhr nun mit der Hand nach oben und drückte ihre Brüste unsanft. Sie waren klein aber fest und passten genau in seine Hand. Er, der große Krieger ritt mit einer Ureinwohnerin auf einer Welle der Lust, die sich immer schneller und schneller über sie zu ergießen drohte, bis sie schließlich über sie hereinbrach. Am Ende sank er erschöpft hinter ihr ins Kissen und fühlte den bebenden Körper vor ihr. Ein Gefühl der Glückseligkeit, dachte er erschöpft. Könnte er doch für immer in diesem Zustand verweilen. Doch der Zustand währte nur kurz, da ihn der Schlaf unerwartet überraschte und aus diesem fernen Land in einen Traum zog.

Als Markes in der Früh erwachte, dachte er wirklich, er hätte geträumt. Er musste sich erneut orientieren, wo er war. Das Zimmer war in Orange und Gelbtönen eingerichtet. Die Bettwäsche war in Sonnengelb überzogen und die Wand dahinter in einem kräftigen Orangeton ausgestrichen, an der ein passendes Bild eines Sonnenunterganges hing. In der Ecke stand eine graue Couch mit orangen und gelben Pölstern in allen möglichen Mustern. Es waren so viele Pölster auf der Couch, dass Markes sich fragte wo man noch sitzen konnte. Am gläsernen Couchtisch war ein Kerzenhalter mit orangen Kerzen darauf, darunter lagen ein paar Magazine, bestimmt ein paar Frauenzeitschriften. Am Fenster hingen gelbe Vorhänge mit orangen Pünktchen darauf. Neben dem Fenster war ein Schminktisch mit einem großen Spiegel. Einige Kosmetik lag verstreut darunter. Neben dem Bett lag ein kuschlig weicher Langfaser Teppich, der ebenfalls mit gelb und orangetönen spielte. In Richtung Tür, war der Eingang ins Badezimmer vermutete Markes. Also hatten alle 5 Räume hier im Haus ein eigenes Bad. Nicht schlecht. Alles in allem wirkte der Raum freundlich und sonnig, auch wenn die Sonne noch nicht zum Vorschein kam.

Im Gegensatz zu gestern Nacht, schmerzte sein ganzer Körper, das Schmerzmittel musste nachgelassen haben. Es wurde bereits hell und er entschied, sich aufzusetzen. Was zur Hölle ist da gestern passiert? Er rieb sich das Gesicht und merkte, dass sein Kiefer höllisch schmerzte. Mit schmerzverzehrten Gesicht bewegte er es nach links und rechts um zu überprüfen, ob es gebrochen war. Hatte er sich in seinem Drogeneinfluss gestern wirklich für einen Eroberer und Krieger gehalten? Jetzt kam er sich so vor, als wäre er eher ein alter Mann bzw. ein Wrack mit einem ordentlichen Kater. Er blickte auf die weibliche Gestalt die bäuchlings neben ihm lag. Sie war ab den Hüften mit dem Bettlaken bedeckt, darüber war sie nackt. Sie schlief friedlich und ihr langes dunkles Haar lag wie ein Schleier neben ihr ausgebreitet. Er blickte an sich herab. Im Gegensatz zu ihr hatte er noch Hose und Hemd an. Er schloss den Reisverschluss seiner Hose.

Markes fühlte Unbehagen, konnte aber nicht einordnen woher es kam. Er blickte sich im Raum um. Irgendetwas beunruhigte ihn. Ohne Kaffee konnte er noch keinen klaren Gedanken fassen. Schwerfällig, aber darauf bedacht seine Eroberung nicht zu wecken, erhob er sich und ein stechender Schmerz durchfuhr seinen Kopf. „Na toll", dachte Markes, „wenn es wenigstens vom Alkohol gewesen wär, dann wüsste ich wofür die Kopfschmerzen sind."

Markes begab sich zum Fenster und sah hinaus auf den Garten. Er musste mit dem Wamser reden. Er würde ganz vernünftig mit ihm reden, würde ihm sagen was er für Margret empfand und dass er keine schlechten Absichten hatte. Er drehte sich um und sah auf die schlafende Frau im Bett. Wie konnte er jetzt an Margret denken, nachdem er nicht mal vor weniger als 5 Stunden mit dieser Frau geschlafen hat? Verdutzt über sich selbst schüttelte er den Kopf. Wie sollte er nur diese Situation erklären? Es war doch offensichtlich, dass er unter Schmerzmittel-Einfluss stand, als er gestern Nacht mit Christie schlief, oder? Das war nicht er, er war einfach verwirrt gewesen und durch den Schlag ins Gesicht hatte er bestimmt eine Gehirnerschütterung. „*Wer's glaubt*", dachte Markes. Der Garten lag friedlich vor ihm, die Sonne kämpfte sich gerade tapfer über den Horizont, der aufgrund der Berge höher lag als sonst wo, und würde in wenigen Minuten über dem

Grad erscheinen. Was war es nur, was ihm hier ganz und gar nicht richtig vorkam?

Ja ok, Katie und Christie waren Kurzschlussreaktionen. Aber der Wamser würde das doch verstehen, er war doch auch ein Mann. Bei Margret war es etwas anderes. Sie weckte Beschützerinstinkte bei ihm. Dabei musste er an Fanni denken, aber auch hier war es anders. Nettes Mädchen, aber absolut nicht sein Typ. Zu schulmädchenmäßig, wenn er sie beschreiben müsste. Bei den anderen Mädels war es mehr Lust und Verlangen. Bei Margret hatte er das Gefühl, er würde sie retten müssen. Er dachte an ihr unschuldiges Gesicht mit den roten Wangen und den ebenso roten vollen Lippen. Sie hatten so süß geschmeckt im Auto. Er musste sie unbedingt suchen nachher. Aber zuerst war der Wamser dran. Immerhin musste er auch sein Arbeitsverhältnis zu ihm klären. Würde er ihn weiterbeschäftigen, wenn er sich bei ihm entschuldigte? Im Grunde war es ihm egal, wenn der Wamser ihn kündigte, aber dann hätte er keine Möglichkeit mehr, dass Margret ihn besser kennenlernen konnte. Es war einfach noch zu früh, als dass sie mit ihm gehen würde oder?

Hinter ihm regte sich Christie im Bett. Er betrachte sie kurz, wie sie sich auf die Seite drehte und ihr nackter Oberkörper langsam auf und ab wiegte, wenn sie atmete. Sie sah friedlich aus. Das Bild vom Sepp drang wieder in seinen Kopf. Genau hier, wo er gerade am Fenster stand, hatte er Sepp vor wenigen Wochen beobachtet. Plötzlich fiel Markes auf, was ihn schon die ganze Zeit beunruhigt hatte. Das Fenster! Der Stall! DAS WAR

DIE FALSCHE SEITE! Panisch blickte er sich im Raum um, dann wieder durchs Fenster. Das Zimmer lag auf der anderen Hausseite und war dem Garten zugewandt, nicht dem Stall. Christies Zimmer war auf der anderen Seite. Ihm kam ein schrecklicher Gedanke und dieser löste einen unglaublichen Migräne-Anfall aus. *„Konnte es wirklich sein…“* Er stürmte auf das Bett zu, um sich Gewissheit zu schaffen. Er setzte sich an den Bettrand, legte seine Hände auf die Schultern der schlafenden Frau und begann sie sanft zu schütteln.

„Aufwachen“, sagte er leise aber bestimmt.

Die Frau brummte etwas, aber war nicht wirklich bereit aufzustehen.

„Aufstehen!“ wiederholte er lauter und begann die Frau etwas fester zu rütteln. Als sie die Augen aufmachte wusste er, dass er recht hatte. Zwei braune Augen starrten ihn trotzig an.

„Es ist ja noch fast finster“, murmelte sie.

Er schreckte hoch, stand nun vor dem Bett.

„Du bist gar nicht Christie… du bist… FANNI?“

Sie grinste leicht und setzte sich im Bett auf. Sie wirkte ziemlich verschlafen, ihre langen braunen Haare lagen ihr zerzaust über die Schultern, sie zog die Bettdecke hoch und bedeckte ihre nackten Brüste.

„Guten Morgen“, sagte sie und gähnte herzhaft.

„Aber, aber..“, er war mehr als verdutzt, „Aber..“

Wieso hatte er sich eingebildet, dass Christie neben ihm lag. Fanni betrachtete sein überraschtes Gesicht.

„Alles in Ordnung? Mein Vater hat dich ja gestern ziemlich verprügelt..“

Markes versuchte nicht durchzudrehen. Er fuhr sich mit den Händen durch seine Haare. Verdammte Scheiße!

„Wieso hast du dich gestern als Christie ausgegeben?“ sagte er dann und versuchte ruhig zu bleiben.

„Das hab ich doch gar nicht, wie kommst du darauf?“ fragte sie verwirrt.

Sie sah nun total süß aus mit ihren roten Wangen, den langen zerzausten Haaren und ihren großen braunen Kulleraugen, die ihn verwirrt anstarrten.

„Ich.. ich war wohl etwas verwirrt wegen des Schmerzmittels.. ich habe im ersten Moment gedacht du wärst Christie...tut mir leid, ich bin noch nicht ganz wach“, versuchte er die Situation zu entschärfen. Wie musste sie sich fühlen wenn sie erfuhr, dass er dachte er hätte mit einer anderen Frau geschlafen.

„Natürlich weiß ich, dass du Fanni bist, ich hatte nur einen schlechten Traum..“

Sie sah ihn weiter an, so wie ein Hund der etwas Böses getan hat, aber dem man einfach nicht böse sein konnte.

„Das macht nichts.. Ich hoffe dir geht's gut.. Soll ich dir Kaffee machen?"

Es wäre einfach zu schön gewesen, wenn er irgendwo anders wäre. Eine wunderschöne Frau im Bett, die ihm anbietet nach einer durchzechten Nacht Kaffee ans Bett zu bringen. Leider sah die Realität anders aus.

„Hör mal..", versuchte er wieder. Das war nun schon das dritte Mal, dass er sich entschuldigen sollte innerhalb weniger Wochen. „Also die Sache ist die..." *Wie sollte er ihr das erklären?*

Er zog sich einen Stuhl neben ihr Bett und setzte sich darauf.

„Also was gestern Nacht passiert ist.. es tut mir total leid. Du musst mich für einen schrecklichen Lustmolch halten.. Du hilfst mir und ich überfalle dich."

Fanni blickte ihn fragend an, so als wüsste sie nicht, was er ihr sagen wollte. Herrgott!

„Aber wieso denn? Es war total ok.."

Total ok? Also entweder war sie naiv oder sie wollte nur nett sein. Außerdem war es ja wohl mehr als ok gewesen und ein großer fetter Grinser malte sich in sein Gesicht als er daran dachte, wie er sie von hinten umklammert hielt, während er sich in ihr bewegte. Dann holte ihn das Jetzt wieder ein und sein Grinser erstarb.

„Naja ich meine, ich war in schlechten Zustand und das Schmerzmittel.. verstehst du?“ fragte er sie und sah ihr direkt in die Augen während er erwartungsvoll die Augenbrauen hochzog.

Sie schüttelte den Kopf und sah ihn wieder fragend an. Er kam sich lächerlich vor. Was wollte er denn überhaupt sagen? Ja was sollte sie denn eigentlich verstehen sollen?

Er entschied sich für die Wahrheit.

„Hör zu. Ich weiß nicht wieso ich das getan habe, ich möchte dir nicht wehtun. Ich liebe eine andere Frau. Verstehst du jetzt?“

Oh Gott hoffentlich hatte er sie nicht entjungfert. Er war ja so ein Arschloch. Markes bekam ernsthafte Gewissensbisse. Ist er tatsächlich so abgebrüht, dass er zu einem Frauenheld mutiert ist und der Frau, mit der er geschlafen hat wenige Stunden danach beichtet, dass es nichts zu bedeuten hatte?

Er könnte es ihr nicht verübeln, wenn sie fuchsteufelswild würde und ihn anschreien oder schlagen würde. Er würde es verstehen. Er hatte es verdient. Er könnte sich ja selber ohrfeigen. Naja, dass hatte aber eh ihr Vater schon erledigt. Das reicht für einige Zeit.

„Achso. Ist gut“, sagte sie dann einfach so, als wäre nichts gewesen, „Du kannst gerne noch hierbleiben, aber macht es dir etwas aus, wenn ich noch etwas schlafe?“

Markes war perplex. Sollte er ihren Worten trauen? Vielleicht wollte sie allein sein, um in Ruhe zu heulen. Ihm wurde schlecht bei dem Gedanken. Christie und Katie waren etwas anderes. Die hatten sich ihm ja völlig an den Hals geworfen. Natürlich hatte er auch bei ihnen ein schlechtes Gewissen, aber Fanni? Die kleine unschuldige Fanni? Sie wollte ihm nur helfen gestern.. Er stand auf.

„Wirklich ok, wenn ich jetzt gehe?“ fragte er noch einmal.

Es war besser, wenn er die Situation nicht hinauszögerte. Sie nickte, brummte eine Zustimmung drehte sich wieder auf die Seite und kuschelte sich in die Decke. Soweit so gut. Mit seinen Schuhen in der Hand trippelte er zur Tür, beim Öffnen, quietschte sie leise. Der Flur war leer. Rasch schloss er sie hinter sich und begab sich einen Stock höher in sein Zimmer.

So Markes, reiß dich zusammen. Also gut. Er ging im Kreis um klare Gedanken zu fassen.

„Du bist auf Bewährung. Gleich in den ersten Wochen in deiner neuen Arbeit hast du mit 3 der 4 Töchter deines Arbeitgebers geschlafen, nur nicht mit der Frau die du liebst. Du hast zwei Schlägereien hinter dir und bist über eine Leiche gestolpert. Diese wurde zwar wenig später aus dem Bach gefischt, aber die Ermittler halten ihn trotzdem für verdächtig und verlangen nun, dass er sich selbst entlastet, indem er herumschnüffelt. Geht’s eigentlich noch beschissener?“

Resigniert setzte er sich schließlich. Er musste erstmal duschen und sein Gespräch mit dem Wamser führen.

Nach der Dusche fühlte er sich um Welten besser, obwohl sein Kiefer schmerzte und sein Auge recht bläulich aussah, aber immerhin hätte es schlimmer ausgehen können und außerdem kannte er die Szene im Spiegel ja schon. Nicht dass das blaue Auge zur Gewohnheit wird. Er wechselte seine Kleider und begab sich nach unten. Es war kurz vor 7. Im Gastraum haben sich bereits einige Arbeiter niedergelassen, die sich bei Katie ein Frühstück bringen ließen. Dann war er an der Reihe.

„Guten Morgen. Anständiges Veilchen. Hast dich wohl schon gut eingelebt“, sagte sie tonlos. Sie war ja so witzig. Er könnte ihr den Hintern versohlen. Bei dem Gedanken wurde ihm warm, deshalb ignorierte er ihren Sarkasmus und kam gleich zur Sache: „Ich muss deinen Vater sprechen. Bitte hol ihn.“

Katie sah ihn skeptisch an, merkte aber wie ernst es ihm zu sein schien. Sie hatte ihre Hände in die Hüften gestemmt, sodass ihr Busen übermächtig auf ihn herabsah, wie eine bedrohliche Übermacht, die sich seiner bemächtigen wollte. Schließlich ging sie bei der Tür raus und Markes hörte wie sie die Treppe nach oben ging. Wenige Minuten später kam sie wieder in den Gastraum.

„Er wartet draußen“, sagte sie nur knapp.

„Danke“, sagte er und konnte sie nicht ansehen, weil er einfach das Gefühl hatte, er musste später mit ihr darüber reden was passiert war. Er konnte das so im Raum nicht stehen lassen. Außerdem platzte er vor Neugier was sie in dem Haus gegenüber dem Polizeirevier in der Aufmachung getan hatte. Etwa ein heimlicher Freund? Er spürte den Stich von Eifersucht, auch wenn er absolut kein Recht dazu hatte.

Markes nahm all seinen Mut zusammen und ging vor die Tür. Der Wamser stand lässig an der Wand und rauchte an einer Zigarette, aber blickte ihn bewusst nicht an.

„Ich verstehe, dass Sie wütend sind und ich habe es vielleicht verdient verprügelt zu werden, weil ich mich nicht an ihre Anweisung gehalten habe. Das mit den Mädchen ist ein Missverständnis. Ich habe tatsächlich Absichten. Aber nur für eine von ihnen, deswegen möchte ich reinen Tisch machen: ich habe ehrliche Absichten was Margret angeht und habe sie nicht angefasst. Das schwöre ich! Ich möchte mich dafür entschuldigen, dass ich Sie nicht vorher um Erlaubnis gefragt habe mit ihr auszugehen“, sagte Markes und brachte es einfach hinter sich. Er hoffte, dass der sture Wirt nicht weiter auf die anderen Mädchen einging, hier hätte er wahrscheinlich Meineid leisten müssen. Aber grundsätzlich ging es hier um Margret, das wusste er.

Für einen Augenblick herrschte Stille und Markes wusste nicht, ob der Wamser ihn einfach ignorierte.

Dann drückte er seine Zigarette aus und sagte: „Bist du fertig? Habe mit Margret bereits gesprochen. Um halb hole ich dich zur Arbeit."

Der Wamser verließ ihn ohne ein weiteres Wort und war auf dem Weg wieder nach drinnen.

„Heißt das ich kann Margret ab jetzt daten?" rief Markes ihm nach.

„Wenn du eine Million Euro hast, dann vielleicht, ansonsten wage es lieber nicht. Hier gibt es Regeln", grummelte der Wamser ohne sich noch einmal umzudrehen und verschwand durch die Tür. Das lief ja prima.

Markes war zwar erleichtert, dass der Wamser seine Entschuldigung soweit angenommen hatte, aber er war trotzdem noch unsicher, wie er nun weiter vorgehen sollte. Er hatte ihm verziehen, dass er heimlich mit Margret den Tag verbracht hatte, aber er durfte sie nicht weiter sehen. Dass er Katie im Stall geholfen hatte, störte ihn anscheinend nicht weiter und seine Nächte mit den Zwillingen blieben ein Geheimnis.

Es verschaffte ihm aber Zeit. Das war alles was er brauchte. Er musste Zeit gewinnen um einerseits die verborgene Tür aufzubringen und andererseits um Margret zu überzeugen.

Bei der Arbeit tat sich Markes übermäßig schwer. Einerseits, weil ihm einfach alles wehtat und andererseits, weil ihm so viel durch den Kopf ging. Peter war ziemlich überrascht, als er ihn so sah, er hatte sich gestern schon gefragt wohin er verschwunden war. Franz war ziemlich neugierig wie immer und wollte natürlich bis ins Detail wissen was passiert war. Markes entschied sich dafür die Wahrheit zu sagen. Also die Halbwahrheit. Dass er am Revier war, dass der Wamser ihn verprügelt hatte, weil er – dank dem gesprächigen Patterer - erfahren hatte, dass er den Samstag mit Katie und den Sonntag darauf mit Margret verbracht hatte. Das mit Fanni und Christie ließ er aus, auch was er für den Kommissar erledigen sollte. Eh klar.

„Da hast du dich ja ganz schön was getraut. Ich hab dir doch gesagt du kriegst Ärger mit den Mädchen", sagte Franz.

„Ja, lass das lieber mit der Margret. Sie ist nicht wie die anderen, sie ist ziemlich intelligent", sagte Peter und Markes wusste nicht was er damit sagen wollte. Er soll sich fernhalten, weil sie intelligent ist? Wenn sie so intelligent wäre, wäre sie schon längst abgehauen.

„Hat denn keiner von euch mal probiert mit den Mädchen auszugehen?" fragte er weiter.

„Ausgehen?" fragten beide wie aus einem Mund. Peter schüttelte den Kopf, Franz machte ein Gesicht als würde er sich ekeln.

„Das würde einiges kosten", sagte Franz und zeigte auf Markes Kinn, „tut's noch weh?"

„Ich weiß, ich weiß. Hab's gemerkt", sagte Markes und griff sich an sein schmerzendes Kiefer. „Liebe tut eben weh".

Alle drei lachten herzhaft und es machte den Tag erträglicher. Als Markes am Abend erschöpft in die Herberge kam und seine Stiefel an der Matte im Stiegenhaus abklopfte, hätte er fast die offene Kellertüre übersehen. Er traute seinen Augen nicht, sie war einen Spaltbreit offen.

Kapitel 9: Das Geheimnis

Markes blieb abrupt stehen. Er war nicht vorbereitet. Auf so etwas sollte man sich mental vorbereiten, aber dass sie offen war, muss reiner Zufall sein. Bestimmt war jemand in Eile und hatte nicht kontrolliert, ob die Tür ins Schloss gefallen ist. *Schon wieder etwas womit ich nicht gerechnet hatte*, dachte Markes, *aber gibt es in dem Haus überhaupt etwas Berechenbares?* Markes wusste, dass er seine Nase nicht in fremde Angelegenheiten stecken durfte und es gehörte sich auch nicht in einem fremden Haus herumzuschleichen und Türen zu öffnen, die nur dem Personal vorbehalten waren. Doch seine Neugier siegte. Er durfte nicht zögern. Das war seine Chance und er musste sie ergreifen. Schnell ging er zur Tür und zog sie weiter auf. Der Stiegenabgang dahinter war aus Holz, und mit schwachem Licht ausgeleuchtet. Hätte ihn ja gewundert, wenn es anders wäre.

Sie endete in einem dunklen Gang, den Markes nicht weiter einsehen konnte. Er blickte noch einmal um sich, um sicherzugehen, dass niemand ihn beobachtete oder überraschte, so wie damals der Patterer. Dann war der Zeitpunkt gekommen eine Entscheidung zu treffen. Blitzschnell verschwand er hinter der Tür und zog sie hinter sich zu in der Hoffnung, dass sich diese von innen wieder öffnen ließ. Langsam schritt er die Stufen nach unten und lauschte nach jeder Stufe, ob er etwas hörte.

Sollte jemand von unten kommen, hätte er keinen Ausweg mehr. Aber was soll ihn schon passieren. Er hatte immerhin die letzte Schlägerei auch überlebt und falls er als Bachleiche irgendwo aufgegriffen werden würde, wüssten die Sonderermittler wenigstens, dass er nicht der Mörder war. Auch gut. Markes erreichte den Gang und fand erneut 3 Türen vor sich. Er zögerte.

In dem Moment als er entschied einfach beinhart jede zu öffnen, ging das Licht aus und Markes stand im Dunklen. Für eine Sekunde blieb sein Herz stehen, er dachte, er wäre entdeckt worden. Panik überkam ihm, wo war der Angreifer? Er sah und hörte nichts, lediglich ein dumpfes Pumpern, bemerkte aber, dass es sein Herz war das wild zu pochen anfing und in seinen Ohren vibrierte. Ok, es war gelogen, er wollte keine Bachleiche werden. Allein schon deshalb nicht, weil niemand an seinem Grab stehen würde. Herrgott, wieso musste er diese Tür öffnen. Die Dunkelheit ließ sein Gleichgewicht schwanken, oben und unten verschwamm zu einer einzigen schwarzen Masse. Während er darüber sinnierte, ob er wohl geradewegs in die Hölle hinabgestiegen war, fiel ihm ein, dass es vielleicht keinen Angreifer gab. Er bewegte seinen Arm und sein Gedanke bewahrheitete sich. Ein stinknormaler Bewegungsmelder, dachte er. Fast hätte er laut gelacht, so Schiss hatte er gehabt. *Reiß dich zusammen Markes, es reicht*.

Er öffnete die erste Tür mit einem Ruck und auch hier schien es einen Bewegungsmelder zu geben, denn das Licht sprang sofort an. Aufgrund der plötzlichen Helligkeit musste er etwas Blinzeln. Es war eine simple Entrümpelungskammer, wie eine Putzkammer. Der Raum war schmal und war mit zwei Regalen ausgestattet die voll mit Putzutensilien zu sein schien. Er fand auch Boxen die beschriftet waren. Auf einem stand mit großen Buchstaben „Bettlaken“ auf anderen „Handtücher“. In der Ecke standen zwei Waschmaschinen. Alles klar. Hier unten im Keller war also der Wasch- und Bügelraum. Er war sichtlich erleichtert. Was hatte er gedacht würde er finden? Etwa noch mehr Leichen im Keller? Wie klischeehaft! Hier waren einfach einige Utensilien fürs Gasthaus und die Gastzimmer, in den restlichen Räumen war wahrscheinlich das Alkohollager, natürlich haben Gäste hier nichts zu suchen, daher das Zahlenschloss. Er schloss die Tür. Mit neuem Selbstbewusstsein ging er auf die nächste Tür zu. Wenn das der Waschraum war, war hier bestimmt noch der Vorratsraum. Er öffnete sie fast mit einer Selbstverständlichkeit und wurde abrupt eines Besseren gelehrt.

Als er im Türrahmen stand, fiel ihm seine Kinnlade nach unten. Träumte er schon wieder? Vielleicht war er nach der Schlägerei im Krankenhaus gelandet und war noch im Koma. Und sein Gehirn spann sich gerade all diese Dinge zusammen. Er glaubte nicht, was er da sah. Er stand mitten... wie sollte er das beschreiben. Es war ein... wie nannte man diese Räume? Sadomasoraum alias Fifty-Shades-of-Grey-Raum!

Der Raum war mit rotem Samt ausgekleidet, das Licht im Inneren war ebenfalls rötlich und in der Mitte des Raumes befand sich ein Bett, das mit roten Seidenlaken überzogen war. Die Seide glänzte im rötlichen Licht der Deckenlampe und sah aus wie ein Becken aus Blut. Vor dem Bett war eine Silberstange die von der Decke bis zum Boden reichte. Der Boden war aus schwarzem Marmor. An den Wänden hingen einige Utensilien, von diversen Peitschen bis Klemmen und Zeugs, das Markes nicht einmal benennen konnte, geschweige denn wusste, wofür sie waren. Sein erster Schock wich in Begeisterung. „Verdammte Scheiße", rief eine Stimme freudig in seinem Kopf, „Das ist ja genial. Ein Bordell!" Seine Begeisterung ging in Unbehagen und schließlich in Angst über. „Verdammte Scheiße", rief eine andere Stimme in seinem Kopf und klang ängstlich und matt, „das ist ein verdammtes Bordell und du hast mit 3 der Betreiberinnen geschlafen!" Moment mal. Ein Gedanke schoss in seinen Kopf. War Margret etwa auch eine Hure??? Und die nette Fanni auch? Nein. Das konnte er nicht glauben. Das war doch nicht möglich. Er ging rückwärts aus dem Zimmer, so als würde er sich von einem Dämon entfernen wollen, ohne ihm den Rücken zudrehen zu müssen.

Als er wieder im Gang stand und drauf und dran war abzuhauen, hörte er ein Geräusch. Jemand war oben an der Türe und war gerade dabei sie zu öffnen. Wenn er hier gesehen werden würde? Was, wenn sie ihn nicht als Mitwisser haben wollen? Wenn dies hier nur ganz bestimmte Leute wissen dürfen? Wenn er nicht zu dem elitären Kreis zählen soll? Wie weit würden sie gehen, um dieses Geheimnis zu wahren? Der Sonderermittler bezahlte mit seinem Leben dafür, in Panik blickte er sich um. Sie waren bestimmt unterwegs in dieses Zimmer. Dann blieb ihm nur noch der Putzraum oder die dritte Tür. Er stürzte sich durch die dritte Tür, weil sie näher war und schloss sie gerade noch rechtzeitig, als die Schritte herunten ankamen und sich durch den Gang in den Sadomasoraum entfernten. Waren es Männer oder Frauenschritte gewesen? Wunderten sie sich, dass die Tür offen stand? Markes wusste nicht wie ihm geschah. Ein Sadomasoraum. Das war ja geil. Er grinste. Dann mahnte ihn seine innere Stimme wieder zur Vernunft. Bist du noch bei Sinnen? Das war eine Katastrophe!!

Markes bemerkte, dass er an der Tür lauschte durch die er gekommen war, ohne sich im Raum umzusehen. Er stand im Dunklen tastete mit den Fingern nach dem Lichtschalter und fand ihn neben der Tür. Würde man am Gang bemerken, wenn hier drin Licht brannte? Er riskierte es. Es war immerhin auch schon egal. Er tätigte den Lichtschalter und dieses tauchte das Zimmer ebenfalls in rötliches Licht. Langsam drehte er sich um. Auch hier stand ein großes Bett in der Mitte. Aber anders als im rot/schwarzen Zimmer, schien hier alles in rot/weiß ausgekleidet zu sein. An den weißen Wänden hingen Bilder mit roten Herzen, auf den weißen Satin-Bettlaken befanden sich einige rote Kissen, es sah fast wie in einer Herzblatt-Sendung aus. Das Bett war ein Himmelbett, aber anstatt weißer Vorhänge zierten durchsichtige rote Vorhänge den Betthimmel. Aber auch hier, befanden sich einige Gegenstände, die nicht zu einer Herzblatt-Sendung passten. Mitten im Raum war ebenfalls eine Stange befestigt. Rechts vom Bett war eine Trennwand, die wie eine Umkleide aussah. Daneben stand ein weißer verschnörkelter Tisch auf dem ein Plattenspieler stand. Auf dem Plattenspieler entdeckte er ein paar Handschellen die in roten Plüsch eingefasst waren. Die Kombination aus weißen Möbeln getaucht in rötliches Licht schien die perfekte Mischung aus Engel und Teufel zu sein. So als müsste sich das Gewissen noch entscheiden, ob es ein gutes oder schlechtes Gewissen haben sollte. Ähnlich dem, was er gerade durchmacht, sein Gewissen rang damit, ob er die Erkenntnis gut oder schlecht halten wollte. Er konnte aber sein Grinsen nicht verbergen, es wollte einfach nicht aus seinem Gesicht verschwinden. Der alte Wamser hatte tatsächlich ein Bordell im Keller!!! Im nächsten Moment regte sich seine gute Stimme wieder, und mahnte ihn:"...und dieses Schwein verkauft seine Töchter an Lüstlinge!" Von wegen Lustmolch! Er war ja ein Engel dagegen. Der Raum würde ihm aber gefallen. Er hatte etwas. Etwas Unschuldiges und etwas Verruchtes zugleich. So wie die Fanni. Die Katie würde er eher in den andren Raum einordnen, als er an ihre forschen Anweisungen im Stall dachte. So weit war er damals gar nicht danebengelegen mit seinen Gedanken einer Domina. Die Christie hätte er auch eher im anderen Raum gesehen, so wie sie ihn bewusst verführt hatte. Aber Margret? Nein, er schüttelte den Gedanken ab. Margret doch nicht. Sein Grinsen erstarb. Nun war ihm eher nach Heulen zumute. Seine Margret!!! Er konnte es nicht glauben. Aber hatte er sie nicht eigenhändig von hier herausgehen sehen letzte Woche? Sie ist doch in der Tür gestanden und sah verlegen aus. Er versuchte sich genau an die Situation zu erinnern. Was hatte sie an? Wie sah sie aus? Zerzaust, müde? So sehr er sich anstrengte, er konnte sich nicht mehr erinnern.

Ok, er sollte schleunigst verschwinden. Er lauschte wieder an der Tür. Es gab keinen richtigen Zeitpunkt um zu verschwinden, es gab nur ein jetzt oder ein jetzt nicht. Er knipste das Licht wieder aus und öffnete die Tür zum Gang.

Gerade als er die Treppe nach oben gehen wollte, rief jemand aus dem rot-schwarzen Zimmer.

„Hias, bist du das? Ich brauche noch einen Moment!“

Markes erstarrte. Sollte er etwas sagen oder sollte er einfach nach oben gehen. Welche von den Mädels hatte überhaupt gerufen? Markes entschied sich, dass es besser war nach oben zu gehen, er setzte seine Schritte fort, langsam. Da hatte sich schon die Tür vom rot-schwarzen Zimmer aufgeschwungen und Katie stand hinter ihm.

„Ich... Oh, Markes du bist es. Ich bin leider nicht frei...!“ sagte sie dann als, ob es das normalste wäre auf der Welt.

Markus riss die Augen auf. Katie war in Leder eingepackt, angefangen mit glänzenden schwarzen Stiefeln die bis über die Knie reichten und die er bereits heute Morgen auf der Straße an ihr beobachtet hatte. Anders als am Morgen trug sie dazu aber eine enge schwarze Kunstlederhose, darüber ein schwarzes enges Tanktop, aus dem ihre großen Brüste herauszuspringen drohten. Sie wippten bedrohlich hin und her, als sie so voller Elan die Tür geöffnet hatte. Ihr Gesicht war geschminkt, sie hatte die Augen schwarz umrahmt und ihre Lippen waren knallrot. Die aschblonden Haare waren streng zurück gekämmt zu einem Pferdeschwanz. Markes Mund musste offen gestanden sein, denn sie fragte ihn: „Alles ok? Ach verstehe, du hast Christie gesucht o-der?"

Es vergingen einige Sekunden, Markes fand aber seine Sprache nicht wieder, sein Blut schien aus seinem Kopf abgesunken zu sein und versammelte sich nun auf einer Stelle unter der Gürtellinie. Verdammt sie sah aus wie Lara Croft oder eine Superhelden Braut. Und er hatte sie als Bäuerin abgetan und sie im Stall auf dem Heu gefickt. Sein Schwanz wurde plötzlich hart. Er schüttelte langsam den Kopf. Was sollte er sagen? Er sagte dann einfach: „Ja". Katie legte den Kopf schief.

„Zum ersten Mal hier?" fragte sie.

„Ja", sagte Markes, als hätte er einen Schlaganfall und könnte plötzlich kein anderes Wort mehr sprechen. Katie sah auf die Uhr. Sie presste die Lippen zusammen, als würde sie etwas überlegen, sagte dann schließlich: „Ach was soll's, ich führe dich ein.. Hias verspätet sich. Ist es ok für dich, wenn ICH dir alles zeige?

Markes sah auf die Treppe, dann wieder auf Katie.

„Ja“, sagte er schließlich und kam sich wie ein Idiot vor. Was hätte er auch anderes sagen sollen? „Ja, cool“ oder „Ja, Scheiße“.

Katie drehte sich um und deutete ihr zu folgen. „Ok, also dort ist der Himmelraum und das hier ist der Höllenraum. Wie du vielleicht siehst, geht es hier etwas härter zu. Ich gebe dir die Preisliste mit. Ein paar Regeln sind zu beachten.“

Sie ging zu der Kommode links vom Bett und öffnete eine Lade. Sie nahm eine Karte heraus, die wie eine Getränkekarte aussah und reichte sie ihm. Auf der Karte waren aber keine Getränke sondern Sexaktivitäten aufgelistet.

„Regel Nummer 1 lautet: Es wird nicht geschlagen. Wenn einer schlägt dann bin ich das, klar?“ sagte sie streng und deutete auf die Peitsche.

Markes hielt die Karte in der Hand und betrachtete sie geistesabwesend. Er wollte nicht schon wieder „Ja“ sagen, deshalb nickte er stattdessen nur.

„Regel Nummer 2: Wenn du irgendjemanden außerhalb dieses Grabens von diesem Ort erzählst, bist du ein toter Mann. Klar?“

Markes riss sich von der Karte los und blickte überrascht in Katies Augen. Sie waren bestimmt und kalt. Er nickte abermals. Ihre Augen wurden wieder weicher als sie fortfuhr.

„Regel Nummer 3: Wir haben hier Stammkunden. Du kannst nicht einfach wechseln wie es dir passt. Du musst dich für eine von uns entscheiden. Wir sind schließlich keine Straßennutten." Sie setzte sich aufs Bett und überkreuzte die Beine. Sie lächelte kühl und ihre weißen Zähne schienen durch den Effekt ihrer knallroten Lippen noch weißer zu werden.

„Regel Nummer 4: Es wird bar gezahlt. Es gibt kein Anschreiben. Wenn du nicht zahlst, hole ich den Türsteher." Markes überlegte. „Ich meine damit meinen Vater", ergänzte sie trocken.

Es sollte wohl witzig sein. Markes fand es nicht so witzig. In dem Moment zumindest. Er war maßlos überfordert.

„Regel Nummer 5: Wenn du hier einen Termin hast, dann mach dich zurecht. Wir sind hier zivilisiert und ohne Dusche läuft hier nichts!"

Er stand in einem schwarz roten Sadomasoraum mit einer Preisliste in der Hand, einem harten Schwanz und wusste nicht, was er sagen sollte. Katie erwartete anscheinend ein Kommentar, denn sie fragte schließlich: „Noch Fragen?"

Markes überlegte fieberhaft, was er sagen oder tun könnte, da hörte er zu seiner Erleichterung draußen Schritte, die die Treppe herab zu kommen schienen.

Auch Katie schien sie zu hören. Sie stand auf. Erleichtert wandte er sich zur Tür. Katie nickte ihm zu, als er ging. Bei der Tür drehte er sich aber nochmals um, als ihm ein Gedanke einschoss und fragte: „Ich muss mit Margret sprechen. Wo kann ich sie finden?"

Katie zögerte, sagte dann: „Tut mir leid, Margret kannst du nicht haben."

Markes realisierte im ersten Moment gar nicht, was sie ihm gerade gesagt hatte. Die Schritte waren fast da.

„Bitte. Ich möchte nur mit ihr reden!" flehte er.

Katie seufzte: „Dritte Tür links. Neben Fannis Raum im 1. Stock!"

Dann ging die Tür auf und Hias kam herein, nicht ohne Markes einen missmutigen Blick zu zuwerfen, sagte aber nichts. Markes verschwand nach draußen und die Tür wurde sofort hinter ihm geschlossen.

Immer noch geistesabwesend, machte er sich auf den Weg nach oben. Die Tür ließ sich problemlos öffnen. Nachdem er im Stiegenhaus stand, musste er erst seinen Schwanz wieder zurecht rücken. Hatte sie gesagt, Margret ist tabu? Hatte nicht der Wamser zu ihm am ersten Tag genau das gleiche ausgesagt? Heißt das, dass seine Margret keine von diesen Nymphen war? Ein kleiner Hoffnungsfunke wurde neu entzündet. Aber hatte er nicht bei Christie und Fanni ebenso reagiert als er ihnen nachgesehen hatte bzw. Christie im Garten „gerettet" hatte? Er dachte nach. Nein. Es waren nicht die gleichen Worte. Er sagte: *„nicht ohne meine Erlaubnis“* und *„Wenn du eine Million Euro hast, hier gibt es Regeln“*, korrigierte er sich selbst. Natürlich wollte der Wamser wissen mit wem seine Damen schliefen, immerhin kassierte er doch sicher die Provision. Und Ausgehen war anscheinend auch nicht gratis.

Er konnte sich aber Margret als Prostituierte gar nicht richtig vorstellen. Die Bilder von Sonntag kamen ihm in den Sinn, wie sie rote Wangen bekam, wenn man ihr ein Kompliment machte, wie sie seinen Blicken auswich und wie überrascht sie war, als er sie im Auto küsste.

Seine Gedanken wanderten noch weiter zurück. Das Bild von Katie im Stall und das Bild dieser supergeilen Nymphe vom Keller tauchten vor seinem inneren Auge auf. Das waren zwei so unterschiedliche Personen, dass er sie wahrscheinlich auf offener Straße nie für ein und dieselbe Person gehalten hätte. Sie war eine Prostituierte! Und sie hatte sich auf ihre Weise für die Hilfe im Stall bedankt. Er dachte an die Preisliste, wie viel hatte er sich wohl gespart? Er schüttelte den Gedanken ab. Markes du Lustmolch, das kann doch nicht dein Ernst sein? Markes überlegte, ob auch Christie und Fanni zu so unterschiedlichen Frauen mutieren konnten. Sein Schwanz der sich gerade wieder beruhigt hatte, wurde erneut steif. Verdammt! Er musste einen klaren Gedanken fassen. Wie sollte er sonst mit Margret reden. Er entschied sich aufs Klo zu gehen und sich kaltes Wasser ins Gesicht zu spritzen.

Markes konnte sich nicht recht beruhigen, entschied aber trotzdem mit Margret zu sprechen. Er musste Gewissheit haben. Er verließ die Toilette und machte sich am Weg in ihr Zimmer. Vor ihrer Tür lauschte er und sein Herz pochte wild. In Zeitlupe hob er seine Hand um zu klopfen. Tausend Gedanken gingen ihm durch den Kopf und er hörte seinen eigenen Atem. Gerade als er seinen Mut zusammen nahm, um zu klopfen wurde unten die Gastraumtür aufgerissen und ein enormer Lärm drang zu ihm in den 1. Stock hoch. Markus erschrak heftig, wirbelte herum und zog seine Hand zurück. Derjenige der den Gastraum verlassen hatte, war auf den Weg nach draußen und es wurde wieder leise nachdem die Tür hinter ihm geschlossen wurde. Markes atmete tief durch und wandte sich wieder der Tür zu. Zu seinem Entsetzen hatte Margret die Tür mittlerweile von innen selbst geöffnet. Völlig überrumpelt stand er vor ihr. „Ich...Ich wollte gerade.. Ich muss mit dir sprechen“, stammelte er verlegen, „darf ich reinkommen?“

Er blickte sich nervös um als ob er befürchtete, dass der Wamser jeden Moment aus seinem Zimmer kommen könnte. Margret zögerte nicht, öffnete die Tür ganz und lies ihn schweigsam eintreten. Sie hatte sich anscheinend schon bettfertig gemacht, denn sie trug einen langen Satin-Bademantel in Bronze. Darunter konnte man das mit Spitzen eingesäumte Nachthemd erkennen, das unter dem Bademantel hervorstach.

„Wie geht es deinem Auge?“ fragte sie besorgt.

Markes ging nicht darauf ein, er musste einfach loswerden, warum er gekommen war. Er wartete nicht auf eine Einladung sich zu setzen, sondern lehnte sich rücklings ans Fenster und setzte sich halb aufs Fensterbrett. Während er sich seine Worte gut überlegte, betrachtete er ihr Zimmer. Im Gegensatz zu Fannis Zimmer war dieses in Blau und Silbertönen eingerichtet. Es sah nicht wie ein Kinderzimmer sondern wie ein normales modernes Schlafzimmer aus. In der Ecke war eine schwarze Ledercouch mit einem Glastisch, darunter befand sich ein moderner silberblauer Langfaser-Teppich. An der Decke befanden sich Spots die den Raum erhellten, im Gegensatz zum restlichen Gebäude, war der Boden mit einem hellen Parkett ausgelegt der wie neu aussah. Das Bettgestell war weiß und ordentlich gemacht. Die silberblaue Überdecke passte gut zum restlichen Ambiente. Irgendwie hatte er sich Margrets Zimmer immer rosa vorgestellt. Wie in einer Barbiewelt. Wahrscheinlich lag es an ihren blonden Haaren. Auf der anderen Seite war ein Eckschreibtisch eingerichtet, auf dem ein Computer stand und mehrere Ordner lagen verstreut darauf, so als hätte sie gerade gearbeitet und wäre unterbrochen worden. Vor dem Schreibtisch stand ein lederner Stuhl mit Rollen. Man hätte es auch als kleines Büro bezeichnen können. Auf mehreren Regalen standen blau-grüne Töpfe mit Blumen oder hängenden Pflanzen. Wie in Fannis Zimmer war auch hier gleich neben dem Eingang eine weitere Tür, die vermutlich ins eigene Bad führte.

Es sah kühl, aber eben modern und elegant aus. Es war eine andere Gemütlichkeit zu erkennen, als in Fannis Zimmer. Ihr Zimmer wirkte kindlich, das hier erwachsen.

„Ich war im Keller“, sagte er nur und wartete ihre Reaktion ab. Margret riss zuerst ihre Augen weit auf, dann schloss sie sie und senkte den Kopf. „Du weißt es also“, sagte sie traurig. Markes hatte sofort Mitleid mit ihr. Dieses unschuldige Geschöpf.

„Sag mir die Wahrheit!“ forderte er sie auf, “bist du.. ich meine.. hast du..?“ Er beendete seinen Satz nicht, weil er es nicht über die Lippen bekam.

Margret blickte auf und sah ihn überrascht in die Augen. „Wie kannst du so etwas von mir denken!“ Sie wirkte nun fast wütend und setzte sich auf ihre Bettkante.

„Margret, ich habe dich schon einmal gesehen wie du von unten herauf kamst, erinnerst du dich?“

„Ich habe damit nichts zu tun!“ sagte sie verärgert. „ich bin nur unten, weil ich die Räume sauber mache. Das ist mein Beitrag zu alldem.“

Ihre Stimme wurde wieder weicher, „Ich weiß, dass du mir niemals glauben wirst. Ich bin verdammt. Ich werde hier niemals wegkommen.“ Sie senkte wieder den Kopf und schien zu sich selbst zu sprechen. Markes sah auf das Häufchen Elend vor sich. Ihre Schultern waren eingefallen und ihre Hände lagen in ihrem Schoß. Er ging auf sie zu, kniete vor ihr nieder und nahm ihre Hände.

„Schwörst du es? Dass du keine von ihnen bist?“

Margret blickte ihn an.

„Ich putze nur!“ sagte sie traurig, „ das Geschäft hat mein Vater aufgebaut. Er ist schuld an all dem. Ich habe mich immer geweigert.. Er kann mich nicht zwingen! Ich bin nicht so wie meine Schwestern!“

„Betrifft es alle von deinen Schwestern? Fanni auch?“ fragte er dann und war etwas neugierig.

Margret nickte, und fügte hinzu, „Fanni hat nur wenig Stammkunden. Sie ist auch wie ich, konnte sich aber leider nicht durchsetzen.. das ist ihr Kompromiss..“

Markes Herz ging auf als er in ihre tiefblauen Augen sah. Margret war nicht so. Eine unglaubliche Erleichterung breitet sich in ihm aus. Die Spannung ließ endlich nach. Er hätte es sowieso nicht glauben können, bis er es mit eigenen Augen sah.

„Margret, erzähl mir alles!“ sagte Markes verständnisvoll, „ich schwöre, ich werde dich beschützen und hier fortbringen.“

Margret hatte wässrige Augen und lächelte. „Versprichst du es?“ fragte sie sanft.

„JA!“ Es überkam ihm und er setzte sich neben sie aufs Bett, umarmte sie und wiegte sie im Arm. Er musste sie retten. Sie ließ es zu und schmiegte sich an ihn. Es war schwer nicht an Sex zu denken, wenn er sie im Arm hielt. Ihr seidener Bademantel zwischen seinen Fingern fühlte sich dünn an und er musste daran denken, dass darunter reine weiche Haut war. Ihr Kopf lag auf seiner Schulter und er konnte endlich ihre Haare riechen, für einen Moment schloss er die Augen und saugte ihren Duft ein. Ihre Wange war nun an seinem Hals und er konnte ihren heißen Atem fühlen. Er durfte diesen sensiblen Moment nicht ausnützen. Er musste sich von ihr lösen, bevor er wieder seine Kontrolle verlieren würde. Nachdem was er alles erlebt hatte im Keller, konnte sich seine untere Hälfte nicht mehr beruhigen. Er packte sie bei den Schultern und schob sie langsam weg von sich.

„Margret, bitte versteh mich nicht falsch.. du bist so schön“, er wusste nicht, wie er es formulieren sollte, was er fühlte, „ich muss jetzt gehen, aber ich werde mir etwas überlegen, ok?“

Fast enttäuscht sah sie ihm nach als er aufstand.

„Margret ich habe es versprochen, ok? Ich werde mir etwas überlegen und dich fortbringen“, wiederholte er noch einmal, um seine Absichten zu verstärken.

„Wann?“ fragte sie nur und rieb sich ein Auge an dem eine Träne gehangen hatte.

„Bald. Sehr bald“, versprach er und küsste sie auf die Stirn. „Komm morgen um Mitternacht in den Garten, ok?“

Dann drehte er sich um, ging entschlossen zur Tür und schloss sie hinter sich. Er lehnte sich rücklings daran, weil er für einen Moment schwach wurde und atmete tief durch. Wäre er nicht umgehend aus dem Zimmer gegangen, hätte er ihren seidenen Gürtel vom Morgenmantel gezogen. Was dann geschehen wäre, wollte er sich nicht ausmalen. Was ist nur mit ihm los? Das war ein höchst emotionaler Moment, und alles woran er denken konnte war, ihr den Morgenmantel auszuziehen und sie aufs Bett zu werfen.

Kapitel 10: Jetzt oder nie

Etwas frustriert über sich, ging er die Treppe hoch in sein Zimmer und setzte sich aufs Bett. Es war Zeit einen Plan zu erstellen. Wie er es drehte oder wendete, er wusste, der Wamser würde sie bis ans Lebensende verfolgen. Es sei denn: er musste sie heiraten! Damit wäre sie wertlos für den Wamser. Als verheiratete Frau würde sie nicht mehr ins Bordell passen. Margret wäre zudem abgesichert und müsste sich keine Sorgen mehr über ihre Zukunft machen. Zugegeben, der Plan war etwas überstürzt und nicht wirklich durchdacht, immerhin kannte er sie ja kaum. Aber er würde es auch nicht tun, weil er sich Hals über Kopf in sie verliebt hatte, sondern weil er das Gefühl hatte, er müsste nach all den verhauten Situationen in seinem Leben etwas tun, auf das er stolz wäre. Er hatte noch nie an andere gedacht oder etwas Gutes getan in seinem Leben.

Einmal war er mit einer Öko-Tante zusammen. Er dachte, er sollte es einmal versuchen. Sie war recht hübsch auf natürliche Art und Weise, allerdings fiel ihm bald auf, dass sie es irgendwie übertrieb mit dem Natürlichen. Sie verwendete eine Mischung aus Ei und Honig als Shampoo für ihre Haare, rasierte sich nicht die Achseln und irgendwann fand sie es toll nur mehr barfuß herumzulaufen, selbst zum Einkaufen. Damit hätte er vielleicht noch leben können, aber der Spaß hörte auf, als er irgendwann nur mehr Salat und Gemüse zu essen bekam. Sie merkte es sogar, wenn er heimlich einen Döner aß bevor er nach Hause kam und es gab gewaltigen Krach. Es hieß dann irgendwann, Döner oder Sie. Es war wirklich keine schwere Entscheidung, er entsagte den fleischlichen Gelüsten und gab sich wieder den fleischlichen Genüssen hin.

Seitdem hatte er nur einmal wieder etwas gespendet und das war eher nicht wegen den armen Tieren, sondern weil ihm auf der Straße eine Steffi aus Wien, die für irgendeine Hilfsorganisation arbeitete, um Spenden anbettelte und einfach unglaublich hübsch aussah. Er schaltet einfach ab, wenn eine Frau ein hübsches Gesicht und dazu noch eine recht ansehnliche Figur hatte, was sollte er machen. Ein paar Flirtmomente später war er Pate von irgendeinen afrikanischen Tanzaffen und EUR 50,- los. Das war der totale Reinfall, denn sie wollte nicht mal mit ihm ausgehen. Auch ihre private Nummer wollte sie nicht hergeben.

Von da an sah er sich selbst als ein Opfer, der es nötig hatte gerettet zu werden. Die Jobs die er zwischendurch hatte, waren an und für sich gar nicht so übel. Beim letzten Job allerdings hatte er dummerweise mit der Frau des Chefs geschlafen. Dabei hatte er sie nur nach Hause gefahren, weil ihr Mann ein paar Tage verreist war. Dass er danach selbst 2 Tage nicht mehr heimkam, weil er bei ihr übernachtete, hätte er absolut nicht damit gerechnet. Wie sein Chef es schließlich erfahren hatte, hatte man ihm jedenfalls nie erzählt. Er vermutete, dass Arbeitskollegen sie vielleicht gemeinsam im Auto gesehen hatten. Sie hatte ihn danach nämlich regelmäßig am Arbeitsplatz besucht und ihn nach Feierabend noch zum Auto begleitet.

Außerdem hatte er immer ein bisschen ein Problem mit Autorität und mit potenten Besserwissern. Es war nicht gerade so, dass er aneckte, er wollte nur in Ruhe gelassen werden. Er war eben mehr der Einzelgänger und konnte sich nicht in Teams einfinden. Er sei nicht teamfähig, hieß es dann immer. In Wirklichkeit dachte er, er wäre zu etwas Höheren geboren. Befehle zu befolgen war nicht sein Ding, ihm war eher danach selbst welche auszuteilen. Eines seiner Hirngespinste war sogar mal, selbst ein Unternehmen zu gründen. Aber welches das sein sollte, dazu reichte seine Kreativität dann doch nicht aus.

Tja, hier musste er zwar auch im „Team" arbeiten, aber die Männer waren eher schweigsam und gaben ihm genau den Freiraum den er brauchte, bis auf ein paar wenige Ausnahmen und er dachte dabei an Sepp. Manche von Ihnen fingen sogar an ihn zu akzeptieren, manche sogar zu respektieren. Es würde aber noch eine ganze Weile dauern, bis sie ihn in ihre Gesellschaft aufnehmen würden. Er fragte sich, wer von den Männern überhaupt von dem Bordell wusste.

Wussten Peter und Franz davon? Wieso haben sie nichts gesagt? Hatten sie nicht gesagt, er soll die Damen lieber in Ruhe lassen? Er überlegt scharf. Doch, doch. Das hatten sie. Sie hatten gesagt, das würde nur Ärger geben mit dem Wamser. Hatten sie ihn belogen?

Egal, er hatte morgen Zeit sie zu fragen. Er legte sich schlafen und merkte dann erst wie schmerzhaft sein Körper war. Die Schmerzen waren zwar erträglich, aber die blauen Flecken würden noch eine ganze Weile brauchen bis sie verschwunden waren. So regelte man das hier im Graben eben. Es gab eine Anweisung und dann eine klare Ansage. Soweit so gut. Der Morgen zuvor fiel ihm wieder ein. Was sollte er dem Sonderermittler erzählen? Wenn er plauderte, wusste der Wamser sicher, dass es von ihm kam. Wer sonst war neu und wurde befragt von der Polizei?

Markes hatte einen Plan. Mit diesem Gedanken schlief er schlussendlich ein. Am nächsten Morgen erwachte er noch vor dem Wecker und begab sich zum Frühstück. Mittlerweile wurde der Morgen zur Routine, er war nun schon ein Monat hier, aber er würde nicht mehr lange hier sein. Er wollte Margret keinen Tag länger hier wissen und dass sie genötigt wurde, die unteren Zimmer zu putzen, nachdem sie benutzt wurden, ließ Übelkeit hoch kommen.

Sein Plan war ganz einfach. Er würde mit Margret nach Linz zurück fahren. Und wenn der Wamser ihn suchen würde, würde er zu seinem Bewährungshelfer gehen und ihm die Situation erklären. Margret konnte dann die Geschichte bestätigen. Bis auf die Leiche natürlich. Allerdings hatte der Wamser nun ein Motiv für den Mord. Das Bordell würde man bei einer Durchsuchung sicher gleich finden und dann könnte man eins und eins zusammenzählen, denn dann klang der Rest auch plausibel. Der ermordete Ermittler fand heraus, dass hier illegale Prostitution stattfand, benötigte aber Beweise. Für eine Hausdurchsuchung waren die Gerüchte wohl zu ungenau. Deshalb beobachtete er die Zimmer der Damen, unwissend, dass das Geschehen eigentlich im Keller stattfand. Jemand hatte ihn entdeckt oder verraten (er dachte da an den Patterer) und es dem Wamser gesteckt. Dieser hat das Problem beseitigt. Genauso wie er den Berger verschwinden ließ, nachdem er gedroht hatte, das Bordell auffliegen zu lassen, wenn er Fanni nicht mit ihm gehen ließ. Den letzten Teil reimte sich Markes zusammen, aber er konnte sich durchaus vorstellen, dass er den Wamser damit erpresst hatte. Und genauso würde er es auch machen. Sollte der Wamser ihn verfolgen, würde er das Bordell auffliegen lassen. Sollte der Alte Margret aber gehen lassen, könnte Markes sich eine andere Geschichte ausdenken, warum er gekündigt hatte. Nur würde er es etwas klüger angehen als der Berger.

In Gedanken setzte er sich an den Frühstückstisch und es dauerte nicht lange, da brachte ihm Fanni sein Frühstück an den Tisch, ohne dass sie hätte fragen müssen. Er aß ohnehin immer dasselbe.

„Guten Morgen“, sagte sie leise, „sieht schon besser aus.“

Sie deutete mit dem Kinn auf sein Gesicht. Er hatte vor lauter Gedanken ganz auf seine körperlichen Wunden vergessen. Seine Hand tastete nach seinem Auge. Es war nicht mehr geschwollen, allerdings war es noch deutlich verfärbt. Er hatte sich gar nicht ausführlich bei ihr bedankt, dass sie ihn quasi gerettet und gepflegt hatte. Das musste er unbedingt nachholen. Er kam sich schäbig vor, aber die Situation an dem Morgen war ihm höchst unangenehm gewesen. Fanni tat ihm schließlich leid. Er wusste ja von Margret, dass sie sich ebenfalls weigern würde, wenn möglich. Als sie ihm den Kaffee hinstellte, ergriff er ruckartig ihre Hand.

„Fanni, bitte setze dich für einen Moment“, sagte Markes und zog sie an ihrer Hand auf den Stuhl neben ihn.

Er redete leise, obwohl niemand anderes im Raum war. Fanni sah ihn überrascht an und machte große neugierige Augen, leistete aber keinen Widerstand und setzte sich neben ihn.

„Hör zu Fanni, ich weiß Bescheid... ich meine über alles“, sagte er und kam sich belehrend wie ein Professor vor, „ich bin vorgestern einfach über dich hergefallen, natürlich bin ich dir sehr dankbar. Sehr, sehr. Aber mir ist auch klar, dass du mehr verdienst als Dank.. ich meine, falls ich dir etwas schuldig bin.. also, falls ich mich revanchieren kann..“

Er beendete seinen Satz nicht, ließ aber ihre Hand los und griff in seine linke Hosentasche um seine Brieftasche hervorzuholen.

„Willst du mich beleidigen?“ fragte sie plötzlich scharf und ihre Augen funkelten.

Markes blickte sie verlegen an. Natürlich war es eine peinliche Situation. Aber nachdem er erfahren hatte, dass sie sonst nur Sex mit zahlenden Gästen hatte, kam er sich irgendwie noch schäbiger vor als sonst. Er wollte niemanden ausnützen und schon gar nicht etwas schuldig bleiben. Fanni sprang auf, sie war anscheinend bereits beleidigt. Sie wollte wütend den Raum verlassen, aber Markes sprang ebenfalls auf und ergriff ihren Arm.

„Warte Fanni!“ er drehte sie herum, sodass sie ihn wieder anschauen musste. Ihre großen dunklen Augen sahen enttäuscht aus.

„Tut mir leid, Fanni... tut mir wirklich leid, ich weiß nicht was in mich gefahren ist... ich weiß, du machst das hier nicht freiwillig… Sag mir was ich tun soll, ich möchte nur nicht, dass du mich für ein Arschloch haltest.“

„Das ist nun ein bisschen zu spät...“ Sie wollte sich wieder wegdrehen, aber er hielt sie am Arm fest.

„Warte Fanni!“ er konnte sie so nicht gehen lassen. Er kam sich wie ein Idiot vor. Das Letzte was er wollte war ihre Gefühle zu verletzen, immerhin macht sie genug durch. Aber er wusste einfach nicht woran er war.

„Fanni, dann nimm wenigstens meinen Dank an und trink Kaffee mit mir. Bitte! Bitte setz dich zu mir für einen Moment“.

Fanni sah aus wie ein kleines schmollendes Mädchen und hatte nun ihre Hände vor ihr verschränkt. Unpassender Weise kam ihm der Gedanke, dass sie wie ein

Schulmädchen aussah, der man den Hintern versohlen sollte. Markes überlegte, wie sie wohl in einem Schulrock mit weißen Strümpfen aussehen würde. Er ohrfeigte sich dafür in Gedanken.

„Bitte!“ wiederholte er.

Sie ließ sich schließlich überreden und begab sich wieder zum Stuhl um sich zu setzen. Markes setzte sich ebenfalls wieder, nahm einen leeren Becher von dem bereits vorgedeckten Tisch und schenkte ihnen beiden Kaffee ein.

„Wieso bist du noch hier Fanni?“ fragte er sie schließlich.

„Ich dachte ich soll Kaffee mit dir trinken“, antwortete sie naiv.

„Nein, ich meinte überhaupt hier. Warum gehst du nicht fort?“ fragte er und fand ihre naive Antwort eigentlich sehr süß.

„Pff... wo soll ich denn hin? Was sollte ich machen? Ich habe nichts gelernt, keine Referenzen...“ sagte sie nachdenklich.

„Du könntest doch überall im Service arbeiten“, schlug Markes vor.

„Das würde mein Vater niemals zulassen...“ Genau wie Margret senkte sie ihren Blick.

„Hör zu, ich weiß das macht dir Angst, aber er kann dich nicht verfolgen, wenn du abhaust. Wie sollte er dich finden? Ich könnte dir helfen."

Sie blickte auf.

„Ich weiß nicht... ich kenne nicht viel von der Welt. Ich kann mir nicht vorstellen ohne Christie irgendwo hin zu gehen. Sie ist doch meine Zwillingsschwester."

Markes erkannte, dass Fanni ihre Zwillingsschwester verehrte und ohne sie wahrscheinlich nirgends hingehen würde. Resignierend nickte er.

„Schade. Du bist wirklich sehr hübsch, ihr alle. Ihr hättet so viele Möglichkeiten."

Sie schwiegen ein paar Momente und schlürften an ihrem Kaffee. Markes musste an seine Nacht mit ihr denken, an ihren warmen Körper, der sich in dem Moment so gut angefühlt hatte in seinem Arm, dazu ihr leises Seufzen als er sie nahm.

„Falls du jemals Hilfe brauchst und dir es anders überlegst, sag mir Bescheid. Außerdem möchte ich mich noch einmal bei dir bedanken. Ich meine, für den Abend. Und dafür, dass du für mich da warst."

Er lächelte und ergriff wieder ihre Hand. Es tat ihm leid um sie. Fanni lächelte verlegen und ihre Wangen wurden rot, unweigerlich musste Markes wieder an die Schulmädchen Uniform denken, die ihr bestimmt super stehen würde.

„Also wenn du möchtest.. wenn du Interesse hast, also wenn du irgendwann wieder das Bedürfnis hast, ich habe vielleicht noch freie Termine“, sagte sie und vermied seinen Blick, während sie mit ihrem Finger über den Rand ihrer Kaffeetasse kreiselte.

Markes musste kurz überlegen, was sie damit meinte. Hatte sie ihm gerade ein Angebot für Sex gemacht? Hatte Margret nicht gesagt, dass Fanni nur wenige Kunden hat? Das heißt, er sollte sich ausgesprochen geehrt fühlen, dass Fanni ihn als Kunden auserwählt hatte. Innerlich ging gerade die Sonne auf und er hatte tatsächlich das Gefühl, dass er sich über ihr Angebot freute. Eine Stimme mahnte ihn zur Vernunft. Das war ein Sex-Angebot und keine Verleihung zum Präsidentenamt!

„Fanni! Ich weiß nicht was ich sagen soll... Danke?“ sagte er schließlich und war sichtlich erfreut.

„Überleg‘s dir“, sagte sie schließlich, stand auf und schenkte ihm noch ein Lächeln, bevor sie in die Küche ging.

Markes könnte sich ohrfeigen. Wieso hatte er nicht entschieden NEIN gesagt? Er hatte doch nicht im Ernst DANKE gesagt!!! Manchmal war er sich selbst fremd. Er beruhigte seine aufgebrachten Gedanken damit, dass er einfach höflich sein wollte und ihre Gefühle nicht verletzen wollte. Welche Gefühle? Sie ist eine Prostituierte. Eine Edelprostituierte. Aber trotzdem. Es war ein Geschäftsangebot, mehr nicht. Er konnte nicht glauben, dass er schon wieder nur an Sex denken konnte. Frauen hatten irgendwie Macht über ihn. „Hexen!“ dachte er, „kein Wunder, dass die Inquisition so hart zugeschlagen hat.“

Verärgert trank er seinen Kaffee leer und machte sich dann nach draußen zur Arbeit, wo schon der Wamser mit dem LKW auf ihn wartete. Bei der Forstarbeit konnte er sich nicht viel unterhalten, die Motorsäge war zu laut und sie trugen alle Ohrenschützer. Erst in der Mittagspause wagte er bei Franz und Peter nachzufragen.

Sie unterhielten sich gerade über irgendwelche Borkenkäfer, die seltsamer Weise nur die Ulmen anzugehen schienen, da hielt es Markes nicht mehr aus und platzte heraus: „Jetzt mal im Ernst. Wisst ihr vom Keller?“

Beide verstummten auf Anhieb und blickten Markes fragend an.

„Was meinst du? Die Zimmer unten?“ fragte Franz schließlich und biss von seiner Hartwurst ab. *Pff, Zimmer!* dachte Markes, so kann man es auch bezeichnen. Aber nun hatte er Gewissheit.

„Wieso habt ihr mir nichts gesagt??“ fragte Markes aufgebracht. Peter sah ihn weiterhin fragend an.

„Ich dachte du weißt davon? Christie sagte sie würde das übernehmen“, sagte Peter schließlich.

„Ernsthaft? Aber wir hätten doch darüber diskutieren können!“ sagte Markes fast enttäuscht.

Peter nahm einen Schluck von seinem Bier und antwortete: „Was gibt's da zu besprechen? Im Gastraum wird davon sowieso nicht gesprochen... das ist wie ein interner Ehrenkodex...du weißt schon, falls ein Externer was hört...“

„Aber ihr hattet mir doch gesagt, ich soll mich fernhalten von ihnen! Ihr sagtet, das gibt nur Ärger!“ Markes blickte verständnislos auf Franz und dann auf Peter. Diese stopften ihre Jause nach und nach in sich hinein. Franz antwortete mit vollen Mund, sodass Markes sein Kauwerk betrachten konnte: „Na na na, ich sagte verlieb dich nicht in sie, das gibt nur Ärger! Du weißt schon, wegen aussichtsloser Sache. Der Berger hat sich damit jedenfalls Ärger eingeheimst, da kannst du dir sicher sein!“ sagte er und kaute weiter mit offenen Mund.

Und was sollte das überhaupt bedeuten, Christie würde das übernehmen? Wer hätte das entschieden? Erzählt sie gar etwas herum? Wusste etwa Margret davon?

„Hört zu, was hat Christie denn noch gesagt?“ fragte er schließlich, er wurde mehr als neugierig. Was zum Henker denkt sie sich dabei?

„He, ruhig Blut. Ich hab sie nur gefragt, ob wir dich einweihen sollen, wegen der Sache mit Sepp. Sie meinte sie würde es selbst tun. Aber kannst dich auf sie verlassen. Sie ist da total diskret. Und wir sowieso“, schmatzte Peter, zwinkerte ihm zu und spuckte etwas von dem Speck aus, das er offensichtlich nicht zerkauen konnte.

Sollte Markes nun beruhigt sein? Seine vermeintlichen Kumpels hatten kein Wort gesagt. Aber immerhin dachten sie, dass Christie ihn aufgeklärt hatte. Er musste unbedingt mit ihr sprechen. Wieso hatte sie es dann nicht getan? Wieso hatte er erst selbst erfahren müssen, was hier vorging? Eins muss man den Leuten hier lassen, sie waren absolut verlässlich was ihr Geheimnis anging. Man redet hier generell nicht viel und in dieser Sache hielten sie zusammen. Markes fand es fast bewundernswert. Eine einzig große Familie. Vier Frauen für 30 Männer. 3 korrigierte er sich. Seine Margret würde nur ihm gehören. Schweigend zupfte er an seiner Jause, aber er hatte nicht viel Appetit. Franz und Peter setzten ihre Unterhaltung über den Borkenkäfer fort. Wahrscheinlich fanden sie seine Reaktion etwas merkwürdig.

Den restlichen Nachmittag bestimmte Markes für sich, dass er nicht darüber nachdenken wollte und er vermied jeglichen Gedanken an seine Sexabenteuer oder den Toten. Markes war wütend und wollte einfach nur unter die Dusche. Vorher musste er aber noch mit Christie sprechen. Immerhin wusste er diesmal genau, welches Zimmer sie hatte. Nach dem Ausschlussprinzip konnte er nun auch alle Zimmer zuordnen. Nachdem er bereits in Fannis und Margrets Zimmer war, Christies Zimmer vom Stall aus beobachtete und den Wamser danach im Stiegenhaus ins mittlere Zimmer verschwinden sah, konnte Katies Zimmer nur das ganz Rechte sein. Mit ihm sollte er auch noch reden. Aber das musste warten. Er klopfte leise an Christies Tür. Er hörte etwas im Zimmer verrücken, dann zumachen, dann Schritte die sich auf die Tür zu bewegten. Sie öffnete die Tür und sah überrascht aus.

„Markes? Was machst du hier?“ fragte sie bevor er etwas sagen konnte.

Markes musste an die erste Nacht mit ihr denken. Wie er sie gepackt und aufs Bett geworfen hatte. Ein seltsam warmes Gefühl überkam ihm. Deswegen ist er nicht hier, mahnte er sich.

„Christie ich weiß alles“, sagte er nur.

Christie runzelte die Stirn, dann schien sie die Erkenntnis zu überkommen und sie sah ihn wieder fragend an. „Ok. Und was nun?“ fragte sie.

„Hör zu“, er wollte nicht den gleichen Fehler machen sie zu beleidigen, indem er ihr Geld anbot, aber er wollte doch einiges klarstellen. „Du hast mich ziemlich verarscht an dem Abend. Ich meine mit Sepp“, sagte er nur und es war unnötig näher zu erörtern welchen Abend er meinte.

Sie hatte eine Trainingshose und eine weite Trainingsjacke an, deren Reisverschluss nur bis zur Hälfte zugezogen war, war aber frisiert und geschminkt. Markes zweifelte daran, dass sie wirklich zu einem Training wollte, er dachte eher daran, dass sie sich für eine andere Art von Training herrichtete. Er fragte sich, was sie wohl darunter trug.

Sie schmunzelte. „Ich weiß nicht was du meinst? Ich..“ Markes schnitt ihr harsch das Wort ab: „Ich sagte, ich weiß alles! Ich weiß, dass du eine besondere Beziehung zu ihm hast. Ich hab ihn hier in deinem Zimmer gesehen!“

Jetzt sah Christie überrascht aus. „Bist du etwa eifersüchtig?“ fragte sie und missverstand seine Wut. Markes dachte daran wie er sie gesehen hatte, als Sepp sie an die Mauer drängte und sie sich gewehrt hatte. Er dachte damals noch, er müsste sie vor ihm retten. Dabei war es eines ihrer Spielchen, das Männer besonders antörnte. Er musste zugeben, dass er enttäuscht war, denn seine Nacht mit ihr hatte er nicht vergessen. Ihre Spielchen hatten ihn wahnsinnig gemacht und dass sie dieses mit anderen Männern ebenso trieb, machte ihn wütend. Er würde es um keinen Preis zugeben.

„Sei nicht albern!“ sagte er und tat ihre Bemerkung mit einer Handbewegung ab.

Er stand noch immer in der Tür und hoffte, dass man ihre Unterhaltung im Stiegenhaus nicht hören würde. Sie hatte anscheinend nicht vor ihn herein zu bitten. Nicht dass er eingetreten wäre. Hoffte er jedenfalls.

„Christie, ich möchte nicht, dass du jemanden von dieser Nacht erzählst. Alles klar?“

Sie sah ihn an, verschränkte die Arme vor sich und lehnte sich trotzig an die Tür. Dabei verrutschte ihr weite Trainingsjacke über eine Schulter, sodass der Stoff nur noch von der Erhebung ihrer Brust aufgehalten wurde und sie nicht völlig entblößt wurde. Da die Schulter nackt war, ging er davon aus, dass sie darunter auch vollkommen nackt war. Er starrte die freigegebene nackte Haut an und war erneut gebannt von ihr.

„Sonst noch etwas?" fragte sie barsch. Sie hatte natürlich bemerkt, dass er sie anstarrte, deshalb war er auch alles andere als glaubwürdig. Er ärgerte sich darüber wie leicht er zu manipulieren war. Als würde er von einem Dämon weichen, machte einen Schritt zurück und schüttelte nur leicht den Kopf.

Weg von hier! Er drehte sich wortlos um und ging in sein Zimmer. Es war kurz vor 8. Wenn er die restliche Zeit noch absaß, würde er Margret um Mitternacht treffen.

Die Zeit wollte nicht vergehen und Markes zippte durch die Programme. Es war nun richtig schwül im Zimmer, das Problem mit der Heizung war aber, dass sie keine Stufenschaltung hatte, sodass sie entweder Vollgas heizte oder eben gar nicht. Er begab sich zum Fenster, drehte die Heizung ab und öffnete das Fenster um zu lüften. Markes war unruhig. Was würde sie wohl zu seinem Plan sagen? Er rechnete damit, dass sie ihm eine Abfuhr erteilte. Das machte aber nichts. Er hatte Geduld. Es war gegen 11. Gerade als er das Fenster schließen wollte bemerkte er, dass Margrets BMW ins

Carport einbog. Sie war anscheinend unterwegs gewesen. Er wollte ihr gerade zurufen, als er bemerkte, dass der Wamser ihr entgegen ging und nach ihr rief. Kaum war sie ausgestiegen, brüllte er sie an und obwohl Markes genau hinhorchte, konnte er aufgrund des Rauschen des Baches nicht erkennen, worum es ging. Er schien wütend zu sein, denn auch sie schrie ihn an und wollte sich abwenden. Der Wamser hielt sie am Arm zurück und sie diskutierten weiter, bis es Margret zu reichen schien. Sie stieß ihn von sich weg und der Wamser holte intuitiv aus und verpasste ihr eine schallende Ohrfeige. Markes blieb der Mund offen. Scheiße! Er ahnte bestimmt etwas. Er musste zu ihr.

Egal wie skrupellos Markes war und wie oft ihm ein Gewissen fehlte, aber mit häuslicher Gewalt war eine Grenze überschritten. Er schloss das Fenster und stürmte entschlossen aus dem Zimmer nach unten. Gerade als er in den 1. Stock kam, hörte er wie Margret die Stiegen nach oben kam. Sie schien aufgebracht und verärgert zu sein, weinte aber nicht.

„Markes?“ sagte sie als er ihr auf der Hälfte der Stiege entgegenkam, „ich dachte wir hätten Mitternacht vereinbart.“

Sie konnte nicht wissen, dass er sie vom Fenster aus beobachtet hatte.

„Was hat dein Vater dir angetan?“ fragte er nur. Er griff nach ihrer Wange.

„Es ist nichts Markes“, sagte sie nur und blockte seine Hand ab, „wir hatten nur eine kleine Meinungsverschiedenheit.“

Die Tür vom Gastraum ging auf und ein Schall an Gelächter und Stimmen drang ins Stiegenhaus. Markes und Margret stoben auseinander, es durfte sie niemand so vertraut sehen um keinen Verdacht zu schöpfen. Margret deutete Markes an, dass es besser war nach oben zu gehen.

„Hör zu Markes, ich werde mich schnell frisch machen und treffe dich dann im Garten. Alles klar?“ sagte sie dann nur, schlich nach oben und ließ ihn im Stiegenhaus stehen, bevor Markes antworten konnte.

Er war verdutzt. Margret schien die Situation nicht aus der Bahn zu bringen. Vielleicht war sie ja doch nicht das kleine hilflose Mäuschen, das er sich vorstellte was sie war. Oder sie war eine gute Schauspielerin. Markes beschloss ebenfalls nach oben zu gehen um seine Jacke zu holen. Die Nächte hier konnten bereits ziemlich rau werden.

Im Garten zündete er sich eine Zigarette an und wartete geduldig. Erst als er die zweite Zigarette fast ausgeraucht hatte, erschien sie zwischen den Immergrün-Büschen. Sie ging auf ihn zu und hielt nahe vor ihm an.

Es war sehr finster, ihr Gesicht wurde aber vom Mondlicht beleuchtet. Sie hatte wieder den unschuldigen Engelsblick mit den großen Kulleraugen, der ihn zum Schmelzen brachte. Er konnte nicht anders, ergriff mit beiden Händen ihr Gesicht um es zu sich zu ziehen und küsste sie leidenschaftlich. Sie war ein Engel. Wie machte sie das bloß? Sie hatte ihre Haare zu einem festen Zopf geflochten, einzelne Härchen waren herausgezupft und kräuselten sich. Er musste ihr Haar berühren. Er tat sich schwer, sich von ihr zu lösen.

„Margret, bitte erzähl mir was passiert ist? Was wollte dein Vater von dir?“ fragte er erneut. Er konnte die Szene einfach nicht vergessen.

Margret wandte sich ab, blickte zum Mond.

„Das Übliche eben.“

Markes konnte ahnen, was sie meinte. Er steckte seine Hände in die Jackentasche und lehnte sich an die Steinmauer hinter sich. Sie sah wunderschön aus im Mondlicht. Trotzdem es bereits frostig war, wurde ihm mollig warm. Er spielte mit dem rosa Kinderring, den er damals in Drauberg aus dem Kaugummi-Automaten gezogen hatte und in seiner Jackentasche vergessen hatte.

„Margret, was ich dir jetzt sage, ist total absurd. Aber ich muss es dich trotzdem fragen.“ Er zögerte, hatte aber ihre Aufmerksamkeit, denn sie blickte ihn mit großen Augen an und wartete.

„Margret, ich habe mir überlegt.. ich meine: Wenn du verheiratet wärst, dann könnte er dich nicht mehr ins Bordell zwingen oder? Ich meine, wir könnten es heimlich tun und dann abhauen. Bis er davon erfährt wären wir bereits in Linz, verstehst du?“

Margret konnte nicht drum herum und stieß einen Lacher aus. Sie merkte aber schnell, dass es kein Scherz war, denn Markes blieb ernst. Ihr Lächeln erstarrte.

„Markes, das ist doch unmöglich! Ich kenne dich doch gar nicht! Und was geschieht mit meinen Schwestern und das Gasthaus?“

Sie war plötzlich nervös und entfernte sich einige Schritte von ihm. Sie schüttelte den Kopf und runzelte die Stirn.

„Das war dein Plan?“

„Naja, so viele Optionen gibt es wohl nicht“, verteidigte sich Markes, „ich wäre gut zu dir Margret. Und außerdem: Eine standesamtliche Hochzeit kann auch sehr schnell wieder geschieden werden. Verstehst du? Immerhin habe ich nichts und du auch nicht.. Es wäre für keinen von uns ein Nachteil. Wir könnten auch getrennte Zimmer haben, bis du dich entscheidest, ob du verheiratet bleiben möchtest oder nicht.. betrachte es als Angebot! Ich meine, was sind deine Optionen?“

Markes schien sehr überzeugend zu sein, denn es sah wirklich so aus, als ob sie überlegen würde. Sie ging einige Schritte im Kreis.

„Hm“. Markes hatte mit etwas mehr gerechnet, aber immerhin schien sie sich nun unsicher zu sein, was sie antworten sollte. Das heißt, das Nein, hatte sich in ein Vielleicht verwandelt. Das war mehr als er erwarten konnte.

„Heißt das du überlegst es dir?“ fragte er nach.

Sie lächelte. „OK“

„Margret nimm dir alle Zeit der Welt und wenn du soweit bist, kommst du zu mir? Alles klar? Ich fasse dich nicht an, bis du es möchtest und bis es offiziell ist, dass wir verheiratet sind, ok?“

Er konnte nicht glauben, dass er diese Worte wirklich ausgesprochen hatte. Er zweifelte zwar selbst an seinen Worten, aber Margret schien es sich nun ernsthaft zu überlegen. Sie kam wieder auf ihn zu und küsste ihn als Antwort. Sie hatte anscheinend neuen Mut, denn so selbstsicher hatte er sie noch nie erlebt.

„Also mein eventueller Fast-Ehemann. Mir wird kalt, wir sollten reingehen.“

Sie fröstelte etwas und Markes legte seine Arme um sie. Es war ein schönes Gefühl und sie passte genau in seinen Arm, wie zwei Puzzles die sich zusammenfügten. Markes begleitete Margret durchs Stiegenhaus nach oben bis zu ihrer Zimmertür. Sie waren sehr vorsichtig und betraten das Stiegenhaus zeitversetzt, damit niemand bemerkte, dass sie zusammen im Garten waren. Margret stand in der Zimmertür und wirkte verlegen.

„Möchtest du noch mit reinkommen?“ Sie legte dabei ihre Hand auf seine Brust. Und diese Stelle begann sofort innerlich zu brennen.

Markes trug einen Kampf mit seinen Dämonen aus. Wenn er durch diese Tür ging, dann würde er vor morgen früh nicht mehr herauskommen. Und dann tat er etwas völlig Untypisches. Obwohl sämtliche Stimmen in seinem Kopf auf ihn einredeten, er solle die Chance ergreifen und sie in ihr Zimmer begleiten, sagte er: „Danke Margret, aber ich habe dir etwas versprochen. Ich werde dich nicht anfassen, bis es offiziell ist.“

Margret schien fast enttäuscht zu sein, denn sie lächelte unsicher. Es war nicht das Lächeln, das sie sonst hatte, sondern ein Lächeln, das man aufsetzte um jemanden seine wahren Gefühle zu verbergen. Obwohl Markes sich nicht mehr umdrehte, wusste er, dass Margret ihm nachsah wie er die Treppe nach oben ging. Sie fühlte etwas für ihn, dachte er gedankenverloren. Irgendwie machte ihm das Ganze doch etwas Angst. Was wenn sie sich voll in ihn verliebte und er nach kurzer Zeit plötzlich genug von ihr hatte. Kurz stieg Panik in ihm hoch. Frauen begannen ihn schnell zu langweilen, wenn er sie ein paar Mal durchgevögelt hatte. Mit Sandra war es etwas andres. Da war er zum ersten Mal richtig verliebt. 2 Jahre war er mit ihr zusammen, seine bisher längste Beziehung. Aber er wurde auch nicht jünger. Es war Zeit, dass er endlich mit beiden Beinen im Leben ankam und ein anständiges Leben führen sollte. Das Schicksal hatte ihn hergebracht und vielleicht war Margret genau das, was er brauchte. Sein Gegenpol. Die ruhige Seite, die ihm ein Zuhause bot.

Aber es war noch etwas anderes, was ihn beunruhigte. Er musste dem Kommissar etwas bieten, irgendetwas woran sie eine Zeitlang knabbern konnten und ihn in Ruhe ließen. Der Freitag rückte näher und er musste Zeit gewinnen. Während er überlegte, schlief er aber ein.

Am nächsten Tag bemühte sich Markes sich nichts anmerken zu lassen, seine Gedanken kreisten sich aber immer und immer wieder um seine Situation und wie er hier herauskommen sollte. Er hatte Margret ein Versprechen gegeben, stand aber unter Druck den Kommissaren etwas bieten zu müssen, damit er nicht selbst des Mordes beschuldigt werden würde. Seine Rippen schmerzten und er musste öfters Pause machen als sonst. Auch seine Prellung an der Hüfte machte ihn zu schaffen, doch das was ihm wirklich quälte, waren seine Gedanken. Nichts waren seine körperlichen Schmerzen, zu den seelischen. Markes war unkonzentriert und hätte auch beinahe einen Forstunfall verursacht. Er hatte die Kette um den Baumstamm zu wenig stramm gezogen, sodass sie sich löste als der Greifarm den Stamm gerade auf den LKW hob und dieser nur ein paar Schritte vor dem Team aufschlug. Markes erkannte mit Entsetzen, dass seine Gedanken in den Hintergrund treten mussten. Sein Team hatte ihm keine Vorwürfe gemacht, ein paar sind erschrocken zur Seite gesprungen, ein paar haben geflucht und einer warf ihm einen bösen Blick zu, aber sie haben allesamt geschwiegen. Sein Entsetzen war Strafe genug. Er verbannte seine Sorgen und konzentrierte sich wieder auf die Arbeit, das Letzte was er wollte war jemanden umzubringen. Außer den Wamser vielleicht, und Sepp und den Staatsanwalt und seine Ex-Freundin. Aber sonst keinen.

Abends kamen sie hundemüde im Gasthof an. Es wurde bereits relativ früh dunkel. Er freute sich auf die Dusche und auf Margret. Irgendwie fand er es aufregend, wenn sie sich nur heimlich treffen konnten. Es war ein besonderer Reiz und auch, dass er sich ihr noch nicht nähern konnte. Als er durch die Eingangstür ins Stiegenhaus ging, schnitt ihm eine Person den Weg ab, die er eigentlich nicht sehen wollte.

Der Patterer lehnte an der Treppe und hatte seine Arme vor ihm verschränkt. Es sollte wohl lässig wirken, aber er war angespannt. Es war deutlich, dass er auf ihn gewartet hatte, denn als Markes näher kam und bei ihm vorbei wollte, stellte er sich ihm in den Weg.

„Sind Sie beruflich hier oder in zivil?“ fragte Markes damit er einschätzen konnte, wie weit er gehen durfte.

„Das tut nichts zur Sache. Ich wollte mal nachfragen wie Ihre Nachforschungen voran gehen? Haben Sie etwas herausgefunden?“ fragte er neugierig und misstrauisch zugleich.

Das würde ihm so passen. Vorab bereits abfragen, damit sie ihn bereits heute Nacht mundtot machen können, falls er etwas erfahren hatte, dachte Markes. Für wie blöd halten sie ihn eigentlich.

„Sind Sie beruflich hier oder in zivil?“ wiederholte Markes seine Frage.

„Nach was sieht‘s denn aus? Und jetzt antworte auf meine Frage!“ forderte ihn der Patterer auf.

Der Patterer war nicht in Polizeiuniform und sein Atem verriet, dass er auch bereits mindestens ein Bier intus hat. Die Sache war klar. Er wollte dem Wamser vorab mitteilen, ob Markes plaudern würde oder nicht. Die Sonderermittler waren offensichtlich nicht bestechlich.

„Ich denke die Antwort erhalten Sie morgen am Revier, wenn Sie offiziell wieder im Dienst sind“, sagte Markes resch und wollte sich beim Patterer vorbei auf die Treppe drängen. Dieser stellte sich ihm erneut in den Weg und legte eine Hand auf die Schulter, die Geste wirkte wie eine Drohung. Markes blickte auf die Hand auf seiner Schulter, wenn er sie nicht sofort wegnahm, konnte er für nichts garantieren. Er hasste es von einer fremden Person derart provoziert zu werden.

„Wenn sie etwas wissen, müssen sie es mir sagen!“ sagte der Patterer und sein Tonfall war scharf und bestimmt.

Markes überlegte, ob ihm vielleicht die Frauen bereits erwähnt haben, dass er von dem Geheimnis erfahren hatte. Er wusste ja nicht mal, ob der Patterer davon weiß, aber er ging schon davon aus. Dieses Arschloch.

Wahrscheinlich deckte er den Wamser und bekam dafür Sonderrabatt.

Nun packte Markes die Hand vom Patterer und schlug sie von sich weg. Er streckte ihm seine Faust entgegen und sagte: „Ich weiß nur eins: Wenn Sie mich noch einmal grundlos anfassen, dann verklage ich SIe wegen Amtsmissbrauch kapiert? Ich weiß nicht genau was Sie glauben, das ich wissen soll. Aber so viel kann ich ihnen sagen: Ich weiß nichts, was Sie nicht auch wissen. Aber was im Graben passiert, bleibt auch da."

Dann rempelte er ihn zur Seite und ging mit festen Schritten die Stiege nach oben. Der Patterer hielt ihn nicht auf, sah ihm nur nach. Anscheinend war er zufrieden mit der Antwort. Markes überbrückte den Abend mit ein paar Serien die gerade im Fernsehen liefen, entschied sich aber noch auf ein Bier nach unten zu gehen, bis endlich Mitternacht war. Im Gastraum war es laut und voll wie an jedem Abend. Er gesellte sich zu Peter und seinem Vater Karl, Franz konnte er nirgends entdecken. Diese waren bereits guter Laune und unterhielten sich angeregt mit Fanni. Sie schien mit Peter ganz vertraut umzugehen und schaute ihm im Gegensatz zu den anderen Männern direkt in die Augen. Er fragte sich, ob nicht Peter einer ihrer Kunden war. Es würde zu ihm passen. Peter war recht ausgeglichen und eher der ruhige Typ. Er hatte als einer der wenigen keinen Bart und war aber von der Statur her eher schlaksig. Peter prostete Markes erfreut zu, als er auf sie zukam.

„He, ganz ein seltener Gast. Hast die letzten Abende wohl deinen Kater ausgeschlafen was?“ scherzte Peter.

Markes griff an sein Auge und seine blaue Wange. Kann man wohl sagen. Diesmal hatte ihn aber nicht der Alkohol ausgeknockt. Er bestellte bei Fanni ein Bier und stieg in die Unterhaltung mit ein. Er sah stets auf seine Uhr, damit er nicht vergaß rechtzeitig in den Garten zu gehen. Schließlich war es kurz vor Mitternacht und er verabschiedete sich. Zu seinem Übel wollte sich auch Peter anschließen und nach Hause fahren. Er verabschiedete sich von Peter im Stiegenhaus und tat als ob er die Stiegen nach oben wollte. Doch sobald Peter aus der Eingangstür draußen war, schlich er die Stufen wieder nach unten, wartete etwas ab bis er die Motorgeräusche seines Autos hörte und wie sie sich entfernten, begab er sich ebenfalls nach draußen Richtung Garten.

Er zündete sich eine Zigarette an und freute sich bereits, wenn er Margret in den Büschen küssen konnte. Als eine halbe Stunde vergangen war und er bereits die vierte Zigarette fertig geraucht hatte, wurde er nervös. Hatte sie vergessen?

Markes beschloss in ihr Zimmer zu gehen, auch wenn es gefährlich war, dem Wamser über den Weg zu laufen. Er hatte ein gewisses Auge auf ihn gerichtet. Gerade als er den 1. Stock erreichte, ging die Zimmertüre von Margret auf und Katie kam heraus. Als sie ihn entdeckte schien sie erleichtert.

„Oh Markes, ich wollte gerade zu dir...“

„Wo ist Margret", fragte er nur und ging auf sie zu. Doch bevor er bei Katie vorbei in Margrets Zimmer konnte, schloss sie die Tür, packte ihn am Arm und zog ihn zur Seite ins dunkle Eck. Sie sprach leise.

„Hör zu Markes, Margret schickt mich zu dir. Sie ist... unpässlich. Sie wird nicht kommen!" sagte Katie nur. Markes war zwar misstrauisch, aber warum sollte sie lügen? Sie hatte ihr Dirndl an und es war offensichtlich, dass sie abends im Gastraum servierte. Also heute kein Kellerabend, dachte Markes. Ihre vollen Brüste quollen bedrohlich aus dem Korsett und Markes fürchtete sie könnten jederzeit heraushüpfen. Er konnte einfach nicht anders als sie anzustarren.

„Hast du verstanden Markes? Ich soll dir ausrichten, dass es ihr nicht gut geht."

Markes riss sich aus seinen Gedanken. „Was? Was ist passiert?"

Katie schüttelte den Kopf. „Ich muss wieder nach unten. Sie wird sich morgen bei dir melden ok?" sagte sie nur.

Markes war enttäuscht. Katie wandte sich ab, überlegte kurz, drehte sich zu ihm zurück und flüsterte ihm ins Ohr: „Und wenn dir wieder langweilig wird, ich bräuchte wieder Hilfe im Stall."

Ihr Atem kitzelte an seinem Ohr, aber er war zu perplex um zu antworten. Sie ließ ihn im Stiegenhaus stehen und verschwand die Treppe nach unten. Das nächste

Sex-Angebot, dachte Markes. Er dachte an den Abend im Keller und die Professionalität, die sie an den Tag gelegt hatte. Sie war ein Profi.

Aber was zum Teufel bedeute, dass es Margret nicht gut geht? Noch bevor er überlegte, klopfte er an ihre Tür und öffnete sie einfach ohne abzuwarten, ob ihn jemand herein bitten würde.

Markes konnte ein Schluchzen hören und erblickte sie in ihrem Bett. Sie schreckte hoch, dabei fielen ihre langen blonden Engelshaare nach vorne und die Bettdecke nach unten. Sie hatte ein Negligee an deren V-Ausschnitt mit Spitzen eingesäumt war und zog die Bettdecke umgehend wieder nach oben, um sich zu bedecken.

„Markes!“ sagte sie nur, überrascht.

Ihre Augen waren rötlich, sie schien geweint zu haben. Ihre Wange war rötlich verfärbt. Markes fand sie sah zerbrechlich aus.

„Was machst du hier? Hat Katie dir nicht ausgerichtet?“ fragte sie.

Markes ignorierte sie und setzte sich auf die Bettkante zu ihr. Er strich mit der Hand über ihre Wange und sie zuckte zurück. Markes wusste sofort was los war.

„Es ist nichts“, sagte sie nur. Markes fand, es war an der Zeit Klartext zu reden.

„Margret ich muss dir etwas erzählen." Er schloss die Augen. Wo sollte er anfangen und wie viel sollte er preisgeben.

„Ich glaube dein Vater hat diesen Sonderermittler umgebracht. Er ist gefährlich Margret!" Er zögerte nur um zu kontrollieren, wie sie darauf reagierte. Sie sah in ungläubig an. „Was redest du da Markes?"

„Margret glaub mir! Früher oder später wird er dich dazu zwingen! Du musst hier weg und zwar morgen! Ich werde dich keine weiteren Tage unter seiner Obhut lassen. Dein Vater hat den Kommissar umgebracht und den Berger auch! Ich weiß es. Du musst hier weg Margret!"

Markes Adrenalinspiegel war auf 180 und sein Herz schlug wie wild. Einerseits, weil er wütend war, dass Margret das durchmachen muss und andererseits, weil er eine Entscheidung getroffen hatte.

„Also Margret. Heirate mich und wir hauen morgen ab! Wie gesagt wir können es langsam angehen und wenn es nicht klappt auch jederzeit wieder scheiden lassen. Es macht keinen Unterschied. Hauptsache du hast eine Perspektive!" sagte er ernst und sah ihr direkt in die Augen.

Margret schwieg, wandte sich aber nicht ab. Sie erkannte den Ernst seiner Worte.

„Ok", sagte sie plötzlich. Einfach so.

Was? Markes jubelte innerlich auf, andererseits ergriff ihn auch eine Panikattacke. War er gerade eine lebenslange Verpflichtung eingegangen?

Obwohl ihm Zweifel überkamen, griff er in seine Jackentasche und holte den rosa Kinderring hervor. Er nahm ihre Hand und steckte ihr den Ring auf den kleinen Finger. Sie lächelte und sah in dem Moment wunderschön aus. Markes wusste nicht wie ihm geschah. Sie hatte Ja gesagt. Quasi.

Aber immerhin.

„Ich muss morgen früh noch etwas erledigen, aber ich hole dich um ca. 11 ab. Halte dich bereit! Und nimm nicht zu viel mit, immerhin soll niemand Verdacht schöpfen."

Sie nickte kurz. Dann war es für einen kurzen Moment still. Er wollte aufstehen, doch sie ergriff seine Hand.

„Bleib!" hauchte sie und zog ihn wieder zu sich.

Markes kam näher zu ihr als sie es vorgesehen hatte und machte erst vor ihren Lippen halt. Sie wandte sich nicht ab, also küsste er sie leidenschaftlich und sofort wurde seine untere Hälfte wachgerufen. Sie war unglaublich süß. Er musste sie einfach nehmen! Aber nicht jetzt! Nein er war so knapp dran sein Ziel zu erreichen. Nur noch ein paar Tage musste er sich zusammenreißen. Er löste sich von ihr und sie sah ihn mit großen Augen an.

„Willst du nicht hierbleiben?“ fragte sie enttäuscht.

„Bald Margret!“ sagte er, „schlaf jetzt, wir sehen uns morgen!“

Er stand auf, ohne dass sie ihn noch einmal festhalten konnte.

„Morgen gegen 11!“ sagte er und verließ ihr Zimmer.

Gott sei Dank hatte er heute den Wamser bereits informiert, dass er morgen früh noch einmal nach Eisenheim ins Revier fahren muss. Er hatte seine Bewährungsauflagen vorgeschoben, damit der Wamser nicht misstrauisch wurde. Grundsätzlich hatte er aber nicht vor, noch einmal zur Arbeit zu erscheinen und hatte sich auch gleich für Montag in der Säge eingetragen, damit der Wamser nicht morgens auf ihn wartete mit dem Holzwagen.

Nach dem Verhör würde er Margret abholen und mit ihr in ein Hotel fahren. Und dann blieb alles offen. Weiter konnte er nicht denken, er wollte es auf sich zukommen lassen.

Markes benötigte nicht lange, bis er eingeschlafen war. In der Früh schlief er aus und fuhr ohne Frühstück los nach Eisenheim. Wie erwartet, waren die Herren bereits anwesend, es war kurz vor halb 10.

Als er das Revier betrat, war der Patterer mit einer alten Dame beschäftigt, deren Hund entlaufen zu sein schien. Er bemühte sich vergebens der Dame bewusst zu machen, dass die Polizei nicht dafür zuständig ist. Als er Markes erblickte, deutete er nur auf die Stühle im Foyer um dort zu warten. Die Herren von der Sonderermittlung Drauberg schienen sich zu verspäten. Es dauerte aber nicht lange als Herr Danzig durch die Tür kam. Er war offensichtlich diesmal allein. Während er zur Kaffeemaschine zusteuerte und sich eine Tasse herunter ließ, begrüßte er ihn und bat ihn ins hintere Büro. Der Patterer hatte die alte Dame abgewimmelt, folgte beiden ebenfalls ins Büro und schloss die Tür hinter ihnen. Wie bereits bei der ersten Begegnung saßen sie sich gegenüber am Schreibtisch.

„Also Herr Kandler, erfreuen Sie uns mit einer Neuigkeit!“ forderte Herr Danzig ihn auf.

Markes schüttelte den Kopf. Gar nichts würde er erzählen. Das war sein Druckmittel gegenüber dem Wamser und außerdem war er nicht lebensmüde. Der Patterer beobachtete ihn mit einem scharfen Blick. Er hatte die Arme vor der Brust verschränkt und hing in seinem Sessel.

„Meiner Meinung nach ist das Zeitverschwendung,“ sagte der Patterer argwöhnisch.

Der Danzig ärgerte sich anscheinend über ihn, denn er war versucht die Augen überzudrehen. Er fuhr fort ohne ihn zu beachten, „Also?“

„Hören Sie, wenn Sie Dreck am Stecken finden wollen, dann finden Sie auch was. Aber dann können Sie gleich jeden einzelnen Mann im Loimgraben verhaften.“

Der Danzig verzog den Mund: „Also haben sie nichts herausgefunden?“

Markes war versucht ein paar Hinweise über häusliche Gewalt fallen zu lassen. Er wusste aber, dass ihn das teuer zu stehen kommen würde.

„Ich sagte doch schon, dass ich neu bin. Wieso sollte mir jemand vertrauen?“

„Dann ist es Zufall, dass unser Mann so kurz nachdem Sie erschienen sind ins Wasser „gestürzt“ ist?“ hakte er nach und betonte besonders das Wort „gestürzt“.

„Ich weiß nur das, was man mir gesagt hat.“ Nun verschränkte Markes ebenfalls seine Arme vor sich.

Herr Danzig schien im Gegensatz zum Patterer nicht zufrieden zu sein. Er wandte sich ihm zu und sagte:„ Vielleicht sollten wir Herrn Kandler in Gewahrsam nehmen übers Wochenende?“

Markes Aufmerksamkeit war plötzlich wieder da und sein Adrenalinspiegel schoss in die Höhe. Sein Mund klappte auf. „Das können Sie nicht machen!“.

Das Telefon vom Danzig läutete und er holte es aus seiner Jackentasche. Während er den Anrufer kontrollierte und abhob sagte er nur beiläufig: „Ich kann!“, stand auf und ging für eine Minute nach draußen. Markes überkam Panik. Wenn er ins Gefängnis muss, dann würde er Margret nicht holen können und sie würde umsonst auf ihn warten. Oh Gott. Kurz blickte er sich um und dachte daran zu fliehen. Vielleicht durchs Fenster. Sie waren im Erdgeschoss, das würde er überleben. Dann ins Auto, dann zum Forstwirt und dann.. nein! Bis dahin hätten sie ihn längst geschnappt. Er sah in Panik um sich.

„Blöd gelaufen was?“ grinste der Patterer und lies ihn nicht aus den Augen.

Markes war außer sich vor Wut. Er merkte, wie er hochrot anlief.

„Sie mieses Schwein! Und was, wenn ich dem Herrn Danzig doch etwas zu erzählen habe? Was wenn er erfahren sollte, dass Herr Wamser Leute bezahlt, damit sie Spuren verwischen und Leichenobduktionen fälschen? Vielleicht sollten wir die Leiche wieder ausgraben und neu untersuchen lassen, aber nicht in Drauberg!“ spie er ihm ins Gesicht.

Das Grinsen vom Patterer erstarb. Er beugte sich nach vorn und stemmte seine Hände auf den Tisch.

„Das wirst du nicht wagen Junge!“

„Wir werden sehen, ob er meiner Info folgen wird! Es sei denn, ich muss vielleicht doch nicht ins Gefängnis?“ Markes hoffte der Patterer würde seinen Hink verstehen, doch im selben Moment kam der Danzig wieder in den Raum.

„Alles klar. Wo waren wir?“ fragte er in den Raum und setzte sich wieder auf den Stuhl.

Der Patterer überlegt kurz, es schien fast als könnte man seine Gedanken rattern hören.

Schließlich sagte er: „Ich glaube, das bringt nichts. Der Junge weiß nichts. Und Motiv hat er auch keines! Der Maier war bereits vor seiner Ankunft an einer Sache dran, da konnte der noch gar nichts wissen." Er deutete abfällig mit dem Kinn auf Markes. Welch' überzeugendes Argument er plötzlich aus dem Ärmel beutelte.

Der Danzig überlegte. „Hm", er war nicht gerade überzeugt. *Woher kam nur der Meinungsumschwung des Patterer*?

Markes war erleichtert, dass der Patterer plötzlich Partei für ihn ergriff. Vielleicht könnte er den Danzig davon abbringen sein Vorhaben umzusetzen. Der Patterer stupste den Danzig dann mit den Ellbogen an und fügte hinzu: „Und denk an den ganzen Papierkram, wenn wir ihn länger als 24h einbuchten wollen!"

Dem Danzig schien die Geste überhaupt nicht zu passen, allerdings schien der letzte Teil einleuchtend für ihn zu sein.

„Ok Verschwinde! Aber wenn ich auch nur einen Strafzettel mit Ihrem Namen finde, wird auch die Staatsanwaltschaft davon erfahren und Sie gehen so oder so wieder in den Knast!"

Markes fiel ein Stein von Herzen. Er atmete tief ein. „Sie werden zukünftig keine Schwierigkeiten mehr mit mir haben!“ bestätigte er und wollte dem Danzig die Hand reichen. Dieser nahm sie nur widerwillig an.

„Danke und auf Wiederschauen!“

Die Herren blieben in ihren Stühlen sitzen, während Markes sich beeilte aus dem Raum zu verschwinden, bevor sie es sich anders überlegen konnten. Beflügelt von neuer Energie, schwang er sich in sein Auto. Das Abenteuer konnte beginnen, aber zuerst hatte er einen wichtigen Anruf zu tätigen. Sein Mobiltelefon hatte hier wieder Empfang und er musste das nutzen, bevor er zurück in den Loimgraben fuhr um Margret zu holen. Er googelte auf seinem Handy einige Hotels und checkte seine Brieftasche. Ganze 80 EUR fand er darin. Zum Glück war er aber noch nicht dazu gekommen seine Kreditkarte zu löschen. Gepriesen sei der Herr! Mit dieser würde er eine Zeitlang auskommen, bevor die Bank merkte, dass sie nicht gedeckt war.

Er wählte eine Nummer und eine männliche Stimme hob ab: „Hotel Traube, wie kann ich ihnen helfen?“

„Ja ehm, hätten sie sehr kurzfristig heute bis Sonntag noch ein Doppelzimmer frei?“ fragte er.

„Da muss ich kurz nachsehen, aber im Moment sieht es ganz schlecht aus da wir eine Reisegruppe Wanderer hier haben.“ Er zögerte etwas und schien in seinem Computer etwas zu tippen. „Ah, nein, wie vermutet alles voll, ich kann nur zwei Einzelzimmer noch anbieten.“

Markes verzog das Gesicht, ts ein Einzelzimmer kommt gar nicht in Frage. „Ah, nein. Dann nicht.“

„Bedaure sehr. Vielleicht beim nächsten Mal“, sagte die Stimme noch bevor Markes auflegte.

Er versuchte es beim Weißen Rössel und hatte diesmal Glück. „Ja die Suite wäre noch frei. Bis Sonntag sagen Sie?“

„Ja genau. Wie viel kostet es?“ fragte Markes pseudohalber.

„Die Suite ist mit EUR 195 die Nacht. Eventuell haben wir auch noch ein Doppelzimmer im Erdgeschoss, aber da ist die Aussicht nicht so schön...“

Markes überlegte nicht lange: „Die Suite ist ok! Wir werden heute am frühen Nachmittag einchecken.“

„Sehr gerne Herr Kandler. Wir freuen uns. Bis später!“

Markes freute sich. Als er dann auf der Homepage von Drauberg durch die Sehenswürdigkeiten scrollte, fiel ihm ein weiteres Gebäude in den Blick. „Nur mal fragen. Fragen kostet nichts,“ sagte er sich und presste mit dem Finger auf den Telefonknopf, während er sich weiter einredete: „Es ist einfach nur Neugierde, es kann ja nicht schaden sich mal zu informieren..“

„Standesamt Drauberg, Frau Huttenberger Grüß Gott!“ sagte die freundliche Stimme.

Markes blieb der Atem für einen kurzen Moment weg. Was sollte er nun sagen? Hilfesuchend blickte er sich um. Vielleicht sollte er einfach wieder auflegen. Es war für einen kurzen Moment still.

„Hallo?“ meldete sich die Stimme erneut.

„Ja ehm.. tut mir leid, ich wollte mich nur erkundigen über die nächsten freien Termine bei Ihnen.. Ich und meine.. ehm Verlobte wollen bald heiraten, wissen Sie!“ stotterte er daher. Er war unglaublich nervös.

„Puh, die meisten Paare buchen die Wochenenden ja ein Jahr im Voraus. Wir hätten aber im Herbst noch etwas frei.. und Moment mal“, sie lachte, weil ihr gerade etwas sehr amüsant vorkam, „letzte Woche wurde ein Termin abgesagt, weil die Braut ihren Bräutigam wohl mit der Hochzeitsplanerin erwischt hatte.“ Die Dame am Telefon lachte herzhaft. Markes riss die Augen auf, was zur Hölle ist daran so komisch? Innerlich sah er eine etwas stärkere adrette Dame mit einem Knoten im Haar und Brille vor ihrem Computer sitzen.

„Wie auch immer, der Termin wäre morgen um 15:00 gewesen. Also für Kurzentschlossene“, sie lachte wieder und es war ihr anzumerken, dass sie scherzte. Markes ärgerte sich, dass sie mit so einem ernsten Thema so halbherzig umging. Was soll dieser absurde Vorschlag von morgen?

„Ehm, nein danke. Eher nicht. Dann im Herbst mal“, sagte er und war im Begriff aufzulegen.

„Wie Sie meinen, wir sind jedenfalls bis 16:00 da. Da ist die nächste Trauung“, sagte sie und es schien fast so als würde sie durchs Telefon zwinkern.

Markes legte auf. Ts, was für eine Träumerin.

Gerade als er den Zündschlüssel drehen wollte, da klopfte jemand an seine Scheibe und er erschrak heftig. Er war zu vertieft in seinen Anruf und hatte nicht auf die Straße geachtet und niemanden beobachtet, der seinem Auto näher kam. Verärgert über seinen Schreck kurbelte er die Scheibe einen Spalt nach unten. Es war der Danzig. Scheiße. Hatte er etwa gehört wie er telefoniert hatte? Wie lange steht er schon vor seinem Fenster?

„Herr Kandler. Sie noch hier?“

Markes nickte nur und grunzte unfreundlich.

„Herr Kandler, für den Fall, dass Sie nur unter 4 Augen mit mir reden wollen. Hier ist meine Karte.“ Er schob seine Karte durch den Spalt der Scheibe. Markes nahm sie. Was zum Geier will er?

„Danke“, sagte er nur.

„Wirklich nichts was Sie mir erzählen wollen?“ fragte er und blickte ihm tief in die Augen.

Markes hatte Angst, dass er etwas erkennen konnte. Ein Flackern, ein Blitzen, eine Verengung der Pupille. Irgendetwas das ihn verriet. Sollte er etwas sagen? Jetzt war die Gelegenheit. Er dachte an den Moment als er die Leiche entdeckte und voller Ekel daneben hin gekotzt hatte. Er konnte nichts sagen, ohne sich selbst zu belasten. Und das Bordell?

„Nein“, sagte er und hielt dem Blick stand.

Der Danzig nickte, zog seine Hand langsam zurück und begab sich ebenfalls zu seinem Auto. Markes kurbelte die Scheibe wieder hoch, betätigte nun endgültig den Zündschlüssel, ärgerte sich über seine missglückten Startversuche wegen der kaputten Benzinpumpe und machte sich schließlich auf den Weg, um Margret zu holen. Doch während er mit dem Ford kämpfte wer die bessere Ausdauer hat, hielt er in der Bewegung inne. Der Patterer war aus dem Revier gekommen und war wie selbstverständlich auf das gelbe Haus gegenüber zugegangen. Markes stockte und starrte gebannt durch die dreckige Windschutzscheibe. Mit großen Augen verfolgte er den Bullen, wie er die Tür aufschloss und hinein verschwand. Nun hatte er auch seine Antwort, wer in dem Haus wohnte, aus dem Katie beim letzten Mal zu so früher Stunde gekommen war. Wie durch ein Wunder sprang sein Auto im selben Moment an und er konnte seine Fahrt kopfschüttelnd aufnehmen.

Markes traf 10 Minuten nach 11 beim Forstwirt ein und fand Margret bereits vor, die auf der Bank vor dem Haus saß und auf ihn wartete. Sie schien sich in ihren Mantel gekuschelt zu haben und ihr Schal war bis zu den Wangen hochgezogen.

Markes sprang aus dem Auto um sie zu begrüßen. Er nahm ihr die Tasche ab, sie hatte wirklich nicht viel gepackt, es sah mehr wie einer große Einkaufstasche aus, und öffnete ihr die Beifahrertür.

„Tut mir leid, dass du warten musstest Margret. Bitte entschuldige auch mein Chaos im Auto“. Er wischte unbeholfen den Sitz mit dem Ärmel sauber und strich über die Armatur um ihn vom Staub zu befreien.

„Macht nichts“, sagte sie, klang aber etwas sauer.

„Hast du alles Wichtige mit? Papiere, Ausweis etc?“

„Ja“, antwortete sie knapp, „Aber wozu?“

Er schwieg. Als er sie darum gebeten hatte entsprechende Papiere mitzunehmen, hatte er von einer Überraschung gesprochen. Er war fest entschlossen mit ihr abzuhauen und dazu würde er sie in der teuersten Hotelsuite überzeugen, die es in Drauberg gab. „Also wohin geht's?“ fragte sie schließlich.

„Für's erste ins Hotel Weißes Rössel“, sagte er. Er hoffte sie würde dies gut empfinden, immerhin kannte er das Hotel nicht. Ihre Stimmung schien sich tatsächlich aufzuhellen.

Während der Fahrt klärte sie ihn über das Hotel auf, welche Cocktails man dort bekam, wie die Sauna war und der Wellness Bereich. All das hatte Markes gar nicht interessiert, aber er freute sich, dass Margret sich freute und so verging die Fahrt recht schnell. Bevor sie eincheckten, nahmen sie noch einen kleinen Imbiss ein und machten sich dann auf den Weg zur Rezeption.

Sie spazierten durchs Hotel, um sich den Garten mit dem Springbrunnen anzusehen, den beheizten Freiluftpool und den Wintergarten der mit unterschiedlichsten Rosen bestückt war. Das Rosenzimmer. Nachdem sie in der Bibliothek geschmökert hatten, genehmigten sie sich einen Cocktail in der 1000 und eine Nacht-Bar. Markes fand ihre Anwesenheit sehr angenehm. Sie war still, aber immer freundlich und sie zog sämtliche Blicke auf sich, als sie durch die Hotelhallen schritt. Oder besser gesagt schwebte.

Schließlich wollten sie ihre Zimmer besichtigen. Markes war etwas mulmig zumute und seine Handflächen begannen zu schwitzen. Die Suite war großzügig und hatte einen Balkon dabei. Es sah ein bisschen wie in Versailles aus und war im Renaissance Stil eingerichtet.

Margret wollte sich fürs Abendessen etwas schick machen und begab sich ins Bad. Inzwischen setzte Markes sich einige Zeit lang in den großen Diwan und blickte ins Leere. Es war soweit. Er hatte sie dazu gebracht mit ihm mitzugehen und er war irgendwie glücklich. Gedankenverloren wanderte er im Zimmer umher, es ließ ihm keine Ruhe, dass sie nun zu zweit in einer Hotelsuite waren.

Aufgeregt betrachtete er die geschlossene Badezimmertüre. Dahinter hörte er das Brausen der Dusche. Die Tür war nicht abgeschlossen, er hatte extra auf das

Klacksen eines Schlosses oder Schlüssels geachtet. Er wusste, dass sie da drinnen nur wenige Meter von ihm entfernt nackt unter der Dusche stand. Er war nur durch diese dünne Milchglastür von ihr getrennt. Das Wasser rauschte als wäre die Tür aus Luft. Markes fing plötzlich an zu zweifeln. Konnte er wirklich einhalten was er ihr versprochen hatte? Würde er tatsächlich mit ihr diese Nacht das Zimmer teilen können, ohne dass er ihr an die Wäsche ging. Markes atmete tief durch und schloss die Augen. Er musste sich konzentrieren und an etwas anderes denken, aber das Bild einer nackten Margret unter der Dusche wollte nicht aus seinen Gedanken verschwinden. Er hob langsam die Hand und fuhr Richtung Türschnalle. Sollte er es wagen sie zu öffnen? Wenn er diese Tür öffnete musste er auch hindurch gehen und dann wäre sein Versprechen beim Teufel, das wusste er. Wie nur konnte er sich auf diesen Blödsinn einlassen? Zuerst heiraten und dann Sex? Wer zum Teufel hatte das erfunden und wie war er auf diese blödsinnige Idee gekommen? Markes lauschte. Es war still geworden im Bad. Sie musste das Wasser abgedreht haben. Seine Hand lag nun auf der Türschnalle, bereit sie zu drücken. Noch zögerte er und wartete auf ein Wunder.

Stattdessen wurde sie von innen geöffnet und Markes zog ruckartig seine Hand zurück. Er erschrak gleichermaßen wie Margret, die ihn nicht so nah vor der Tür erwartet hatte. Sie hatte sich ein Handtuch umgebunden, das nur durch ihre Brüste gehalten wurde. Ihre nassen Haare klebten auf ihrer Haut, sie sah aus wie eine Meerjungfrau, die gerade einer Venusmuschel entstiegen war. An ihrem Nacken bahnten sich einige Tropfen den Weg nach unten und Markes beobachtete wie sie eine Spur zogen, zuerst ihre Schulter erreichten, dann weiter nach unten über die Wölbung ihrer Brust floss bis das Handtuch sie aufsaugte. Fast hätte er zu sabbern begonnen, aber die plötzliche Überraschung schien ihn wohl kurz zur Vernunft bringen.

„Ich..", begannen beide, doch Markes hätte den Satz nicht beenden können und lies ihr den Vortritt. „Ich benötige noch ein paar Minuten", sagte sie und ihre Wangen röteten sich, da er sie so anstarrte. *„Ich mache ihr Angst"*, dachte Markes.

Er riss sich aus seiner Erstarrung und sagte: „Ich werde noch eine rauchen gehen und dann in der Bar auf dich warten. Lass dir Zeit." Seine Handflächen schwitzten. Sie sah ihn verlegen und etwas misstrauisch an. Natürlich musste sie bemerkt haben, dass er schon länger hinter der Türe stand. Sie schlängelte sich an ihm vorbei und für den Hauch einer Sekunde konnte er den Duft ihres Shampoos erhaschen. Langsam wandte er sich zur Tür, öffnete sie und als er sie in Zeitlupe hinter sich schloss, konnte er für eine Sekunde noch sehen wie sie sich dem Bett zuwandte, das Handtuch fallen ließ und einen Blick auf ihren perfekten Körper preisgab. Sie hatte damit gerechnet, dass er bereits gegangen war.

Mit einem Klacksen fiel die Tür ins Schloss. Das hielt er niemals aus mit ihr im Zimmer. Bevor er in die Bar ging, musste er erst seinen Steifen wieder loswerden. Aber den würde er wahrscheinlich die ganze Nacht nicht mehr los.

Markes genoss seine Zigarette und zwang sich an die Forstarbeit, seinen Bewährungshelfer oder seine Knastkumpel zu denken. Das schien für eine Weile zu wirken und er beschloss in die Bar zu gehen und einen Martini zu bestellen. Sein Bondgirl würde noch eine Weile brauchen. Aus einem Martini wurden zwei und dann erschien seine Muse. Sie hatte ein dunkelblaues Neckholder-Kleid an, darüber einen Pashmina-Schal der ihre Schultern bedeckte.

Sie hatte ihre Augen schwarz umrandet und ihre Lippen mit einem Rose-Lippenstift untermalt. Markes stand vom Barhocker auf und konnte den Blick nicht abwenden. Er kam sich dumm vor mit seiner Jeans und dem Poloshirt. Etwas Eleganteres hatte er nicht zu bieten.

„Wollen wir zu Tisch gehen?“ fragte er und bot ihr seinen Arm an. Er schlüpfte in die Rolle des Gentleman. Rollenspiele gefielen ihm.

Sie hängte sich bei ihm ein und sie verließen die Bar ins Restaurant. Dort empfing sie der Kellner und reichte ihnen die Karte. Während er Empfehlungen aussprach, zündete er die Kerze zwischen ihnen an. Markes dachte daran sich zuzusaufen, so nervös war er. Eine Frau machte ihn normal geil aber nicht nervös. Er hielt es für ein gutes Zeichen. Sie studierte die Karte und entschied sich dann für den Garnelensalat und Tomaten-Risotto.

Den restlichen Abend führten sie banale Gespräche und Margret wurde immer gesprächiger je mehr Wein sie trank. Fasziniert bemerkte er eine Veränderung an ihr. Sie führte ihr Glas bewusst an ihre Lippen, sog daran. Ihre dunkel umrahmten Augen ließen sie älter wirken und nicht mehr so bäuerlich. Es gefiel ihm aber, dass sie nicht mehr nur das schüchterne Landei war.

„Also wie ist das jetzt mit deinen Schwestern? Haben sie einen Freund?" Auch wenn ihr Gespräch nur aus Banalitäten bestanden hatte, wollte er nun doch etwas mehr über das Leben im Hause Wamser erfahren.

Margret lachte.

„Wieso interessiert dich das? Gefallen sie dir?"

Markes schwenkte sofort um.

„Die Einzige die mir gefällt bist du Margret. Das weißt du doch oder?"

Sie lächelte entzückt und legte ihren Finger zwischen ihre Lippen als würde sie daran saugen wollen, eine Geste die zwar Unsicherheit ausdrücken sollte, aber das genaue Gegenteil bewirkte. Dennoch war er neugierig.

„Es ist nur. Letztens habe ich Fanni im Knast erwischt. Nicht dass ein Freund sie auf die schlechte Bahn bringt." Er fand es klang einleuchtend, warum er danach gefragt hatte.

Margret schien nicht überrascht zu sein.

„Du weißt doch, wie die Jungen heutzutage sind, sie müssen alles ausprobieren. Aber Fanni hat sicher keinen festen Freund, wenn du das meinst. Keine von uns.“ Wieder ein schüchterner Blick in die Ferne, als würde sie träumen.

„Ok. Und was hat es mit Onkel Patti auf sich?“

Als ihr Blick ihn wieder traf, schien sie leicht gelangweilt von dem Gespräch.

„Was soll sein. Ist ein Patenonkel von Fanni.“

„Und wie ist die Beziehung von Katie zu ihm?“

Nun schien sie misstrauisch zu werden.

„Wie meinst du das?“ fragte sie nun etwas verwirrt und ihr Blick wurde bohrend.

Er wusste nicht, ob er ihr berichten sollte was er beobachtet hatte. Allerdings sollte er doch ehrlich zu seiner zukünftigen Braut sein oder? Also schilderte er ihr kurz wie er Katie aus dem Haus vom Patterer kommen gesehen hatte.

„Ach das. Ja sie putzt hin und wieder für ihn. Dafür drückt er öfter mal ein Auge zu.“ Damit war ihre Unterhaltung beendet, er wollte nicht, dass sie schlechte Stimmung bekam. Allerdings wusste er auch nicht so recht was er von ihrer Erklärung halten sollte. Putzen? In dem Aufzug? Nach allem was er nun über diese Frauen wusste, war das wohl wieder einmal die banalste Erklärung. Aber ein Markes Kandler aus Linz schluckt doch auch diese Lüge oder?

Als sie schließlich aufs Zimmer gingen, war es bereits Zeit schlafen zu gehen. Aber wie sollte er den Abend mit dieser Frau in ein und demselben Zimmer verbringen, ohne sie zu berühren? Er dachte an die zwei Einzelzimmer im Gasthof Traube. Wieso hatte er es so selbstsicher abgelehnt? Das war Quälerei.

Als er die Zimmertüre hinter ihr schloss, konnte er nicht drum rum, sie zu sich zu drehen und zu küssen. Er war bereit seine Vorwände zu vergessen, er hatte lange genug gewartet. Und er hatte sich ja doch wirklich bemüht. Er stemmte beide Hände gegen die Wand und wurde forscher indem er mit seinem Körper gegen ihren presste. Doch nun war sie es die Einhalt gebot, Margret stieß ihn leicht weg von sich. „Wir wollen es doch langsam angehen oder?"

War das ihr Ernst? Die letzten Abende wollte sie unbedingt, dass er bei ihr im Zimmer blieb und es war offensichtlich, dass es nicht nur zum Anschauen war. Und nun war sie es die abblockte. War das ein Spiel von ihr? Markes konnte sich kaum zusammenreißen.

„Natürlich", sagte er nur. Sie wandte sich unter ihm durch und ging zum Bett um sich umzuziehen.

„Wärst du so nett?" fragte sie und deutete auf ihr Nachthemd. Mehr als das Negligee hatte sie wohl nicht in die Handtasche gepackt.

Markes wurde wahnsinnig. Natürlich wollte sie sich nicht vor seinen Augen umziehen. Also ging er zum Fenster, damit er mit dem Rücken zu ihr stand. Dummerweise spiegelte sie sich aber im Fensterglas und Markes konnte jede einzelne Bewegung erkennen. Wie sie ihren Knoten des Kleides am Nacken löste, wie das Kleid zu Boden fiel, ihr runder Po zum Vorschein kam, ihren Haarknoten löste und ihre Haare über ihren Rücken fielen. Dann wie sie das leichte glänzende Negligee über ihren Körper zog.

Markes Glied wurde steif und er kam sich nun erst recht als Lustmolch vor. Alle hatten Recht. Er war einer! Er konnte einfach keiner Frau widerstehen! Er konnte nicht mal sein Versprechen halten. Was hatte er sich nur dabei gedacht? Sein Glied schmerzte schon seit dem Moment, als er sie abgeholt hatte und sehnte sich nach Erlösung. Normalerweise half es an schlechte Dinge in seinem Leben zu denken, aber diesmal liefen alle Gedanken wieder auf ihren Körper hinaus.

Sie verschwand kurz im Bad und Markes nutzte die Gelegenheit, dass er sich ebenfalls seiner Hose entledigte und es sich auf der Couch gemütlich machte. Er konnte unmöglich mit ihr in einem Bett schlafen, wenn er sie nicht berühren wollte. Er hatte Angst, dass er sie dann vergewaltigen würde. Sie kam aus dem Bad und schlüpfte ins Bett.

„Gute Nacht meine Liebe“, sagte er und träumte von ihr.

„Gute Nacht Liebster“, sagte sie sanft und seufzte zufrieden.

Markes konnte in dieser Nacht kein Auge zu tun. Nicht mit dem Wissen, dass sie nur wenige Meter von ihm entfernt schlief und halbnackt war. Was für ein Idiot war er? Er verfluchte sich zum 100sten Mal, dass er auf so eine bescheuerte Idee kam, wie, zuerst heiraten und dann Sex haben zu wollen.

Markes hielt es nicht mehr länger aus. Er schlich zu ihr ans Bett, rüttelte sie sanft damit sie aufwachte.

„Margret wach auf!“ sagte er leise.

Margret schien aus einem tiefen Schlaf zu erwachen. Sie blickte ihn verwirrt an.

„Margret wir heiraten morgen! OK?“ sagte er nur.

Er musste sie endlich heiraten, damit dieser Spuk ein Ende hat. Entweder heiraten oder zurückbringen und nie wieder kommen. Sie blickte ihn weiterhin verwirrt an, wahrscheinlich weil sie glaubte sie träumte.

„Morgen um 15:00 wird geheiratet und dann gehörst du mir!“ sagte er und stand auf um zur Couch zurück zugehen.

Es musste sein. Wenn sie seine Frau war, hätte er das Versprechen eingelöst und er konnte endlich seinen Schmerz erlösen. Markes lag die restliche Nacht wach und malte sich aus, auf wie viele verschiedenen Arten er sie nehmen würde. Als erstes würde er sie auf jeden

Fall am Hinterkopf packen und über den Tisch beugen. Markes gefiel der Gedanke. Er war heilfroh, als die Nacht vorüber war und der Tag begann.

Er duschte ausgiebig und bemerkte danach, dass Margret nun ebenfalls wach war.

„Guten Morgen meine Liebe!“ sagte er neu beflügelt, „Hör zu, das hier ist meine Kreditkarte. Ich gebe sie dir für heute ok? Geh zum Friseur, Maniküre, Schuhe und Kleid kaufen! Wir machen einfach etwas Verrücktes!“

Er streckte ihr mit zwei Fingern die Kreditkarte entgegen.

„Ich dachte ich hätte geträumt, aber du meinst das ernst oder?“ fragte sie und setzte sich im Bett auf.

„Und wie ernst!“ sagte er. Sein Zustand war mehr als ernst, dachte er nur.

Margret sah ihn ungläubig an und überlegte was sie jetzt tun sollte. Sie drehte an ihrem kleinen rosa Ring. Wie weit soll sie gehen? Ihre Haare sahen süß zerzaust aus zu ihrem überlegenden Gesicht. Sie nahm die Kreditkarte.

„Braves Mädchen“, sagte er, „Ich warte im Frühstücksraum.“

Das Frühstück war recht schnell erledigt, danach verabschiedeten sie sich für den Vormittag. Es war geplant sich nach den Erledigungen beim Mittagessen wieder zu treffen und dann im Zimmer fertig zu machen.

Den restlichen Tag erlebte Markes wie in Trance. Im Nachhinein konnte er sich gar nicht erinnern was er alles gemacht hatte und wie er den Vormittag verbracht hatte. Er wusste nur, dass er noch einmal beim Standesamt war um den Termin zu bestätigen. Danach hatte er irgendwie einen passenden Anzug gefunden und war in eine Kneipe gegangen. Das Mittagessen mit Margret erlebte er, als wäre er ferngesteuert mit dem einzigen Gedanken an den großen Moment, der eigentlich keiner war. Es gab kein Fest, keine Gäste und kein Geschwafel von ewiger Treue eines Pfarrers. Eigentlich wurde nur ein Gesetzestext verlesen, unter dem unterschrieben wurde.

Markes wartete vor dem Standesamt, da Margret sich ins Hotel zurückzog sich umzuziehen. Einige Zigaretten später und mit zittrigen Händen hatte er kurz überlegt abzuhauen. Er würde nun doch den Panama Flug nehmen, aber nicht aus Angst vor dem Wamser, sondern wegen seiner Tochter. Er war gerade im Moment die Zigarette auszudrücken und das Weite zu suchen, als sie plötzlich erschien. Sie hatte ihren Mantel zwar an, aber er konnte erkennen, dass sie ein Kleid trug, weiße Schuhe und hochgesteckte Haare. Sie hatte nicht gekniffen, also würde er es auch nicht tun.

Die Sache beim Standesamt war schnell erledigt, Ausweis, Dokumente, blabla und Unterschrift. Danach ein Kuss. Das Kleid registrierte er erst, als sie sich wieder die Jacke anzog. Es war ein weißes luftiges Kleidchen, schön eng an der Taille und ober der Brust verlief der Stoff in Spitzen weiter bis zum Hals. Ärmel hatte es keine. Eine große Schleife war um ihr Haar gebunden und Blümchen waren darin gesteckt. Sie sah nun wirklich aus wie ein Engel.

„Gratuliere, Sie sind nun rechtmäßige Eheleute, Herr und Frau Kandler!“ verkündete die Standesbeamtin, „Die Unterlagen werden Ihnen noch zugeschickt, nachdem sie offiziell verzeichnet wurden.“ Markes hatte die Adresse seines Bewährungshelfers angegeben, die einzig beständige Adresse, die wahrscheinlich noch in den nächsten 20 Jahren existieren wird.

Erst als Markes aus dem Standesamt trat, wurde ihm bewusst, dass er soeben geheiratet hatte. Es hatte sich ja grundsätzlich nichts verändert, außer dass sie ein Blatt Papier unterschrieben haben. Der Weg ins Hotel war seltsam still. Keiner der beiden sprach. Markes und Margret betraten ihr Zimmer und schlossen die Tür hinter sich. Sie standen sich im Vorraum gegenüber. Für den Bruchteil einer Sekunde sahen sie sich nur in die Augen und plötzlich fielen sie wie wilde Tiere übereinander her. Markes presste sie gegen die Wand, Margret zerrte an seinem Hemd während sie sich leidenschaftlich küssten, beziehungsweise sah es so aus, als würden sie sich gegenseitig auffressen wollen. Endlich. Markes konnte endlich seiner Lust freien Lauf lassen.

Kurz dachte er daran, dass er aufpassen müsste, denn sie war ja vielleicht noch Jungfrau. Er hatte keine Ahnung wie er mit Jungfrauen umgehen sollte. Schließlich hatte er noch keine. Aber Margret schien gar nicht daran zu denken, einen Gang herunterzuschalten. Sie hatte ihm das Hemd ausgezogen und zerrte nun an dem Reisverschluss seiner Hose. Markes indes zog an ihrem Reisverschluss am Rücken und das Kleid fiel vornüber zu Boden. Sie hatte nun weiße Spitzenunterwäsche an. *Wie viel Geld hat sie ausgegeben?* dachte Markes. Er durfte nicht vergessen seine Kreditkarte zu checken.

Er konzentrierte sich wieder auf die Venus vor ihm. Heroisch wollte er sie ins Bett tragen, durch ihre Wildheit fielen sie aber hin und landeten beide am Flurboden. Es war ihnen egal, sie machten weiter als ob die Welt unterging. Es war keine Zeit die Hose ganz abzustreifen, er konnte sich nicht mehr zurückhalten und fuhr in sie ein.

Sie grunzte und stöhnte und Markes der anfangs aus Rücksicht nicht zu hart zustoßen wollte, fing immer stärker und härter an in sie einzudringen. Nachdem er merkte, dass sie es wollte und gerade zu herausforderte, ließ er seinem Drang freien Lauf. Sie krallte sich in seinen Rücken, wölbte sich ihm entgegen und schrie auf als sie zum Höhepunkt kamen.

Markes brach erschöpft auf ihr zusammen. Für eine Weile lagen sie reglos im Flur, außer Atem. Sie war der reine Wahnsinn. Er war sich nicht sicher, aber falls sie eine Jungfrau war, war sie ein Naturtalent.

In dieser Nacht nahm er sie noch ein paar Mal. Es gab wohl keinen Fleck in der Suite, der nicht benutzt wurde.

Selbst unter der Dusche. Ausgelaugt aber glücklich wachte Markes bei Morgengrauen schließlich auf. Margret schien bereits aufgestanden zu sein, denn er vermisste ihre Wärme neben sich. Sie war eine Wahnsinnsfrau. Seine Frau. Er musste sich die Worte auf der Zunge zergehen lassen. Ein Zettel lag auf seinem Nachtkästchen, dass sie bereits frühstücken war, damit sie neue Kräfte sammeln konnte. Darunter ein Smiley.

Markes streckte sich und konnte sich ein Grinsen nicht verbergen. Sein Schwanz brannte etwas von der Reibung, die er diese Nacht durchmachen musste, aber es war ein angenehmer Schmerz.

Nach dem Frühstück, beschlossen sie ein bisschen Wellness zu machen und den zukünftigen Plan zu besprechen. Sie waren die einzigen Gäste, die im Whirlpool badeten.

„Hör zu Markes. Meine Schwestern decken mich. Mein Vater denkt, dass ich mit einer Freundin unterwegs bin am Wochenende und falls jemand nach dir fragt, bist du übers Wochenende heim nach Linz gefahren. Wir können also ohne Bedenken wieder zurück fahren", sagte sie dann und tauchte ihren Hinterkopf ins warme Wasser ein, sodass sie wie eine Venus nach hinten geglättet wurden.

„Zurück? Aber wieso denn? Ich dachte wir würden abhauen!" warf Markes überrascht ein.

Margret verzog ihre Lippen. „Ja ich weiß, aber ich kann nicht einfach so weg. Ich habe ja noch meine Schwestern. Ich kann sie nicht im Stich lassen. Und was wird aus dem Betrieb?“

Markes dachte, er hört nicht recht. Sie hatten es doch vor ihrer Heirat beschlossen oder? Er war etwas irritiert. Wieso wollte sie überhaupt zurück zu diesem Tyrann von Vater?

„Ja aber wenn dein Vater etwas erfährt? Du weißt doch was ich dir erzählt habe über den Sonderermittler?“ erinnerte er sie.

„Naja, das glaube ich jetzt nicht so wirklich..“, sagte sie dann, „also wenn, dann schickt er sicher Sepp für die Drecksarbeit.“

Markes Herz setzte für einen Moment aus. Hatte sie eben zugegeben, dass Sepp Morde für ihren Vater begeht? Heißt das, sie wusste davon und es war für sie in Ordnung? Himmel, wo hatte er sich da eingeheiratet?

„Ist das dein ernst? Schockiert es dich gar nicht?“ fragte er dann überrascht.

„Naja was muss er auch seine Nase in unsere Angelegenheiten stecken? Immerhin tun wir ja niemanden weh oder?“

Markes irritierte, dass Margret in der „wir“-Form sprach und dass sie so kühl über diese Sachen reden konnte. Sie war abgebrühter als er ihr zugetraut hatte. Er musste zugeben, dass er sich in einigen Dingen in ihr getäuscht hatte. Dass er sie nicht gut kannte, wusste er im Vorhinein, aber dass sie plötzlich seit gestern Selbstbewusstsein erlangt hatte, war ihm irgendwie entgangen. Vielleicht hatte sie dieses mit seiner Kreditkarte gekauft oder weiß Gott wo sie es plötzlich her hatte.

Er musste zugeben, es störte ihn keineswegs, dass sie gestern Nacht genau wusste, was sie tat. Sie hatte ihn mehrmals hingehalten und ihn zur Weißglut getrieben, aber sie war keineswegs schüchtern dabei. Markes wusste nicht wieso, aber Unbehagen breitete sich in seiner Magengegend aus. War sie das Mädchen, das sie vorgab zu sein?

Markes stieg aus dem Whirlpool und trocknete sich ab. Er musste nachdenken und etwas allein sein. Gedankenverloren rubbelte er sich die Haare und begab sich zur Liege. Es war bereits Nachmittag. Margret gönnte sich noch eine Massage, natürlich auf seine Kreditkarte und Markes konnte indes etwas dösen. Er genoss die Stille um sich, um nachzudenken, er respektierte ihre Entscheidung auch wenn er sie nicht nachvollziehen konnte. Sie wollte also zurück. Aber er hatte einfach nicht vor, weiter dort unter der Fuchtel ihres Vaters zu arbeiten. Zum Glück würde er morgen in der Säge arbeiten und so den Blicken des alten Wamsers entgehen. Wie lange wollte sie dann noch bleiben?

Markes beschloss fürs Erste nachzugeben und zu sehen was sie vorhatte. Er konnte sich beim besten Willen nicht erklären, warum sie so an dem Gasthaus hing.

Gegen Nachmittag fuhren sie zurück in den Graben und gerade als sie dorthin einbogen, schien die Sonne hinter eine Wolke zu verschwinden und es war, als ob sich eine Finsternis über sie legte.

Markes musste an so manchen Horrorfilm denken, wenn er in dieses Tal einbog. Noch im Auto verabschiedeten sie sich und verabredeten sich für morgen Abend. Er nahm sich fest vor, mit ihr Klartext zu reden. Er wollte ihr eine Frist geben, bis zu der sie sich verabschieden und gewisse Dinge klären sollte. Bis dahin würde er eben den Schein wahren und durchhalten. Immerhin konnte sie ihn nun in seinem Zimmer besuchen ohne schlechtes Gewissen. Doch wie immer, kam alles anders.

Kapitel 11: Das Spiel der 4 Nymphen

Wie immer, wenn Markes eine unsägliche Dummheit beging, hatte es mit Frauen zu tun. Und immer, wenn er mit Frauen zu tun hatte, beging er eine unsägliche Dummheit. Es war wie ein Fluch der sich auf ihn gelegt hatte und dem er nicht zu entkommen schien. Immer dieselbe Geschichte. Wie Sisyphos. Frauen, Dummheit, Knast. Wie ein Blitz fuhr Markes ein stechender Schmerz in seine Schläfen, den er immer dann fühlte, wenn er die Dummheit bereits begangen hatte, gerade so, als wollte die Realität auf sich aufmerksam machen und ihn wieder zur Vernunft bringen. Meistens war es dann schon zu spät.

Er musste an seine erste Affäre denken, die ihm seine Zukunft vermiest hatte. Es war die Aushilfslehrerin in der Abschlussklasse. Sie war hübsch, jung und streng, doch so reizvoll es auch war sie in der Turnhalle zu vögeln, so gefährlich war es auch. Das merkte er erst dann als sie in flagranti erwischt und umgehend von der Schule verwiesen wurden. Das war der Grund, warum er nie ein Abi gemacht hatte. Dann begann er eine Lehre als Zahntechniker. Er dachte, er wäre vielleicht handwerklich begabt, dabei war er handgreiflich begabt. Das testete er an einer Kundin die zufällig die Frau des Bürgermeisters war. Er konnte seine Sache nicht einmal beenden, als ihm schon alles um die Ohren flog. Später dann hatte er es mit ein paar Jobs versucht, aber einmal hatte er eine Affäre mit der Frau des Chefs, ein anderes Mal mit der Tochter des Chefs. Beide Male musste er umgehend das Weite suchen. Jedes Mal hatte er geglaubt, seine Angebetete wäre etwas ganz besonderes und Liebe kann einfach nicht falsch sein. Weit gefehlt. Wo waren wir? Aja, diesmal war es die Tochter eines Psychopathen, die ihm den Strick drehte. Gut gemacht Markes.

Während Margret in ihr Zimmer ging um etwas Schlaf nachzuholen, beschloss Markes noch im Gastraum etwas zu essen. Es war zwar kurz vor 5, vor 6 wurde nicht geöffnet, aber er konnte sein Glück ja trotzdem versuchen.

Als er den Gastraum betrat war er leer und er befürchtete, dass auch die Mädchen noch Zimmerstunde machten. Er blickte in den zweiten Gastraum und auch dieser war verlassen. Am Ende konnte er die Türe in die Küche erkennen, die einen Spaltbreit offen war und hörte Stimmen daraus. Er schritt durch den Raum und konnte bereits einige Wortfetzen erhaschen, als er die Tür öffnete. „ Wie konnte sie das machen?“ „Das ist doch nicht ihr Ernst!“ „Diesmal ist sie zu weit gegangen!“ Alle drei Schwestern standen im Kreis und redeten aufgeregt aufeinander ein. Als die Tür öffnete, knarrte sie verräterisch und kündigte seine Anwesenheit an.

Alle drei blickten ihn an, als könnten sie ihn mit bloßen Blicken töten.

Christie hatte die Arme verschränkt und sah fuchsteufelswild aus. Sie löste sich von ihren Schwestern und drängte sich neben ihm an der Tür vorbei.

„Gratuliere, Margret hat gewonnen! Dass sie soweit gehen würde, hätte ich mir nie gedacht!“ sagte sie nur.

„Genug!“ herrschte Katie sie an.

Christie sah sie missbilligend an und verlies in schnellen Schritten den Raum.

„Was ist los?“ fragte Markes scheinheilig.

Sie konnten doch unmöglich schon wissen was gestern passiert war. Katie blickte ihn wütend an, überdrehte die Augen und verließ ebenfalls den Raum, ohne ein Wort zu ihm zu sagen.

Fanni tat so, als bemerkte sie ihn gar nicht und machte sich daran Kaffee aufzustellen und das Mis-en-place für den Abend herzurichten.

„Alles Ok?“ fragte er nur. Fanni ließ sich nicht beirren und nickte nur ohne ihn anzusehen.

Markes ließ sie in Ruhe und verließ den Gastraum. Mit dieser Stimmung wollte er nicht nach etwas Essbaren fragen. Sie wirkten ziemlich aufgebracht und anscheinend hatte es mit ihm zu tun. Er konnte sich nur erklären, dass sie wütend auf Margret waren, weil sie ihnen vorab nichts gesagt hatte von ihren Plänen. Margret verließ sich aber anscheinend auf sie, dass sie ihrem

Vater nichts weitererzählen würden. Aber was sollte die Bemerkung von Christie vorhin?

Gedankenverloren ging er auf sein Zimmer. Er war ein verheirateter Mann. Kaum zu glauben. Er ordnete seine Sachen wieder in den Kasten ein und leerte seine Reisetasche, die er abends zuvor recht unordentlich vollgestopft hatte. Den Anzug hängte er behutsam in den Kasten. Dieser musste aber unbedingt gewaschen werden, auf der dunklen Hose konnte man die Spermaspuren noch deutlich erkennen.

Da es ihm noch zu früh war, um schlafen zu gehen, beschloss er nach Sperrstunde noch einmal nach unten zu gehen um ein Gute-Nacht-Bier zu trinken.

Er freute sich sehr, als er Peter und Franz bereits an ihren gewohnten Platz entdeckte. Sie unterhielten sich angeregt mit Karl und Hias. Sichtlich erfreut grüßten sie ihn und machten Platz für ihn. Fanni bog mit einem vollen Tablett in den Raum ein und stellte Gläser und Getränke ab. An seinen Platz kam sie nicht. Sie fragte auch nicht, ob er etwas trinken wollte und ignorierte ihn bewusst. Markes war etwas gekränkt und verlegen. Nun war er sich sicher, dass sie alles wusste. Margret musste bereits mit ihren Schwestern telefoniert haben. Er hatte sie nicht gefragt, aber vielleicht bildete er sich alles nur ein und Fanni hatte einfach viel zu tun. Der Gastraum war voll.

Erst als Franz noch ein Bier bestellte, konnte er bei Fanni ebenfalls eine Bierbestellung anbringen. Sie lächelte nicht wie sonst und sah ihm nicht in die Augen. Markes kam es mehr als seltsam vor, warum sie so beleidigt reagierte, aber die anderen schienen nichts zu bemerken.

„Du hast dich also entschieden“, sagte sie nur und kritzelte etwas auf ihren Block.

„Ja ein Bier bitte“, sagte er trocken. *Was soll die Frage*?

„Das meinte ich nicht!“ erwiderte sie, sah ihm in die Augen und steckte den Block in ihre Serviertasche. Ohne seine Antwort abzuwarten, kehrte sie ihm den Rücken und verließ den Gastraum in Richtung Küche.

Noch während sich Markes Gedanken darüber machte, schien Peter sofort zu wissen wovon sie eigentlich geredet hatte.

„Alles klar. Wer ist sie?“ fragte er neugierig.

Markes ging ein Licht auf. Katie hatte ihm im Keller erklärt, er müsste sich für eine entscheiden, denn wechseln war nicht gern gesehen. Markus musste lachen.

Die Männer sahen nun neugierig auf ihn, „wer ist es?“ hakte Franz nach.

„Leute, darüber reden wir doch nicht. Inoffizielle Regel oder?“ grinste Markes. Es amüsierte ihn wirklich, mit seinen Freunden diese Art von Gespräch zu führen.

Peter und Franz klopften ihn anerkennend auf die Schulter!

„Ich tippe auf Christie!“ grölte Franz.

Markes schüttelte den Kopf. „Nep“.

„Dann ist es Katie!“ rief Peter aus. Er hoffte insgeheim sicher, dass es nicht Fanni war. Immerhin hatte er so etwas wie einen Sonderstatus bei ihr.

Markes schüttelte erneut den Kopf.

„Fanni?“ fragte Hias dann, klang aber wenig überzeugt und wäre auch überrascht, wenn es so wäre.

„Auch kalt“, sagte Markes und gab die Richtung mittels dem Kalt-Warm-Spiel vor.

„Margret?“ fragten alle 4 wie aus einem Mund.

Franz und Peter freuten sich, dass sie nun doch die Richtige erraten hatten nach dem Ausschlussprinzip und machten Späße darüber, warum sie nicht gleich darauf gekommen wären. Keiner der Männer schien überrascht zu sein oder ihm nicht glauben zu wollen. Markes war plötzlich zutiefst misstrauisch. Was hat das zu bedeuten?

„Du alter Fuchs“, sagte Franz und klopfte ihm erneut auf die Schulter, „Margret hätt ich dir nicht zugetraut. Margret hat einen Sonderstatus.“

„Ja, bis ihr Vater sie bald enterben wird, wenn er erfährt was sie getan hat." Er verbiss sich seine Worte und nickte stattdessen nur, erwiderte nichts damit die anderen merkten, dass er nicht mehr länger darüber reden wollte. Warum sollte er alles ausplaudern? Ihm erzählten sie ja auch nichts. Nach ein paar Schluck Bier wurde ein anderes Thema gefunden, aber Markes blieb den restlichen Abend irritiert. In ihm wuchs immer mehr das Gefühl, dass Margret nicht die ganze Wahrheit über sich erzählt hatte. Sonderstatus. Naja, damit konnte ihre Rebellion gemeint sein. Oder etwas anderes... Er musste unbedingt mit ihr darüber reden. Sie musste ehrlich zu ihm sein. Irgendetwas stimmte nicht an der Geschichte. Ja es stank sogar gewaltig.

Mit einem plötzlichen Unbehagen verabschiedete er sich für den Abend, nichts ahnend, dass er einige von den Männern sobald nicht mehr sehen würde.

Als er im ersten Stock war, klopfte er noch leise an Margrets Tür. Es war kein Licht unter der Tür erkennbar und kein Geräusch. Sie musste bereits schlafen.

Markes wollte nicht eingestehen, was das Offensichtliche war. Er schüttelte den Gedanken ab. Nein. Schluss jetzt. Du wirst sie morgen zur Rede stellen. Es war besser jetzt schlafen zu gehen. Auf die Arbeit morgen hatte er jedenfalls keinen Bock. Vielleicht sollte er doch keine Zeit verlieren, Margret morgen früh packen und mit ihr verschwinden. Sie würde ihren Trennungsschmerz zu ihren Schwestern wohl bald überwinden.

Während eines unruhigen Schlafes und einem Alptraum über Geister die in diesem Haus spukten, wurde er mitten in der Nacht von einem Schrei geweckt. Markes überkam ein gewaltiges Deja-Vù und er musste an seine erste Nacht hier denken. Noch während er überlegte, ob er sich dies nur eingebildet hatte, hörte er das Kreischen erneut. Er zog sich seine Jeans an und sein T-Shirt über und begab sich zum Flur. Er lauschte ins dunkle Stiegenhaus. Von ganz unten konnte er erneut ein Quietschen und dazu ein Kichern hören.

Langsam ging er die Stiegen nach unten. Er erreichte den ersten Stock ohne Licht zu machen. Nun konnte er auch eine Unterhaltung hören. Es musste eines der Mädchen sein, die sich im Erdgeschoss mit einem Gast unterhielt. Der Gast lallte und es war offensichtlich, dass dieser sturzbetrunken war.

„Ich lieeebe dich“, lallte der Mann. Das Mädchen kicherte, stupste ihn an und zwitscherte mit hoher Stimme: „Ich weiß mein Sunnyboy! Die Stunde ist aber um, Zeit fürs Bettchen.“ Sie war offensichtlich amüsiert und verarschte ihn deutlich.

„Ichhh willlll aber noch knuuuutschen, komm her du Hühnchen“, trällerte er, näherte sich ihr erneut und kitzelte sie. Sie quietschte auf.

„Los jetzt, my Sunnyboy. Sperrstund ist“, kicherte sie, kniff ihn in die Wange und schubste ihn in Richtung Ausgang. Markes konnte erkennen, wie sie die Eingangstüre öffnete und ihn leicht nach draußen schubste. Der Betrunkene torkelte nach draußen. Sie winkte ihm frech hinterher und warf ihm einen Kussmund zu. „Bis zum nächsten Mal Sunnyboy."

Dann schloss sie die Türe, lehnte sich mit dem Rücken dagegen und ihr Lächeln wich einem harten ernsten Gesichtsausdruck. Markes erkannte welche Spielchen Christie mit ihren Kunden trieb und was sie sie glauben ließ. Er verlagerte das Gewicht und die Stufe knarrte. Christie blickte nach oben.

„Markes. Spionierst du mir jetzt nach? Tut sowas ein verheirateter Mann?" fragte sie sarkastisch.

Markes ging langsam die Stufen herunter. Christie beobachtete ihn, ohne sich zu bewegen. Sie hatte einen Morgenmantel an und rote Plüschpantoffel.

„Was hast du vorhin gemeint, als du sagtest Margret hat gewonnen?" fragte er nur. Diese Aussage nagte an ihm bereits den ganzen Abend.

„Ach komm Markes. Spiel nicht das Unschuldslamm. Du weißt doch genau was los ist", sagte sie ernst. Schluss mit Spielchen. Er wollte nun die Wahrheit wissen.

„Ja, dass ihr 3 Nutten seid, weiß ich ja schon. Aber Margret gönnst du wohl kein Glück oder?" Seine Worte waren hart, aber er war auch stinksauer.

Christie löste sich und war im Begriff auf die Kellertüre zuzugehen.

„Das muss ich mir nicht anhören. Wieso fragst du nicht deine ach so unschuldige Frau?“

Bevor Christie die Kellertüre erreichte, hielt Markes sie auf, indem er sie am Arm packte.

„Ich habe aber dich gefragt, los!“ sagte er und verfestigte seinen Griff. Es tat ihr sichtlich weh, denn sie verzog ihr Gesicht und versuchte sich zu befreien.

„Was? Hast du ihr die Geschichte vom unschuldigen Mädchen etwa abgekauft? Du bist ja wirklich dümmer als ich geglaubt habe. Und all das nur für ein paar Hundert Mäuse. Die kann Margret echt gerne haben.“ Sie pausierte. „Und jetzt lass mich los, oder ich schreie!“ Sie blickte ihm fest in die Augen die teuflisch aufblitzten. Sie war der Teufel, Markes war sich nun sicher.

Er ließ sie los. Die Worte waren schwer zu verdauen. Was? Seine Margret soll ihn verarscht haben? Irgendwie hatte er die ganze Zeit schon so eine Ahnung gehabt, nun trat Übelkeit in ihm auf und kroch langsam nach oben bis zum Hals.

Christie öffnete mit dem Code die Tür.

Markes sank in sich zusammen, lies die Schultern hängen und musste sich an der Wand abstützen.

„Sie ist also auch eine Nutte?“ fragte er leise, denn er hatte keine Kraft und keine Stimme mehr, als die Welt über ihn einbrach.

Christie lachte laut auf, es war fast, als würde sie einen Lachkrampf bekommen, der künstlich herbeigeführt wurde. Markes wurde wütend. Sein Herz zerbrach gerade und sie lachte ihn einfach aus. Er war versucht ihr das Lachen durch eine schallende Ohrfeige abzustellen. Seine Hand zitterte bedrohlich.

„Du hast Recht, Margret ist keine von uns. Sie hat es nämlich nicht mehr nötig, sich um Freier zu kümmern, immerhin führt sie hier den Laden. Sie ist Geschäftsführerin und kassiert die Provision! Wenn sie unten ist, dann nur weil es ihr Spaß macht."

„Das ist nicht wahr!" rief Markes, weil ihm Tränen in die Augen schossen. „Du bist nur eifersüchtig, weil ich sie geheiratet habe und nicht eine von euch!".

Christies Lachen wurde zu einem Lächeln. „Dann frag sie doch selber", sagte sie, öffnete die Tür, trat beiseite und deutete mit dem Kopf nach unten. Es war eine Einladung nach unten zu gehen und es mit eigenen Augen zu sehen. Markes betrachtete die offene Tür, trotzdem wollte er es einfach nicht wahrhaben.

„Das kann doch nicht sein... aber wieso das Ganze dann?" Markes hatte mehr zu sich gesprochen, aber Christie antwortete ihm. Ihre Stimme war nun gesenkt und klang ernst.

„Es war nur eine blöde Wette Markes. Für wen von uns 4 du dich entscheiden würdest.." Sie senkte nun den Kopf. Markes Knie wurden weich wie Pudding als die Erkenntnis über ihn hereinbrach. Sie fügte weiter hinzu:

„Konnte doch keiner ahnen, dass du gerade die Ehrgeizigste von uns nicht anrühren wolltest. Margret verliert nicht gern."

„Nein! Ich habe doch gesehen wie euer Vater sie geschlagen hat!" versuchte er sich ein letztes Fünkchen Hoffnung einzureden. Seine Stimme war mittlerweile nur mehr ein Krächzen.

Christie seufzte. „Er hatte herausgefunden, dass wir diese blöde Wette am Laufen haben und war stinksauer über unser Spiel. Er wollte, dass sie umgehend damit aufhörte."

Mit einem Schlag wusste er, dass Christie die Wahrheit sagte, er wusste, dass er Margret in einem der Zimmer unten finden würde. Er wusste, dass sie als die älteste und Haupterbin, die Geschäfte führte, er hatte schließlich die ganzen Ordner in ihrem Zimmer mit eigenen Augen gesehen. Seine anfängliche Wut verflog und änderte sich in Trauer und Schmerz. Es war einfach zu viel für ihn. Wenn er es mit eigenen Augen sehen würde, dann würde sich sein schlimmster Alptraum bestätigen, aber dann würde er wahrscheinlich zusammenbrechen. Statt nach unten zu gehen, entfernte er sich rückwärts. Er musste an die frische Luft. Wie in Trance drehte er sich um und war auf dem Weg nach draußen.

Christie rief ihm nach: „Tut mir echt leid Markes. Nimm's nicht persönlich, wir hätten alle nicht gedacht, dass Margret so weit gehen würde, um zu gewinnen."

Die Worte waren zwar brutal, aber sie klangen nun ehrlich. Christie hatte es nicht mit Hohn, sondern mit Mitleid gesagt. Markes verließ das Stiegenhaus, ohne sich noch einmal umzudrehen. Die kalte Luft war wie eine Ohrfeige für ihn. Willkommen in der Realität, du größter Idiot, den die Welt je gesehen hat.

Nun war er es der fast einen Lachkrampf bekam. Er lachte schallend über sich selbst. Über seine gottverdammte Blödheit und über seinen gottverdammten Schwanz, der ihm das alles eingebrockt hatte. Und er hatte sich damals sogar eingebildet, dass er eine gute Menschenkenntnis hatte. Was für ein Megascherz! Er konnte sich kaum mehr halten vor lauter Lachen und stützte sich an die Mauer. Es war Zeit für eine Zigarette. Während er rauchte, heulte er mindestens gleich stark als er zuvor gelacht hatte. Dann beschloss er wieder cool zu werden und er wurde ganz ruhig.

Eine plötzliche Schwere umfing ihn und er wurde unendlich müde, deshalb entschied er sich einfach auf sein Zimmer zu gehen und ein paar Stunden zu schlafen. Dann würde er in der Früh Margret mitteilen, dass er kündigt, sie um die Scheidung bitten, seine Sachen packen und auf Nimmerwiedersehen abhauen. Ja das würde er machen.

Einfach weg von dieser Hölle. Mit dieser Wendung hätte er beim besten Willen nicht gerechnet. Einfach genial. Er sollte ein Buch darüber schreiben! Er war gerade 2 Tage verheiratet und erfuhr, dass seine angebliche jungfräuliche Ehefrau, nicht nur eine Prostituierte, sondern auch die Puffmutter selbst war! Das glaubte ihm bestimmt niemand.

Schlaf fand er natürlich keinen, machte sich aber auch keinen Stress aufzustehen. Er blieb fast bis 9 Uhr liegen, zog sich träge an und beschloss dann ins Bad zu gehen. Markes war gerade dabei seine Zähne zu putzen, als seine Zimmertüre mit einem lauten Knall aufgestoßen wurde. Er schreckte hoch und erkannte Peter, der anscheinend gerannt war, denn er stützte sich auf die Knie und rang nach Atem.

„Du musst abhauen“, keuchte er. Markes kam ihm zu Hilfe und wollte ihn stützen. Was hat er gesagt? Peter richtete sich auf, packte ihn an den Schultern und schüttelte ihn. „Du musst abhauen! JETZT!“ rief er. Aus seinen Augen sprach die blanke Panik.

„Was zum Teufel heißt das?“ rief Markes.

Anstatt es noch einmal zu brüllen, griff Peter ihn beim Hemd und zerrte ihn zum Fenster. Er streckte seinen Arm aus und zeigte mit dem Zeigefinger in die Richtung der Säge.

„Sie kommen und sie werden dich töten!“ rief er noch immer aufgebracht und außer Atem.

Markes erkannte von weiten wie sich einige Männer im Kreis versammelt hatten und wild gestikulierten und durcheinander riefen. In der Mitte stand der Wamser und hatte eine Axt in der Hand. Er hielt sie in die Höhe und zeigte dann in Richtung Gasthaus. Markes dämmerte, dass Peter in gerade warnte und er die Wahrheit sagte. Panik kam hoch.

„Peter du darfst dich nicht hier sehen lassen, sonst wissen sie, dass du mich gewarnt hast. Los, verschwinde!"

Peter nickte nur, denn er hatte noch immer keinen Atem um richtig zu sprechen. Markes schupste ihn nach draußen und Peter stolperte in Richtung Stiegenhaus davon. Bevor er die Stiege erreichte rief Markes ihn, er blieb kurz stehen und schaute zurück.

„Danke Peter, das werd' ich dir nie vergessen", sagte er nur.

Peter presste die Lippen aufeinander und warf ihm einen wehmütigen Blick zu.

„Mach's gut mein Freund", dann war er durchs Stiegenhaus verschwunden.

Markes zögerte nicht lange und riss seine Reisetasche unter dem Bett hervor. Er dachte an die zerstochenen Reifen seines Autos, als er das letzte Mal fort wollte. Wenn sein Auto nicht fahrtüchtig war, dann war er ein toter Mann. Wie wild stopfte er seine Sachen unkontrolliert in seine Reisetasche. Er blickte kurz durchs Fenster um den Fortschritt der Meute zu kontrollieren. Sie waren bereits auf dem Weg zum Gasthaus. Scheiß auf die Sachen! Markes griff nach Brieftasche, Schlüssel und Handy und lies die restlichen Sachen zurück. Schweißperlen standen auf seiner Stirn. Er musste das

Auto erreichen, bevor die wütende Gruppe hier war. Er rannte die Stufen nach unten, rempelte dabei ein Bild von der Wand, wäre fast ausgerutscht, rappelte sich am Geländer hoch und legte seinen Sprint nach unten fort. Er riss die Eingangstüre auf, um sie zu schließen blieb keine Zeit. Scheiße, sie waren fast da. Er konnte die Männer sehen, wie sie Knüppel und Axt in der Hand hielten und laut brüllten. Sie riefen nach ihm, stießen wilde Flüche und Drohungen aus. Sie hatten einen schnellen Schritt drauf, aber als sie ihn erblickten wie er durch die Tür schoss, legten sie plötzlich ebenfalls einen Sprint ein. Markes musste das Auto erreichen, es war seine letzte Chance. Während er zum Auto lief, kontrollierte er ob die Reifen noch intakt waren und war erleichtert als sie ganz waren. Noch im Laufen drückte er auf den Knopf der Zentralverriegelung und die Tür entsperrte sich mit einem Zirpen. Er riss die Fahrertür auf, setzte sich hinein und in dem Moment als er den Knopf für das Zentralversperren fand, erreichten ihn bereits einige der wütenden Männer. Sie rüttelten am Auto, droschen mit Beil und Keulen auf sein Auto ein.

Mit zitternden Händen, steckte Markes seinen Schlüssel ins Zündschloss und versuchte den Wagen zu starten. Die Scheibe neben ihm klirrte und ein großer Schrick durchzog die Scheibe, ohne dass sie brach. Die Männer brüllten und fluchten wie wild und rüttelten von beiden Seiten am Wagen. Markes schaltete den Motor ein, aber nur ein Stottern kam heraus. Er schloss die Augen. Das darf doch nicht wahr sein. Diese Scheiß

Benzinpumpe! Er betätigte das Gaspedal mehrmals und versuchte erneut zu starten. Sein Herz pochte wie wild, Schweißperlen rollten ihm über die Stirn, obwohl es draußen bereits um die Null Grad hatte. Er zitterte als er erneut die Zündung tätigte und pumpte unterdessen wie wild mit dem Fuß. Als er das Motorgeräusch aufheulen hörte, hätte er fast zu Beten angefangen so erleichtert war er. Gott sei Dank hat er da oben im Himmel noch nicht ausgeschissen. Ein weiteres Glas klirrte, aber Markes legte den Rückwärtsgang ein und stieg aufs Gas. Weg hier. Alles ereignete sich innerhalb von Sekunden, aber Markes kam es wie eine halbe Ewigkeit vor. Sein Adrenalin war bei 180 und er stand kurz vor einem Herzstillstand.

Das Auto schoss mit einem Ruck nach hinten. Er hörte einen dumpfen Knall und erkannte, dass er gegen etwas geprallt war. Als er den Vorwärtsgang einlegte, sprangen die Männer zur Seite und er fuhr den Schrei zu urteilen mindestens zwei der Männer über die Füße, aber es war ihm egal. Diese Meute war hier, um ihn zu töten. Als sein Ford auf die Ausfahrt zuschoss, sah er im Rückspiegel, dass er beim Rückwärtsfahren den Wamser voll getroffen haben musste. Es hatte ihn zu Boden geschleudert, aber er schien bei Bewusstsein zu sein, denn die Männer halfen ihm gerade aufzustehen. Er sah etwas benommen, aber sonst unverletzt aus. Dann war er auf der Landstraße und gab Gas. Ein paar der Männer hatten ihn noch bis zur Ausfahrt verfolgt und Steine auf sein Auto geworfen. Als er die Landstraße entlang schoss und der Forstwirt langsam aus seinem

Rückspiegel verschwand, erlaubte er sich tief durchzuatmen. Dass er die ganze Zeit die Luft angehalten hatte, war ihm gar nicht bewusst. Das was gerade geschehen war, würde ihn sein ganzes restliches Leben verfolgen. Er konnte einfach nicht glauben, wie blöd er gewesen war.

Markes fühlte sich erst sicher, als er die Autobahn erreichte und den Bezirk verließ. Er würde ohne Unterbrechung nach Linz fahren, es war ihm egal, ob er einen Strafzettel bekommen oder müde werden würde. In den 3 Stunden Fahrtzeit, konnte er sich genug Gedanken machen, wie er dieses Spiel verloren hatte und warum er es nicht durchschaut hatte. Wie in Trance schüttelte er den Kopf und war enttäuscht über sein Urteilsvermögen. Jetzt wusste er, was es heißt blind vor Liebe zu sein. Wie blind war er eigentlich. Im Grunde wäre ein Blinder wohl sogar klüger gewesen wie er. Er ließ die letzten Wochen Revue passieren. Die gesamten Bilder von Margret tauchten in seinem inneren Auge auf. Ab dem Moment als er sie das erste Mal sah. Sein Gefühl hatte es ihr eigentlich damals schon nicht abgekauft, dass sie so schüchtern war, wie hätte sie sonst all die Jahre diese Rhinozeros bedienen können. Er hätte auf seine erste Intuition achten sollen. Dann die Absage, als er das erste Mal mit ihr ausgehen wollte. Sie war forsch und bestimmt, so musste sie in Wirklichkeit sein. Auch wo er sie in der Tür zum Keller gesehen hatte. Sie hatte diesen seltsamen Ausdruck in den Augen. Ihre Augen waren hart und selbstbewusst. Er hatte es nicht erkennen wollen, doch die Zeichen waren da. Sie hatte ihre Rolle zu gut gespielt, das brave unterdrückte Töchterlein, das vom Vater verprügelt wird und zur Prostitution gezwungen wird. Ha! Das brave Töchterlein, das einen BMW fährt und eine Gucci-Tasche trägt! Markes griff sich an die Stirn. Er hätte seinen Schädel am liebsten irgendwo dagegen geschlagen. Es war alles so offensichtlich. Er lachte laut auf! Sie hatten ihn einfach verarscht. Und er war mit offenen Augen in die Falle getappt.

Die nächsten Wochen verkroch er sich in seiner Sozialwohnung und eine Flasche Whisky wurde zu seinem besten Freund erklärt. Sein Bewährungshelfer war mehr als verärgert als er ihm erzählte, dass er gekündigt hatte.

„Was? Nicht mal 2 Monate?“ rief er aufgebracht, „was soll ich nur mit dir machen?“

Was er in diesem Monat durchgemacht hatte, konnte sich sein Bewährungshelfer nicht mal im Entferntesten erahnen, deshalb ersparte er es sich ihm mitzuteilen. Anfangs hatte er vorgehabt es ihm zu erklären, aber er konnte die richtigen Worte nicht finden. Im Endeffekt würde die Zusammenfassung so klingen: Er hat mit 4 Prostituierten geschlafen und eine davon geheiratet. War das nicht Grund genug um zu kündigen? Deshalb ließ er es lieber sein.

Während er in einer verfrühten Midlife-Crisis schwelgte, ließ sich Markes einen Bart wachsen und war so ungepflegt, dass er sich zeitweise selbst nicht mehr riechen konnte. Er verwahrloste zusehends und fand sich mehrmals schlafend am Boden wieder, ohne dass er wusste wie er dorthin gekommen war. Wenigstens hatte er dieses Mal die Flasche echt gekauft und nicht geklaut. Er lachte über diese Ironie. Der Wamser hatte ihm doch tatsächlich für die Arbeit einen Lohn überwiesen. Ohne Kommentar. Offensichtlich war aber auch ein beträchtlicher Betrag Schweigegeld dabei. Mit diesem Geld würde er eine Zeitlang auskommen. Markes betrachtete sich im Spiegel, mit diesem Vollbart würde er perfekt in den Loimgraben passen. Die Welt um sich schien so unreal geworden zu sein, dass er nicht mehr wusste wie die Zeit vor dem Loimgraben war, er konnte sich in das Stadtleben nicht mehr hineindenken und fühlte sich fehl am Platz. Vorher. Bevor er über Leichen gestolpert ist und fast selbst eine geworden wäre. Die Stadt schien einfach nicht mehr die gleiche zu sein. Entweder sie hatte sich verändert oder er. Er tippte auf letzteres.

Kapitel 12: Die drei Briefe

Markes hörte zwar das Klingeln, war aber in seinem Rausch nicht fähig aufzustehen. Sein Telefon hatte er seit Tagen nicht mehr aufgeladen. Wer sollte ihn auch anrufen?

Da das Klingeln diesmal hartnäckiger war als sonst, beschloss er sich auf die Seite zu drehen. Er schaffte es sogar sich aufzusetzen. Jemand pochte wie wild an die Tür und Markes kam es so vor als wäre es sein Kopf. Welche Uhrzeit haben wir? Welchen Tag? Oder gleich, welches Monat? Er wusste es nicht. Träge schleppte er sich zur Tür und öffnete sie, ohne durch den Türgucker zu kontrollieren wer es war.

„Herrgott Markes, wie siehst du denn aus? Was ist denn bitte los mit dir?“ fragte Harald sein Bewährungshelfer. Er betrat ohne Einladung den Raum und blickte sich um. „Ist hier eingebrochen worden? Es sieht wirklich aus, als hätte eine Bombe eingeschlagen.“ Sein Blick verriet, dass er ehrlich entsetzt zu sein schien. Markes warf sich aufs Sofa und zündete eine Zigarette an. Ihm war es egal im Zimmer zu rauchen. Ihm war alles egal.

Harald befreite einen umgeworfenen Stuhl von Gewand und Essensresten und stellte ihn auf. Er setzte sich darauf und legte drei Briefe vor ihm auf den Tisch.

„Die hier wollte ich dir eigentlich schon länger geben, aber jedes Mal wenn ich geklingelt habe, war niemand zu hause.. Oder vielleicht einfach nicht ansprechbar, wenn ich's mir recht überlege", sagte er und war immer noch aus dem Häuschen. Sein Bauchumfang hatte sich in den letzten Wochen um mindestens fünf Zentimeter erweitert, dachte Markes. Der Glückliche wohnt noch immer bei Mama. Markes war nicht zu scherzen zumute, betrachtete die Briefe emotionslos.

„Sie waren an meine Adresse geschickt worden, sind aber an dich adressiert", sagte er. Er war sichtlich neugierig und wartete auf eine Reaktion von Markes. Dieser dachte nicht mal daran, sie zu öffnen.

„Willst du sie nicht aufmachen?" fragte Harald.

Markes verneinte.

„Willst du mir dann wenigstens erzählen, warum du so Hals über Kopf abgehauen bist?"

Markes verneinte wieder.

„Was ist passiert Markes?"

Markes antwortet nicht, zog nur an seiner Zigarette. Er hatte keine Lust sich mit dem Blödmann über seine Dummheit zu unterhalten. Es war einfach nur peinlich.

Enttäuscht erhob sich Harald und stieg über ein paar Hemden, einen umgeschmissenen Blumentopf und ein paar Pizzapackungen in Richtung Tür. „So kann das jedenfalls nicht weitergehen Markes. Entweder du reißt dich jetzt zusammen, oder ich werde dich einweisen lassen, damit du wieder zur Vernunft kommst. Ganz wie du willst."

Markes ließ sich nicht beirren. Wie auch immer. Es juckte ihn nicht.

Als er allein war, ging er zum Kühlschrank um sich ein Bier herauszuholen. Die Briefe lagen auf dem Tisch wie eine Bedrohung, egal in welchem Winkel er im Raum stand, die Briefe zogen seinen Blick auf sich. Obwohl er sich einredete, dass es egal war, was er darin geschrieben fand, war er trotzdem neugierig. Er war versucht die Briefe ungeöffnet wegzuwerfen, damit er endlich wieder seine Ruhe hatte. Festentschlossen ging er auf den Tisch zu, nahm die Briefe und suchte den Mistkübel. Ironischerweise war dieser leer, der Mist schien aber dafür in der gesamten Wohnung verstreut zu sein. Er zögerte. Andererseits war es auch egal, ob er sie aufmachte.

Er hielt sie für den Bruchteil einer Sekunde in der Hand, entschied sich aber doch, einen kurzen Blick darauf zu werfen und kehrte zum Tisch zurück. Der große Umschlag hatte als Logo das Wappenzeichen der Gemeinde Drauberg am Kuvert. Markes wusste genau, was es war. Die Bilder vom Standesamt schossen ihn in den Kopf.

Der zweite Brief stammte anscheinend von einem Anwalt. Er öffnete das Kuvert. Völlig sachlich, war darin ein Schreiben verfasst, dass seine Ehefrau Margret

Kandler die Annullierung der Ehe beantragt hatte. Diese bedauert sehr, dass es zu diesem Entschluss gekommen war und bedankt sich für die bisherige Ehe.

Markes schmiss den Brief in die Ecke. „Du kannst mich mal!" rief er laut in den Raum. Er hatte noch immer nicht überwunden, was sie ihm angetan hatte, dieses Miststück!

Er öffnete den letzten Brief. Er war von Peter! Für einen kurzen Moment hellte sich seine Stimmung auf. Er las:

„Hallo Markes. Hab deine Adresse von der Lady vom Standesamt, ist quasi meine Großtante. Wahrscheinlich hast es eh schon erfahren. An dem Tag als du abgehauen bist, ist der Wamser ins Krankenhaus eingeliefert worden. Er hatte wohl schon den ganzen Tag Schmerzen in der Brust, hatte aber nicht bemerkt, dass er innere Verletzungen hatte. Kannst du dir das vorstellen? Der ist noch im Krankenhaus abgekratzt. Innerlich verblutet. Die Polizei war hier und hat uns befragt. Aber du kennst ja die Männer, wenn sie etwas können, dann schweigen... einer von ihnen hatte dann wohl gemeint, er hätte den Wamser stürzen sehen. Ein anderer hat's dann bestätigt. Die Sache ist durch. Wollte ich dir nur mitteilen, falls du dir Sorgen machst ;)

Ach ja, gratuliere zur Hochzeit. Bist' jetzt wohl ein reicher Mann, was?

Mach's gut.

Peter"

„Ein reicher Mann? Der will mich wohl verarschen", dachte Markes abfällig und sah sich in seiner 1-Zimmerwohnung um, die mehr einem Schlachtfeld glich. Aber was noch viel wichtiger war: Der Wamser ist tot! Markes richtete sich seit Wochen zum ersten Mal wieder auf. Der Wamser ist tot! Seine Stimmung hellte sich ebenfalls seit langer Zeit das erste Mal wieder auf und sein Gesicht entspannte sich. Der Wamser ist tot! Markes hatte das dringende Bedürfnis sich zu duschen und zu pflegen.

Was konnte er mit dieser Info anfangen? Er wusste, dass etwas Großes dahinter steckt. Er las die Zeilen von Peter noch einmal: Bist jetzt wohl ein reicher Mann!

Ja klar, Margret erbte alles und er war ihr Ehemann!!! Mit dieser Wendung hatte das Miststück wohl nicht gerechnet. Markes nahm den Brief des Anwaltes wieder auf, den er so achtlos weggeworfen hatte. Tatsächlich! Auf der letzten Seite stand: *Aufgrund der Kurzlebigkeit ihrer Ehe, gehen wir davon aus, dass sie auf sämtliche Ansprüche verzichten, die sich aus der Eheschließung ergeben würden. Bitte unterschreiben Sie die beigefügte Verzichtserklärung und senden diese retour.*

Der kann mich mal, dachte Markes. Seit Wochen zauberten diese Worte das erste Mal wieder ein Lächeln in sein Gesicht. Ha! Das Schicksal wendete sich gerade. Beschwingt fing er an zu summen, während er ins Bad ging. Zeit für eine Dusche. Er strich sich über den Bart. Der bleibt erstmal, bis ich genau weiß wie ich meinen

Plan umsetzen werde. In seinem Kopf entstand gerade ein Puzzle, dessen Teile er immer mehr und mehr zusammensetzte. Schließlich jauchzte er und rieb sich kräftig mit Duschcreme ein. Er fühlte sich wie neugeboren. Und diese 4 Nymphen werden büßen, was sie ihm angetan haben!

Eine Woche und einige Besorgungen später, stieg er in seine rostige Schrottkiste und schlug den Weg Richtung Süden ein.

Schon als Markes den Gastraum betrat, wollte er am Absatz kehrt machen. Was zum Teufel hatte ihn da geritten. Der Raum, der eben noch erfüllt mit lauten Gegröle und Gesprächen war, die sich gegenseitig zu übertönen schienen, erstarrte plötzlich, als sie ihn im Türstock erkannten. Selbst das Mädchen im Dirndl mit dem Tablet, das gerade vom zweiten Gastraum einbog, blieb wie erstarrt stehen. Markes hatte ein unglaubliches Deja-Vù. Sepp sprang von seinem Stuhl auf, jetzt musste er schnell sein, wenn er seinen Plan umsetzen wollte.

„Ich habe ein Schreiben verfasst und alles niedergeschrieben, es ist in einem Schließfach“, rief er laut in den Raum.

Sepp war auf dem Weg zu ihm, ebenfalls drei andere Männer, die aufgesprungen waren.

„Falls ihr mir etwas tut, erbt dieses Schließfach die Staatsanwaltschaft Linz und Kommissar Danzig aus Drauberg!“

Die Männer hatten ihn erreicht und packten ihn. Manche fingen an Flüche und Drohungen durcheinander zu rufen: „Holt euch das Arschloch."

Markes brüllte weiter um sein Leben: „Darin steht jeder einzelne Name von euch, die hier in diesem Gastraum sind."

Die Männer hatten ihn zwar gepackt, schienen aber kurz inne zu halten. Markes hatte ein kurzen Anflug von Panik, dass es nicht klappen würde.

„Falls mir etwas zustößt, habe ich meine Mörder und Mitwisser genannt."

Die Männer wurden still. Sepp und seine Männer fingen an ihn loszulassen.

„Was soll das? Was willst du hier?" spie Sepp ihn an.

„Ich habe alles niedergeschrieben! Das Bordell, den Lynchmord an mir, den ihr fast begangen habt, die Leiche des Sonderermittlers. Wenn mir etwas zustößt wird die Staatsanwaltschaft es erfahren und die ist nicht bestechlich!" brachte Markes erneut zum Ausdruck damit sie auch wirklich verstanden, was es bedeutet. Er hatte sich damit abgesichert.

Sie schienen etwas ratlos zu sein, die meisten Männer waren zwar aufgesprungen, standen nun aber verwirrt im Raum. Anscheinend überlegten sie tatsächlich was es für sie bedeuten könnte.

„Was willst du?" wiederholte Sepp.

Markes hatte nun ihre Aufmerksamkeit. Er zupfte sein Hemd wieder nach unten und glättete die Falten, die durch das Zerren der Männer verursacht wurden. Er ging selbstbewusst durch den Raum und stand dann im Türrahmen, der die beiden Gasträume trennte. Er wollte sicher sein, dass jeder Einzelne verstand, was er zu sagen hatte. Fanni war unterdessen in die Küche verschwunden und kam mit Katie zurück. An der Eingangstüre konnte er Christie und Margret erkennen, die auf ihn aufmerksam gemacht wurden.

„Wie ihr vielleicht wisst, habe ich Margret geheiratet. Ich bin also ihr rechtmäßiger Ehemann. Als der Schwiegersohn des verstorbenen Karl Wamser, bin ich nun befugt der rechtmäßige Nachfolger seiner Geschäfte zu sein!" Ein Tumult brach aus, die Männer riefen wild durcheinander, fluchten, spukten am Boden. Aber keiner wagte auch nur einen Schritt auf ihn zu zugehen. Markes hob die Hand, damit wieder Ruhe einkehrte. Er musste fast schreien, damit die Männer ihn aussprechen ließen.

„Es wird sich hier nichts ändern, außer dass es für dieses Monat einen Bonus geben wird. Quasi als Entschädigung für die Unannehmlichkeiten."

Brot und Spiele dachte Markes. Er musste die Leute für sich gewinnen. Die Männer wurden tatsächlich still und hörten ihm zu. Manche setzten sich sogar und er konnte sogar Mienen sehen, die sich aufhellten. Geld zog immer.

„Außerdem wird die Mittagspause auf eine Stunde verlängert. Damit ist zukünftig auch ein Nickerchen drin."

Die Stimmung hatte sich nun merklich gebessert. Weitere Männer setzten sich wieder. Manche grölten sogar anerkennend und grinsten sich gegenseitig zu. Für Brot hatte Markes gesorgt. Nun die Spiele.

„In Sachen Bordell wird sich folgendes ändern: Es wird jeden zweiten Samstag einen Musikabend geben mit Tänzen. Das wird zwar Eintritt kosten, aber ich rede hier auch nicht von Polka." Vor ihm schwebten in Gedanken bereits Kurtisanen in indischen Gewändern, die sich nach und nach entblößten und Polizistinnen, die um eine Stange tanzten.

Die Männer waren nun sichtlich guter Laune, anscheinend spannen sie bereits dieselben Fantasien. Sie prosteten sogar laut in die Luft. Ein Schwall von Gesprächen untereinander, das wie ein Brummen durch die Reihen ging, breitete sich aus. Brot und Spiele, dachte Markes. Markes sah aus den Augenwinkeln, dass sich die Damen gegenseitig ansahen und überraschte Blicke zuwarfen. *Jaja, damit habt ihr wohl nicht gerechnet*.

Nun musste er erst noch sein größtes Problem lösen. Sepp. Er stand wie angewurzelt an der Tür, wo er ihn zurückgelassen hatte. Er war der Einzige, dessen Miene nicht erhellt war.

„Ich möchte aber vorab noch etwas ankündigen: Zukünftig wird Sepp nicht nur als Vorarbeiter im Forstbetrieb arbeiten, sondern als Geschäftsführer… Soweit er die Position annehmen möchte.“ Markes musste ihn einfach auf seine Seite bringen. Wenn Sepp ihm die gleiche Loyalität sicherte wie dem Wamser, hatte er einen Mann fürs Grobe und jemanden der für ihn die Drecksarbeit erledigte. Alle Blicke richteten sich auf Sepp. Er schwieg, blickte Markes in die Augen. Markes konnte nicht erkennen, welchen Ausdruck er hatte. Das Gesicht war neutral. Er hadert mit sich, dachte Markes.

„Natürlich wird sich das auch auf das Gehalt auswirken!“ setzte Markes nach.

In Wirklichkeit war er auch auf ihn angewiesen. Markes hatte keine Ahnung von der Forstarbeit. Die wenigen Wochen im Wald machten ihn noch zu keinem Profi. Eine weitere Minute verging. Es war plötzlich so still, dass Markes eine Stecknadel hätte fallen hören können. Die Männer respektierten und schätzten Sepp. Er war der Schlüssel. Die Stille und damit verbundene Spannung raubten ihm den Atem.

Sepp löste den Blick von Markes, sah sich im Raum um. Traf einige Blicke die ihm zunickten. Sie waren einverstanden. Mit einem Mal erhellte sich nun auch sein Gesicht und er rief: „Und ich dachte schon, nun würden die Weiber das Ruder übernehmen!“

Die Männer jauchzten und jubelten plötzlich, prosteten sich zu. Markes ging auf Sepp zu und streckte ihm die Hand aus. Sepp ergriff sie, sie klopften sich auf die

Schulter, als wären sie schon ewig befreundet und lachten.

Markes bedankte sich lautstark bei „seinen“ Männern.

„Da nun alles geklärt ist, können wir ja unser Freibier genießen!“

Diese Aussagen lösten erneut einen Schwall von Begeisterung aus.

„Los Mädchen, bringt Bier für alle!“ befahl er den Frauen.

Margret, Christie, Katie und Fanni hatten aufmerksam beobachtet, wie Markes die Männer nach und nach für sich gewann. Sie hatten ihn eindeutig unterschätzt, er hatte nun das Ruder in der Hand. Und es war ein überzeugendes Ruder. Die Männer fingen an in Chören nach dem Bier zu rufen und schlugen im Takt mit der Faust auf den Tisch. Sie hatten sich innerhalb von 10 Minuten entschieden den Totgeweihten in ihren Helden zu verwandeln.

Brot und Spiele, dachte Markes, *Welch‘ mächtiges Instrument*. Den Frauen wurde bewusst, dass sie gar keine Wahl hatten, als zu gehorchen. Sie verschwanden in der Küche und kamen wenig später mit Krügen von Bier wieder heraus, die sie an den Tischen verteilten. Sepp hatte Markes unterdessen an ihren Tisch gebeten und ihm den Platz am Tischende angeboten, den Platz, an dem der Wamser immer gesessen hatte.

Die angeregten Gespräche und das Gegröle, welche durch diese seltsame Ansprache kurz unterbrochen wurden, setzten sich fort als wäre nichts gewesen. Markes war zufrieden, die Ehe die sich anfangs als Fluch entpuppte, stellte sich nun als Segen heraus. Er hatte große Pläne. Und er würde keinen Widerspruch dulden, er war sich sicher, dass Momente kommen würden, an denen er ein Zeichen setzen musste, aber er würde jede Prüfung bestehen. Um jeden Preis. Es war fast so, als wäre er endlich, daheim angekommen und hätte seine Bestimmung gefunden. Mit den Frauen würde er Frieden schließen. Allerdings würde er sich für keine entscheiden. Er würde sie alle als seine Frauen bezeichnen. Immerhin war er nun der Boss.

Und so kam es, dass Markes aus Linz, der Lustmolch auf Bewährung, der eigentlich in seinem Leben noch nie etwas zu Ende geführt, geschweige denn etwas Produktives getan hatte, einen Forstbetrieb und ein Bordell übernahm und der neue Mafiaboss vom Loimgraben wurde....

FSC
www.fsc.org
MIX
Papier | Fördert gute Waldnutzung
FSC® C083411

Zeitfracht Medien GmbH
Ferdinand-Jühlke-Straße 7
99095 Erfurt, Deutschland
produktsicherheit@kolibri360.de